꿈꾸는 광대

김명곤 자전

꿈꾸는 광대

꿈을 쏘는 사수

'솔개'라는 새를 주인공으로 한 우화가 있다.

새 중에서 가장 장수하는 솔개는 40세쯤 되면 길게 자란 부리가 구부러져 가슴에 닿을 정도고, 발톱이 노화해서 사냥감을 잡아챌 수 없으며, 깃털이 두껍게 자라 하늘로 날아오르기 힘들다. 그러면 솔개에게는 죽을 날을 기다리거나 갱생의 길을 가는 두 가지 선택이 남는다.

갱생의 길을 선택한 솔개는 높은 산꼭대기에 둥지를 튼 다음 외롭고 고통스런 수행을 시작한다. 먼저 바위에 부리를 쪼아서 낡고 딱딱한 부리를 깨뜨린다. 새로운 부리가 돋아나면 새 부리로 발톱을 하나하나 뽑는다. 새 발톱이 돋아나면 새 부리와 새 발톱으로 깃털을 하나하나 뽑는다. 두꺼운 깃털이 빠지면 연한 새 깃털이 나온다. 이처럼 고통스런 갱생의 수행을 거쳐 새로운 깃털이 난 솔개는 힘차게 날아올라 70세까지 장수한다.

수릿과에 속하는 맹금류 솔개는 평균수명이 15~20년이라니 생물학적으로 맞지 않는 이야기다. 하지만 솔개를 빗대어 인생의 지혜를 깨닫게 해주는 이 우화는 많은 암시를 준다. 나도 젊은 시절을 지나 중년이 되니 솔개와 마찬가지 신세가 되는 것 같다. 생각이 둔해지고, 아이디어가 고갈되고, 활기와 창의력이 줄어드는 느낌이다. 70~80세까지 장수하면서 원하는 일을 하려면 이 우화에 나오는 솔개처럼 내 몸과 마음에 자란 낡은 부리를 깨뜨리고, 딱딱한 발톱과 덥수룩한 깃털도 뽑아야 할 것이다. 자신에게 힘들고 어려운 과제를 부여해 시들어가는 정신과 육체를 과감하게 리모델링하는 것, 정말 실천하기 어려운 일이지만 중년이 넘어서면 모든 사람이 거쳐야 할 통과의례 아닐까?

요즘 나의 과제는 내 의식 속에 알게 모르게 자리 잡은 국립극장장이나 문화관광부 장관의 권위 의식을 버리고 젊은 시절의 예술가 의식을 되찾는 일이다. 그런 점에서 요즘의 시간이 외롭고 고통스러우면서도 한편으로는 무척 즐겁다. 이 시간이 '나를 즐겁게 하는 시간'이기 때문이다.

젊은 시절부터 내 인생은 '나를 즐겁게 하는 시간'과 '남을 즐겁게 하는 시간' 사이에서 시계추처럼 오락가락했다. 부모와 아내와 아이들을 돌봐야 하는 가장으로서 보낸 시간, 극단 아리랑 대표나 국립극장장이나 장관으로서 예술계와 관객과 국민과 국가에 바친 시간은 '남을 즐겁게 하기 위해' 살아온 시간이다. 나는 언제나 그 시간을 피하지 않고 기쁜 마음으로 맞이했다. 한편 '나를 즐겁게 하는' 시간은 남들 눈에 보잘것없는 일에 열중하고, 돈벌이도 안 되고, 쓸모없어 보이는 일에 열광하는 시간이지만 나에게는 무엇보다 소중한 '꿈을 꾸는 시간'이다. 그 소중한 시간을 공직에 있던 몇 년 동안 뒤로 밀어놨다가 요즘 다시 마음껏 즐기고 있으니 어찌 즐겁지 않겠는가.

한 남자가 태양을 향해 화살을 쏜다.
예술가의 상이다.

그러나 그의 뒷모습은 땅에 발을 세차게 버틴 말의 엉덩이다.
리얼리스트의 상이다.

　나는 '사수(궁수)자리'의 기운을 받아 태어났는데, 점성술 책에 나오
는 사수자리에 대한 위의 설명처럼 내 인생은 꿈과 현실의 양 절벽 사
이에서 고난도 줄타기를 하는 삶이었다. 소년 시절부터 내 눈앞에 펼
쳐진 '갈래갈래 찢어진 험악한 길'을 꿋꿋이 버티며 살아온 원동력은
오로지 내 가슴을 불태운 꿈이다. 남들은 비현실적 몽상이라고 할 만
한 꿈이지만 내게는 절실하고 심장을 뛰게 하고 몸속의 병균들마저 굴
복시킨 꿈, 바로 그것 때문에 나는 지치지 않고 씩씩하게 살아올 수 있
었다.
　나의 청춘 시절은 꿈에 대한 갈증이 '질풍노도Strum und Drang'처럼 소용
돌이쳤다. 그 갈증은 창조의 열정과 만나 내 인생을 가꿔주었다. 한 모
금 한 모금 창조의 샘물을 마시면서 남모르는 기쁨을 느꼈고, 그 기쁨
은 내 인생을 풍부하게 해주었다. 그리고 그 꿈은 여전히 나를 들뜨게
하고 잠 못 이루게 한다. 수많은 작품에 대한 꿈과 문화 예술 프로젝트
에 대한 꿈이 여전히 내 가슴속에서 맹렬하게 소용돌이친다. 나는 그
많은 꿈을 '불후의 명작'에 대한 꿈이라고 압축해서 말한다. 오늘도 나
는 '한심한 꿈'을 꾸는 몽상가다.
　나는 그 꿈을 이루기 위해 잡지사 기자로, 독일어 교사로, 연극배우
로, 영화배우로, 소리꾼으로, 연출가로, 작가로, 기획자로, 제작자로,
극장 경영자로, 장관으로 위태로운 줄타기를 하며 쉴 새 없이 화살을
쏘았다. 어쩌다 과녁에 맞은 화살도 있지만 수많은 화살이 빗나갔다.
기자나 교사처럼 과녁이 아닌 곳에 화살을 쏜 적도 있고, 배우로서 혹

은 연출가나 작가로서 과녁을 벗어난 실패작도 많이 쏘았다. 〈서편제〉나 국립극장장이나 장관처럼 남의 눈에는 성공적으로 과녁을 맞힌 듯 보이던 시절에도 위태롭게 빗나간 작은 화살을 많이 쏘았다.

그 모든 화살은 여전히 내 가슴에 있다. 과녁을 맞힌 화살보다 맞히지 못한 화살이 내 가슴을 아프게 찌른다. 그래도 나는 활쏘기를 멈추지 않는다. 이제 숨을 고르고 활을 내려놓을 나이가 되었건만, 나는 아직도 서투른 솜씨로 열심히 활을 쏘는 '꿈을 쏘는 사수'다. 꿈을 잃지 않고 살아갈 수 있도록 나에게 끼를 물려주고 믿음과 사랑으로 길러주신 부모님, 오랜 시절 내 꿈의 든든한 응원군이 되어준 누이들과 형제와 아내와 아이들, 내 꿈을 키우고 이끌어주신 여러 스승님, 귀한 인연으로 나와 만나 크고 작은 꿈을 나눈 수많은 선후배, 동료, 친구들에게 무한한 사랑과 감사의 마음을 전한다.

김명곤

김명곤 자전

꿈꾸는 광대

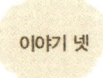

이야기 넷

꿈의 통수쟁이가 되다

이야기 다섯

꿈과 현실 사이에서
줄타기를 하다

나의 꿈에
날개를 달다

한 통의 전화, "나 임권택이오"

〈서편제〉, 오정해 그리고 소리꾼 유봉

〈서편제〉에 캐스팅되다

〈서편제〉가 개봉된 1993년은 한국 영화사상 초유의 '100만 관객 돌파'로 일대 사건이 벌어진 해다. 지금은 전국 동시 개봉으로 상영 시스템이 바뀌고 1000만 관객이 흔해져서 빛바랜 숫자가 되었지만, 개봉관 한곳에서 20만~30만 명만 들어도 흥행 성공이라고 하던 그 무렵 단성사에서 100만이란 숫자는 모든 사람들을 깜짝 놀라게 했다. 게다가 아무도 흥행하리라고 예측하지 못한 판소리를 소재로 한 영화였으니 그 충격은 더욱 컸다.

1992년 7월 말, 연극 관계 일로 분주한 나에게 전화 한 통이 왔다.

"나 임권택인데 의논할 일이 있으니 좀 봅시다."

나는 무슨 일일까 궁금해하며 약속 장소인 동숭동의 한 카페로 갔다. 김홍준 조감독과 동행한 임 감독이 조심스럽게 물었다.

"혹시 이청준 선생의 〈소리의 빛〉이란 단편소설을 아십니까?"

"예, 제가《뿌리깊은 나무》란 잡지사에 근무할 때 그 잡지 뒤에 실린 걸 본 기억이 있습니다."

"그 소설을 영화로 만들까 하는데 김 선생이 각색과 주연을 하면 할 수가 있을 것 같고, 그렇지 않으면 하기 힘들 것 같은데…… 어떻습니까?"

뜻밖의 제안에 내 가슴은 세차게 뛰었다. 임 감독을 처음 만난 건 그 전해 동학을 소재로 한 대형 사극 〈개벽〉에서다. 출연 섭외가 와서 영화사 사무실로 갔더니 임 감독이 나를 맞아주셨다. 인사를 드렸더니 "이 영화에서 하실 역할이 전봉준 장군인데 그렇게 많이 나오지는 않습니다" 하며 날카로운 눈초리로 나를 찬찬히 바라보셨다.

나는 당대 최고의 감독인 임 감독과 작품을 한다는 것만으로도 만족했기 때문에 그 자리에서 출연을 수락했다. 한창 촬영하던 중, 전봉준 장군이 동학교도에게 둘러싸여서 '칼노래'를 부르며 칼춤을 추는 장면을 찍는 날이 왔다. 나는 연출부를 통해 악보를 구해서 혼자 '칼노래'와 칼춤을 연습한 다음 촬영장으로 갔다. 그런데 다른 가수가 노래한 '칼노래'를 틀어놓고 입만 벙긋거리면서 칼춤을 추라고 하시는 게 아닌가.

"제가 지금까지 꿈꿔온 일입니다. 만사를 제쳐놓고 하겠습니다."

나는 영화를 하면서 한 번도 남의 목소리로 더빙해본 적이 없었기 때문에 내심 불만이 생겼다. 촬영이 끝난 직후 임 감독에게 "'칼노래' 제가 직접 부르면 안 될까요?" 하고 건의를 했다. 임 감독은 놀라서 나를 빤히 바라보셨다. 녹음과 촬영까지 마친 장면을 재녹음하고 재촬영하자는 것은 상당히 당돌한 제안이었기 때문이다. 게다가 친한 사이도 아니고 처음으로 함께 호흡을 맞추는 배우가 추가 경비가 들어갈 제안을 한다는 것은 감독으로서 기분 나쁜 행동일 수도 있다. 그러나 나를 잠시 바라보던 임 감독은 "한번 불러보시오" 하며 연출부에게 녹음 날짜를 잡으라고 지시하셨다. 녹음하는 날, 녹음실에서 내가 부르는 '칼노래'를 들어본 임 감독은 "가수보다 잘 부르네요" 칭찬하곤 재촬영해주셨다.

그 과정에서 내가 판소리를 배웠고, 연극 대본도 여러 편 썼다는 걸 알고 나를 눈여겨보신 모양이다. 또 임 감독이 판소리에 관한 여러 가지 자료를 모으던 중 명창들의 삶과 예술 세계를 다룬 《명인명창》이라는 책을 봤는데, 그 책에 내가 쓴 기사가 많은 것을 알고 찾아오신 것이다.

"제가 지금까지 꿈꿔온 일입니다. 만사를 제쳐놓고 하겠습니다."

내 입에서 이런 말이 나온 것은 당연한 일이다. 나는 대학 시절부터 20년 넘게 판소리를 짝사랑했고, 판소리가 사람들에게 푸대접 받는 것을 무척 아쉬워하던 터였다. 또 이따금 방영되는 드라마나 국악 프로그램에서 다양하고 아름답고 심오하고 가슴 깊은 곳을 울리는 판소리를 왜 그토록 진부하고 어렵고 고리타분하게 그려내는지 고민해온 터라, 그 고민 덩어리를 속 시원히 풀어볼 기회가 왔다고 직감했다.

그러나 한편으로는 엄청난 부담감과 걱정이 나를 괴롭히기 시작했다. 시나리오 초고를 써본 경험이 있지만 본격적인 각색자로 나서기는 처음인데다, 거장 임권택 감독과 함께하는 작업이니 조금이라도 착오나 실수를 하지 말아야겠다는 부담이 컸다. 또 연극 쪽에서 해온 전통 예술을 현대화하는 작업 중에서 판소리가 영화와 본격적으로 만나는 첫 작품이니 나의 일을 주시하는 많은 사람들을 실망시키지 말아야겠다는 생각, 각색과 출연이라는 두 가지 일을 제대로 해내야 한다는 생각, 연기뿐만 아니라 소리까지 해야 하니 판소리에 전념하는 국악인에게 누를 끼치지 말아야겠다는 생각 등 수많은 부담감이 나를 사로잡았다.

나는 임 감독과 함께 전라남도 해남의 대흥사 아랫마을에 있는 유선여관에 둥지를 틀고 본격적인 시나리오 작업에 들어갔다. 원작에 이야기의 뼈대는 있지만 가장 중요한 '소리 입히기' 작업을 통해 영화의 '살'을 만들어야 했다. 그다음 문제는 판소리가 들어갈 구체적인 장면을 분할하는 일이었다. 어떤 장면에 판소리가 필요하고 어떤 장면에 필요하지 않은가, 그 장면에 판소리가 필요하다면 과연 어느 대목이 들어가야 할까, 그것이 음악적으로 들을 내용인가, 판소리 내용이 드라마와 어울리는가 하는 문제가 대두되었다.

임 감독과 나는 여관에 틀어박혀 토론에 토론을 거듭했다. 차츰 구성의 윤곽이 잡혀가면서 기본 줄거리에 판소리 노랫말과 새로운 에피소드가 첨가되었다. 그때 마침 송순섭 명창이 아랫동네에 머무르며 소리 공부를 한다는 소식이 들렸다. 송순섭 명창은 〈적벽가〉의 인간문화재로, 박봉술 명창과 김연수 명창에게 사사한 동편제 판소리의 대가다. 나는 아담한 한옥에서 소리 수련을 하는 그를 찾아가 물었다.

"김연수 명창의 단가 '이 산 저 산'을 아십니까?"

박초월 명창을 만나 본격적인 판소리 수업을 하기 전, 혼자서 판소리 음반을 들으며 외롭게 지내던 시절에 나는 임방울 명창과 쌍벽을 이루며 일세를 풍미한 김연수 명창이 부른 '이 산 저 산'을 수백 번도 더 들었다. 그의 탁하고 걸쭉하면서도 삶의 서슬이 잔뜩 서린 목소리와 "이 산 저 산 꽃이 피니 분명코 봄이로구나……" 하는 노랫말이 전해주는 삶에 대한 허허로운 한탄이 나를 사로잡았기 때문이다.

내가 각색하는 과정에서 새롭게 창조한 인물인 유봉의 노년에 그 노래를 꼭 삽입하겠다는 생각을 하고, 혼자서라도 음반으로 연습해보려던 중이었다. 송순섭 명창은 김연수 명창에게 직접 그 노래를 배웠다고 했다. 나는 당장 그가 묵는 집과 유선여관을 오가며 단가를 배웠다. 임 감독은 가끔 그 집의 툇마루에 앉아 송 명창과 나의 수업을 참관하셨다.

해남에서 한 달 반가량 머무르다 서울에 올라온 나는 본격적인 각색 작업에 들어가 얼마 후 시나리오의 초고를 만들었다. 시나리오의 줄거리나 인물 설정은 원작 소설과 많이 다르다.

영화는 중년의 사내 동호가 의붓누이 송화를 찾아 헤매는 데서 시작한다. 동호가 맨 처음 찾은 곳은 소릿재, 그곳에서 만난 사람은 세월네다. 세월을 거슬러서 소리를 찾아 헤매는 내력이 동호의 잃어버린 과거를 통해 드러난다.

동호의 홀어머니 금산댁이 떠돌이 소리꾼 유봉과 정분이 나서 고향을 떠난다. 유봉에게는 소리꾼을 만들고자 얻은 수양딸 송화가 있어서 동호와 송화는 의붓남매가 된다. 금산댁은 유봉의 아이를 낳다가 죽고, 송화와 동호는 유봉에게서 각각 소리와 북을 배운다. 유봉은 젊은 시절에는 판소리 명창의 수제자였으나 스승의 애첩과 정분이 나서 파문당하고 떠돌이 소리꾼이 된 자로, 득음에 대한 집착과 실패한 자의 콤플렉스 때문에 주정뱅이로 지내고 있었다.

그들은 시골 잔치에서 한량들의 술판, 약장수의 바람잡이 등을 전전하며 극도로 궁핍한 생활을 이어나간다. 지독한 가난과 유봉의 억압을 견디지 못한 동호가 떠나자 송화는 소리를 거부하고, 유봉은 그런 송화를 곁에 잡아두면서 소리판으로 끌어내기 위해 눈을 멀게 만든다. 결국 송화는 다시 소리를 하고, 유봉은 송화를 지극 정성으로 가르친다.

　유봉이 세상을 뜨자 송화는 여러 곳을 전전하면서 동호를 기다린다. 약재 수집상이 된 동호는 송화의 자취를 더듬어 외진 바닷가까지 찾아가고 마침내 둘은 만나지만, 소리와 북으로 상대의 존재를 확인할 뿐 아무 기약 없이 헤어지고 송화가 다시 길을 떠나는 데서 영화가 끝난다.

스타 탄생, 오정해

나는 각색과 출연뿐만 아니라 배우 선정, 판소리의 녹음과 선곡, 가사 수정 등 음악에 관련된 모든 일에 관여했고, 헌팅부터 촬영의 전 과정, 편집, 녹음, 믹싱까지 깊숙이 관여했다. 개인적으로는 영화를 제작하는 전반적인 과정을 공부하는 계기가 되었고, 내가 제시하는 아이디어가 대폭 수용되었기 때문에 일에 대한 보람과 기쁨도 그만큼 컸다.

　여주인공 오정해는 임 감독이 나를 만나기 전에 점찍어놓았다. 자료 조사를 하던 중 우연히 TV에서 남원 '춘향제'를 보았고, 미스 춘향으로 뽑힌 오정해가 시상식에서 판소리 부르는 모습을 보고 바로 결정하신 것이다. 어려서부터 판소리를 배웠고, 아담한 키에 청순하고 전형적인 한국 미인의 모습을 갖춘 오정해는 송화 역에 적임이었다.

　스물을 갓 넘긴 오정해는 영화가 처음인 신인이었다. 그래서 임 감독과 나는 시나리오를 준비할 때부터 오정해를 해남으로 불러 판소리도 함께 부르고 대사 연습도 하며 영화의 분위기에 젖어들도록 세심히 배려했다. 처음에는 이것저것 낯설어하고 힘들어했지만, 모르는 것을 가르치면 재빨리 소화하며 차츰 송화 역에 젖어들었다. 또 동호 역을 한 김규철이나 극단 아리랑 출신 배우 등 배역이 대부분 연극배우나 국악인으로 채워지니 그들에게도 많은 걸 배우고 친하게 지내며 촬영장 분위기에 금세 적응했다.

영화가 개봉되자 오정해의 인기가 하늘을 찔렀다. 영화의 흥행 성공과 함께 맑고 고운 목소리로 판소리를 부르는 어린 새는 하늘을 훨훨 날았다. 그 뒤 영화도 몇 편 하고 다양한 활동을 하다가 1997년, 당시 야당 총재였던 김대중 대통령의 주례로 전직 청와대 직원과 결혼을 해서 화제가 되기도 했다. 김대중 대통령은 1971년에 비서 방아무개의 주례를 선 뒤 1997년까지 26년간 주례 청탁을 거절해왔는데, 딱 한 번 관례를 깬 것이 오정해의 결혼식이기 때문이다. 1993년 단성사에서 영화를 보신 뒤 제작진과 식사하는 자리에서 "주례를 서주마" 약속했는데, 그걸 잊지 않고 주례를 부탁한 오정해나 자신이 한 말을 지키기 위해 평생 지켜온 원칙을 깬 김대중 대통령 모두 〈서편제〉로 맺어진 아름다운 인연이다.

촬영이 진행되면서 나는 각색자에서 유봉으로 자신을 옮겨야 했다. 유봉이라는 인물은 원작에는 그 이름이나 성격 등이 거의 드러나지 않았다. 그러나 나는 판소리를 공부하는 동안 개인적으로 만나 소리를 배운 명창들의 실제 모습에 매우 익숙했기 때문에 유봉이라는 인물에 그들의 흔적을 심어놓고 싶었다. 그들의 꿈, 영광, 좌절, 고통, 집념, 분노, 한…… 그 모든 정서의 소용돌이에 뛰어들어 그것들을 표현하고 싶었다. 그것이 내가 그분들에게 드릴 수 있는 최대의 애정 표시고, 내게 소리의 길을 열어준 분들에 대한 최소한의 보답이라 생각했기 때문에 혼신의 힘을 다했다. 그 노력의 결과가 화면에 나타났을 때 내가 세운 목표에 미치지 못한 연기에 부끄럽고 실망도 했지만, 열심히 한 흔적은 보이는 것 같아 혼자서 자위했다.

〈서편제〉는 그런 과정을 통해 연극과 영화를 통틀어 그동안 내가 참여한 어느 작품보다 개인적 체험과 정서가 짙게 밴 작품이 되었다. 특히 유봉이라는 인물에는 내가 연극을 하고 판소리를 공부하면서 느낀 고통과 좌절, 소외감과 처절한 집념 같은 것이 군데군데 배어 있어 때로는 나를 가슴 아프게 한다.

영화를 본 많은 사람들이 유봉과 송화, 동호가 구불구불 이어진 시골길에서 '진도아리랑'을 부르면서 춤을 추며 걸어가는 장면을 가장 인상적인 장면으로 꼽는다. 그런데 그 장면이 본디 시나리오에 없었다는 걸 아는 분은 많지 않을 것이다. 그 장면은 현장에서 즉흥적으로 만들어진 장면이다.

초가집이 자연스럽게 남아 있는 장소를 찾다가 전라남도 완도에서 배를 타고 청산도에 들어갔을 때다. 지금은 〈서편제〉 덕분에 유명한 관광지가 되었지만, 그때만 해도 청산도는 사람 때가 타지 않은 청정하고 한적한 섬이었다. 도착하자마자 아담한 초가집과 그 옆에 조상의 산소가 자리 잡은 독특한 풍경을 여기저기 둘러본 임 감독과 연출부와 나는 여관방에 모여 회의를 했다. 촬영이 끝나면 거의 매번 그런 미팅을 통해 다음 촬영 준비를 했다. 그 자리에서 내가 촬영 중 남모르게 생겨난 고민을 털어놓았다.

"영화가 계속 판소리로 이어지니 전체 흐름이 너무 무겁고 지루하지 않을까 걱정됩니다."

임 감독이 고개를 끄덕이더니 무슨 방법이 있겠느냐고 하셨다.

"영화 중반부에서 약장수와 다투고 쫓겨난 뒤에 장면 하나를 추가해서 흥겹고 쉬운 민요로 한숨 돌리게 해주면 어떨까요?"

"그런 민요가 있습니까?"

"'진도아리랑'이 적당할 것 같습니다."

"한번 들어볼까요?"

당장 자기 방에서 쉬고 있는 오정해를 불러 나하고 번갈아 몇 소절 들려드렸다. 그랬더니 임 감독이 "아주 좋습니다. 내일 아침 이 대목을 찍읍시다!" 하시는 것이다. 내 방으로 돌아와 오정해와 김규철에게 장면을 설명하고 내용에 맞춰서 노랫말을 손질한 다음 연습을 했다.

임 감독은 다음 날 새벽같이 일어나 마을을 둘러보다가 마음에 드는 길을 발견하셨다. 오전 10시쯤 모든 준비가 끝나자, 임 감독은 "여기다 카메라 고정해놓고 원 신 원 컷으로 찍을 테니 저 길 초입부터 세 분이 맘대로 와보시오" 하셨다. 거의 6분이 넘는 장면을 한 컷으로 찍는다는 것은 모험과 같은 일이었다. 감독과 배우에게 모두 부담스러운 결정을 과감하게 내린 것은 임권택 감독이기에 가능한 일이 아니었나 생각한다. 게다가 NG를 여러 번 냈다가는 제작자에게 필름 값 부담도 있기 때문에 나는 두 사람에게 농담처럼 "필름 값 비싸니까 우리 NG 내지 말자"고 한 뒤 긴장 속에서 두 번 연습을 했다.

드디어 임 감독의 "레디고!" 외침과 함께 길을 따라 내려오는 세 사람의 노래와 춤이 펼쳐졌다. 모든 스태프가 카메라 주위에 모여서 조마조마한 눈초리로 우리를 주시하고 있었다. 우리는 실수 없이 카메라를 빠져나갔다. 그러자 정일성 촬영감독이 "컷!" 하고 소리치더니 "와, 좋다. 좋아!" 하며 흥분하셨다. 그때 깜짝 놀란 임권택 감독이 "어, 어, 그게 아닌데……" 하시는 것이다. 이번에는 정일성 감독이 깜짝 놀랄 차례였다.

"아니, 뭐 잘못됐나요?"

"그게 아니고, 세 사람이 빠져나온 다음 텅 빈 길에 바람이 횡하니 부는, 그런 느낌이 있어야 하는데……."

"아이쿠, 미안합니다. 다시 찍읍시다. 배우들, 미안, 미안, 다시 한 번 부탁해요!"

정 감독은 촬영할 때 대단한 열정과 몰입으로 배우들을 감동시키는 분인지라 우리는 즐거운 마음으로 한 번 더 촬영했다. 임 감독의 "컷!" 소리가 유난히 크게 들리고 모든 스태프가 박수를 쳤다. 우리가 빠져나간 길 위로 바람까지 살짝 부는 통에 하늘이 도왔다고 모두 즐거워했다.

그런데 즐겁고 열정적으로 진행되는 제작 과정을 바깥에서 바라보는 사람들의 반응은 정반대였다. 어느 사람은 무관심으로, 어느 사람은 냉소로 반응했다. 한창 시나리오를 쓸 때 어느 영화사 제작부장과 나눈 대화 한 토막.

"선배님, 〈서편제〉라는 거 한다면서요?"

"응."

"그 영화 죽었다 깨나도 흥행이 안 됩니다!"

"왜?"

"첫째, 김명곤, 오정해를 누가 압니까?"

영화 〈서편제〉

〈서편제〉에서 가장 유명해진 장면. 청산도의 구불구불한 돌담길을 따라 노래하고 춤추며 걸어오는 떠돌이 광대 가족. 오정해와 김규철의 앳된 얼굴이 인상적이다. 이 장면을 찍을 때는 하늘이 도왔는지 바람도 휭 불어서 쓸쓸한 느낌을 더해주었다.

"그 말은 맞다. 나는 흥행 안 되는 배우고, 오정해는 판소리만 해온 신인 배우니까."

"둘째, 전통 가지고 영화 해서 된 게 있습니까?"

"글쎄……."

"〈씨받이〉 〈물레야 물레야〉 〈피막〉…… 외국 영화제에 가서 상은 받을지 몰라도 흥행은 안 됩니다. 내 손에 장 지집니다. 흥행되려면 어떻게 해야 하느냐?"

"어떻게 해야 하는데?"

"〈뽕〉 〈어우동〉, 여자들이 촛불 아래서 은은하게 속곳을 막 벗어줘야 전통 가지고 흥행이 됩니다."

이런 반응과 상관없이 영화에 참여한 모든 스태프와 배우들은 신이 나서 일했다. 특히 고령에도 언제나 열정이 넘치는 정일성 촬영감독은 나한테 기본 장단 몇 개를 배운 뒤 가끔 "이 장면은 중모리로 찍을까, 자진모리로 찍을까?" 농담도 하셨다.

촬영하다가 틈이 날 때면 임 감독과 함께 나한테 배운 '이 산 저 산'을 흥얼거리며 즐거워하셨다. 노익장들의 이런 분위기에 힘입어 판소리를 낯설어하던 젊은 스태프도 '이 산 저 산'이나 '진도아리랑'을 흥얼거리니 촬영장에는 웃음과 신명이 넘쳐흘렀다. 영화를 본 어느 사람이 〈서편제〉에는 따뜻함과 애정이 어려 있다고 말했는데, 영화에 참여한 모든 이들의 '기氣'가 뭉쳐서 그런 결과가 나온 것이라고 생각한다.

나는 언제쯤 〈서편제〉 그늘에서 벗어날까?

영화가 상영되는 동안, 10여 년 전 박초월 명창의 판소리 학원 창문에 턱을 괴고 간판만 하염없이 바라보던 단성사 앞에 늘어선 관객을 보며 이런저런 감회에 잠겼다. 영화가 개봉되자 뜻밖에도 사람들이 구름같이 몰려들었다. 그 여파로 판소리가 사람들 입에 오르내리고, 판소리의 유파에 '서편제'와 '동편제'가 있다는 것을 많은 사람들이 알게 되었다. 게다가 초등학생부터 할아버지까지 찾아오는 관객의 다양함, 끊임없이 이어지는 각계각층의 찬사, 언론과 방송의 엄청난 보도, 해외동포에게까지 파급되는 국악에 대한 관심은 '서편제 신드롬'이라는 말이 무색하지 않을 정도로 문화·예술계뿐만 아니라 사회 전반에 걸쳐 새로운 열풍을 불러일으켰다.

나 역시 그 열풍에 휩쓸려 몇 년을 정신없이 지냈다. 좌절한 소리꾼 유봉의 날개를 타고 하늘을 훨훨 날았다. 청룡영화제 남우주연상, 영화평론가협회 남우주연상, 자랑스러운 서울시민상 등 생각지 못한 상복도 터졌다. 처음에는 뜻밖의 반응에 놀라고 당황했으며, 나중에는 주변의 찬사에 기뻐하고 자만하기도 했다. 방송이나 언론에 이런저런 일로 얼굴을 내밀었고, 공적인 모임이나 사적인 모임, 대학교 강연회 등 쉴 새 없는 초청에 시달리며 즐거운 비명을 지르기도 했으며, 판소리 공연이나 국악과 관련된 행사 등 많은 일을 처리하느라 거의 하루도 쉬는 날 없이 분주한 나날을 보냈다.

그 뒤 국립극장장과 문화관광부 장관을 하는 동안에도 나의 이름 뒤에는 '서편제'라는 수식어가 붙었다. 지금도 많은 분들이 나를 전 장관보다 〈서편제〉의 소리꾼 유봉으로 기억하고 친근감을 표현한다. 영화한 편이 평생 그 사람의 인생을 따라다니는 일은 흔치 않을 것이다. 그동안 영화와 연극을 비롯해 많은 활동을 해왔지만, 대부분 〈서편제〉의 그늘에 가려지고 여태껏 〈서편제〉의 이미지에서 벗어나지 못하고 있으니 한탄할 일이다.

나는 언제쯤 〈서편제〉의 족쇄에서 벗어날까? 하지만 그 족쇄는 나를 행복하게 해주었고, 앞으로도 내 인생을 더욱 행복하게 조여줄 족쇄 아닐까? 평생 그런 족쇄를 만나지 못하는 인생도 수두룩한데, 혹시 내가 복에 겨워 투정 부리는 것 아닐까?

맞다! 내가 복에 겨워 잠깐 투정을 부린 것이다. 〈서편제〉는 내 기나긴 판소리 사랑의 결실을 맺게 해준 소중한 작품이다. 내가 꾼 많은 꿈을 하나씩 이루어갈 토대가 되어준 귀중한 작품이다. 앞으로 〈서편제〉를 뛰어넘는 새로운 작품을 하라는 '꿈 너머 꿈'을 제시해준 보물 같은 작품이다.

〈서편제〉의 소리를 부를 수 있게 가르쳐주신 박초월 선생이나 한국 문학사에 빛나는 원작 소설을 쓰신 이청준 선생이 내 투정을 들으면 얼마나 서운하시겠는가.

"그 대신 막걸리나 자주 마십시다"

마음대로 각색하라던 시대의 문호 이청준

이청준과 인연

2008년 7월 31일 폐암으로 작고하신 이청준 선생과 인연은 〈서편제〉의 각색과 출연 제의를 받은 '사건'으로 시작됐다. 그날부터 나는 《남도사람》이라는 연작소설집에 실린 〈소리의 빛〉〈선학동 나그네〉 등을 꼼꼼히 읽고, 각색을 위해 선생과 만날 준비를 했다.

나는 전부터 소설가 이청준의 팬이었다. 〈별을 보여드립니다〉〈병신과 머저리〉〈소문의 벽〉, 《당신들의 천국》 등 주로 정치·사회적인 메커니즘과 그 횡포에 대한 인간 정신의 대결 관계를 형상화한 작품으로 한 세대를 풍미한 그분의 애독자였다. 그러나 각색자의 입장이 되고 보니 만남이 무척 부담스러울 수밖에 없었다. 원작자의 문학적 명성이 높을수록 각색자는 더 큰 부담을 지게 마련이다.

임 감독이 세 사람의 식사 자리를 주선했다. 두 분의 은근하면서도 위트 넘치는 대화가 오고 갔다. 두 분은 전에도 여러 번 만났고, 전라남도 동향이고, 연배도 비슷해 통하는 부분이 많았다. 임 감독에게서 나를 소개받은 이청준 선생은 "보잘것없는 작품을 각색하느라 고생 많으시겠습니다. 잘 부탁합니다"라며 깍듯하게 존대하셨다. 나는 황송한 마음을 접어두고 대뜸 각색 과정에서 원작자를 만나면 꼭 짚어보고 싶었던 몇 가지 고민거리를 늘어놓았다. 그런데 내 얘기를 듣고 난 선생은 뜻밖에도 이렇게 말씀하셨다.

"소설과 영화는 엄연히 다르니 김 선생이 하고 싶은 대로 각색하시오. 그 대신 우리 막걸리나 자주 마십시다."

그 대답을 듣는 순간 가슴속 체증이 쑥 내려가는 느낌이었다. 원작자가 각색에 이것저것 간섭하기도 하고 마음에 들지 않으면 항의하는 경우도 있기 때문에 각색자로서 제일 걱정되는 부분이었는데, 그 말한 마디로 모든 걱정이 사라졌다.

그 후 선생의 고향인 장흥에 함께 방문하여 치매에 걸려 아들을 알아보지 못하는 어머니를 뵙기도 하고, 판소리 명창의 소리를 들으며 즐거운 시간을 보내기도 하고, 편하게 술잔을 나누는 자리도 여러 번 있었지만 선생은 각색에 대해 한 마디도 이러쿵저러쿵 말씀하시지 않았다.

나는 은발을 쓸어 올리고 우스갯소리를 섞어가며 은근하게 좌중을 유도하시는 선생의 인품에 반했다. 가느다란 담배가 입에서 떠나지 않고 하얀 연기로 피어오르는 모습은 그의 멋진 은발과 어울려 묘한 매력을 주었다. 그러나 그 하얀 연기가 선생의 수명을 앗아간 원흉이 될 줄이야 누가 알았겠는가?

이청준 선생의 판소리에 대한 애정과 식견은 나를 능가할 정도였다. 어려서부터 판소리를 듣고 자란 선생은 박계향 명창과 각별한 교분을

나눌 정도로 판소리 사랑이 남달랐다. 판소리의 문학적·음악적 향기
에 심취하셨고, 판소리뿐만 아니라 사라져가는 전통문화의 장인에 대
한 선생의 탁월한 안목은 여러 명작 소설을 낳았다.

서울대 독문학과를 졸업한 선생은 나도 서울 사대에서 독문학을 공
부했다는 얘기를 듣고 "우째 이런 일이!" 하고 놀라며, 판소리와 독문학
으로 이어진 우리의 인연을 자랑스러워하셨다. 그 뒤 나하고는 〈조만득
씨〉라는 중편소설을 각색·연출한 〈배꼽춤을 추는 허수아비〉로 인연이
이어졌다. 그 연극을 할 때도 선생은 즉석에서 허락한 것은 물론 각색
에 대해 무조건 일임했고, 공연을 보고 진심으로 칭찬해주셨다.

게다가 〈서편제〉는 나에게 청룡영화상 남우주연상을 안겨주고, 〈배

꼽춤을 추는 허수아비〉로 현대연극상 최우수작품상과 연출상, 남우주연상 등을 휩쓸었으니 선생과 인연은 나의 인생에 영광의 빛을 더해주었다.

나를 부끄럽게 한 이청준

이청준의 소설은 이전에도 몇 작품이 영화로 제작되었지만, 〈서편제〉 이후 더욱 활발하게 영화화되어 〈축제〉〈밀양〉〈천년학〉 등이 관객에게 선보였다. 그밖에도 수많은 감독과 연출가, 작가에게 영감과 명예를 안겨준 이청준. 그러나 화려한 빛의 그늘에 침잠하여 '창작의 고통은 천형'이라고 하신 선생의 웅숭깊은 부끄러움, 고통, 죄의식, 낯섦은 나를 엄숙한 내면의 세계로 인도한다.

한번 읽으면 오래도록 가슴에 남아 영혼의 주위를 맴도는 이청준 작품의 마력은 내면의 깊은 성찰에서 우러나오는 것 아닐까? 선생께서는 마지막 작품집 《그곳을 다시 잊어야 했다》 서문에서 "이런 자리 마련한 것이 부끄럽고, 소설을 욕심낸 것이 부끄럽고, 내 몸을 스스로 관리하지 못해 부끄럽고, 이웃에 대해 부끄럽다"고 하셨다. 그 말씀이 나를 부끄럽게 한다. 자신에 대해 부끄러워할 줄 모르고, 이웃과 친지들의 소중함을 모르는 내 삶을 돌아보게 하는 뼈아픈 질책이었다.

선생은 돌아가시기 전 인터뷰에서 신화와 영혼에 대한 소설을 쓰고 싶다고, 다산 정약용과 추사 김정희와 초의 선사와 소치 허유가 어우러지는 소설을 쓰고 싶다고도 하셨다. 선생님이 남겨놓은 문학의 화두는 과연 누가 짊어지고 갈까? 어느 누가 선생이 차지한 한국문학의 별자리를 이어갈까? 어느 누가 선생이 목숨을 걸고 사랑한 우리말의 순교자가 될까? 소설보다 힘들게 암과 싸우다 돌아가신 이청준 선생, '당신의 천국'에서 잘 지내고 계실까? 선생을 추모하며 선생이 〈서편제〉에서 제일 좋아하시던 '이 산 저 산'의 가사를 바친다.

이 산 저 산 꽃이 피니
분명코 봄이로구나.
봄은 찾아왔건마는
세상사 쓸쓸하구나.
나도 어제 청춘일러니
오늘 백발 한심하다.
내 청춘도 날 버리고
속절없이 가버렸으니
왔다 갈 줄 아는 봄을
반겨한들 쓸데가 있나
봄아, 왔다가 가려거든 가거라.
네가 가도 여름이 되면
녹음방초승화시綠陰芳草昇華時라
예부터 일러 있고,
여름이 가고 가을이 돌아오면
한로상풍寒露霜楓 요란해도,
제 절개를 굽히지 않는
황국黃菊 단풍丹楓은 어떠하며,

가을이 가고 겨울이 되면,

낙목한천落木寒天 찬 바람에

백설이 펄~펄 휘날려

월백설백천지백月白雪白天地白 하니

모두가 백발의 벗이로구나.

봄은 갔다가 해마다 오건만

이 내 청춘은 한번 가면

다시 올 줄을 모르네 그려

어화, 세상 벗님네야,

인생이 비록 백 년을 산대도

잠든 날과 병든 날과

걱정 근심 다 제하면

단 사십도 못 사는 게 인생인 줄

짐작하시는 이가 몇몇인가

노세 젊어 놀아

늙어지면 못 노느니라

놀아도 너무 허망히 놀면

늙어지면서 후회되느니

바쁠 때 일하고 한가할 때 틈을 타서

이렇듯 친구 벗님 모여 앉아

"한잔 더 먹소 덜 먹소" 하면서,

거드렁거리고 놀아보자.

나를 인정해준 영화감독 이장호

첫 영화 출연, 완전 '왕따' 처지

〈서편제〉 때문에 매우 상심한 분이 있다. 이장호 감독이다. 어느 방송에서 진행자와 출연자로 만났을 때 "김명곤 씨가 영화는 나하고 더 많이 했는데, 〈서편제〉 때문에 그 전에 출연한 영화는 모두 묻히는 것 같아 서운하다"는 말씀을 공개적으로 하신 적이 있다. 농담처럼 하신 말씀이지만 충분히 일리 있는 지적이라 생각한다. 이장호 감독은 연극만 하던 내게 영화 인생의 길을 열어주신 분이다.

　김민기 작, 이상우·김석만·김민기 공동 연출의 〈멈춰 선 저 상여는 상주도 없다더냐〉라는 작품에서 전봉준 역할로 출연한 1981년 무렵이었다. 〈일송정 푸른 솔은〉이란 독립군 영화를 준비하던 이장호 감독이 기획자로 일하던 장선우 감독의 소개로 그 연극을 보러 왔다가, 나를 광대 출신 독립군으로 캐스팅했다. 이 감독의 회고에 따르면 무대에서는 키도 크고 당당해 보였는데, 영화사 사무실에서 처음 만나보니 조그맣고 비리비리해 무척 놀랐다고 한다.

〈별들의 고향〉으로 최고 흥행 감독으로 떠오른 뒤, 〈바람 불어 좋은 날〉〈낮은 데로 임하소서〉 같은 작품으로 하길종·김호선 감독 등과 함께 '영상 시대'를 이끌던 당대 최고의 감독이자 늘 새로운 실험으로 영화계에 자리 잡은 이장호 감독과 일한다는 것은 내게 행운이었다. 나중에 들으니 내가 영화를 한다니까 함께 연극하던 동료들 사이에서 찬반 토론이 벌어졌다고 한다. 영화를 하면 상업적으로 물들어서 예술을 망친다는 의견과 형편이 어려우니 영화라도 해야 연극을 계속할 수 있다는 의견이 팽팽하게 맞선 끝에 보다 '인간적인' 후자가 이겼다고 한다. 그런데 나는 생활비보다 새로운 도전을 하겠다는 생각으로 선뜻 영화 출연 제안을 받아들였다.

그 무렵에는 연극배우들이 영화를 거의 하지 않았고, 하더라도 예술을 위한 아르바이트 정도로 취급했는데 나는 생각이 달랐다. 나는 어려서부터 영화에 매료되었고, 영화와 연극의 예술성이 얼마든지 교류될 수 있다고 보았다. 또 연기자로서 각종 연기술을 파고들며 고민하던 터라 마당극, 판소리나 전통 연희, 리얼리즘 무대에 이어 영화의 연기술을 체험하고 싶은 욕구가 강렬했다.

짐작한 대로 나는 첫 촬영부터 영화 연기의 매운맛을 보았다. 카메라에 대한 기초 상식도 없었으니, 얼굴을 찍는지 손을 찍는지 발을 찍는지 알지 못한 채 오로지 연극적인 온몸 연기를 한 것이다. 나중에 찍은 필름을 확인하는데 얼굴이 화끈거려 볼 수가 없을 지경이었다.

지금은 연극배우들이 영화를 하는 게 일상적이고 당연시되지만, 그때만 해도 영화배우협회의 쟁쟁한 배우 수십 명이 총동원된 주요 배역 중에 연극배우는 나 혼자였다. 자기들끼리는 형 동생 하며 재미있게 지내는데, 아는 사람 하나 없는 무명 연극배우인 나는 꿔다놓은 보릿

나의 첫 영화 출연 장면. 떠돌이 광대 출신 독립군으로 일본군에게 잡혔다가 탈출하지만, 청산리 전투에서 장렬하게 전사한다.

영화 〈일송정 푸른 솔은〉

자루 신세가 되어 독립군 의상을 입고 촬영장에서 꾸벅꾸벅 조는 게 일과였다. 나와 함께 〈일송정 푸른 솔은〉으로 영화에 데뷔한 이보희도 '왕따' 신세였는데, 그 외로움을 달래준 게 이장호 감독의 특별한 '은총'이었다. 촬영 뒤 술자리가 벌어질 때면 꼭 이보희와 나를 불러서 친밀함을 과시하니, '이장호 감독이 키우는 배우'라는 소문이 나서 다른 배우나 스태프들하고도 가까워질 수 있었다.

날카로운 비판 정신과 풍자 선보인 〈바보선언〉

그 뒤 정이 많고 마당극과 판소리에 관심이 많은 이장호 감독과는 형제처럼 친해져서, 다음 작품 〈바보선언〉에서 이보희와 함께 주인공을 맡았다. 이보희는 방송에서 탤런트로 활동하다가 이장호 감독의 눈에 띄어 발탁된 신인 배우다. 이목구비가 깨끗하고 몸매가 아름다운 이보희의 매력에 푹 빠진 이 감독이 다음 작품에 과감하게 주인공으로 발탁한 것이다. 이보희뿐만 아니라 나 역시 신인이나 마찬가지였으니 〈바보선언〉의 주연 배우 기용은 모험이었다. 제작사에서는 별로 달가워하지 않은 캐스팅이지만, 이 감독의 막강한 권력(?) 덕분에 가능했다. 이장호 감독은 최고의 흥행 감독이고 영화계의 이슈 메이커였기 때문에, 제작사는 감독이 어떤 결정을 내리든 따라갈 수밖에 없었다.

〈바보선언〉은 당시 최고 인기 작가이자 민족 문학 진영의 대표 작가 황석영의 《어둠의 자식들》을 각색해서 안성기·나영희 주연으로 이장호 감독이 만든 영화가 성공하고, 그 후속편으로 기획된 작품이다. 그런데 전두환 정부가 들어서면서 검열이 강화되어 같은 소재, 같은 제목인데도 대본 허가가 나지 않아 제작이 중단될 상황에 처했다. 한국 영화가 혹독한 검열에 시달리던 때인지라 창녀촌의 이야기를 다루었다는 사실만으로 허가가 나지 않은 것이다.

기성작가가 리얼리즘 형식으로 써놓은 각색 시나리오로 준비를 하던 중 '불허'가 떨어지자, 이장호 감독과 〈어둠의 자식들〉의 초고 집필자이며 실화의 주인공인 이철용과 나 셋이서 검열용 시나리오를 급히 만들었다. 시간도 부족하니 대사가 없는 블랙코미디로 만들자고 하여 각자 한 장씩 맡아 줄거리를 모아서 엉성한 시나리오를 만들고 제목을 열 개 정도 지어 검열 당국에 제출했다. 그랬더니 우습게 대본도 통과되고, 제목도 〈바보선언〉으로 지정되어 허가가 떨어졌다.

완성된 시나리오 없이 촬영이 시작되었으니 거의 모든 장면을 현장에서 만들어야 했다. 촬영이 끝나면 매일 감독과 나와 연출부가 모여 다음 날 촬영할 장면을 구상하고, 현장에서 아이디어 회의도 해가며 즉흥적으로 만들어진 독특한 작품이다. 바보와 창녀와 뚱보, 세 사람의 만남과 어쩔 수 없이 함께 떠돌며 겪는 우스우면서도 눈물 나는 에피소드, 가진 자들의 희롱으로 죽어가는 창녀를 위한 두 청년의 씻김 등이 무성영화 형식으로 이어진다. 그 영화에서 내가 맡은 역할은 '똥칠'이라는 절름발이 거지로, 뚱보 운전사(이희성)와 함께 창녀(이보희)를 졸래졸래 따라다니는 바보다.

이 영화는 이장호 감독이 암울한 시대에 절망해 '자포자기하는 심정'으로 만든 작품이다. 앞부분에 이 감독 본인이 연기하는 영화감독의 자살은 당시 감독의 심경을 보여주는 장면이다. 채플린이나 버스터 키튼 같은 슬랩스틱코미디의 스타일을 취한 이 영화의 양식적 실험은 아이로니컬하게도 "영화라는 것을 망쳐놓고 싶었다"는 감독의 위악적인 태도에서 나온 것이다. 3S(섹스, 스포츠, 스크린)라고 불리던 5공화국 군사정부의 우민화정책을 비판하는 자의식적 스타일을 선보이고, 소외 계층을 주인공으로 하여 전두환 군사정부의 문화·예술 정책과 그에 편승하는 영화계 풍토에 날카로운 비판을 가한 이 작품은 국내 평단의 호평은 물론 해외에서도 나름의 성과를 거두었다.

그러나 도무지 한국 영화의 문법에 맞지 않는 파격적 형식으로 일관한 이 작품을 본 제작사 사장은 "영화 제작 평생에 이런 괴상한 영화는 처음 본다"고 화를 내며 창고에 처박았다고 한다. 그래서 해가 다 가도록 극장에 걸리지도 못하다가, 이듬해 단성사에서 그 회사의 다른 영화가 너무 일찍 막을 내리는 통에 땜질용으로 상영했다. 그런데 뜻밖에도 젊은이들이 열광하고 평론가들이 최고의 화제작이라고 치켜세워, 1984년 한국 영화 흥행 3위를 했다. 1위는 〈고래사냥〉, 2위는 〈애

마부인2〉였다. 그 뒤 〈바보선언〉은 국내 영화제에서 몇 개 상을 받고 해외 영화제에도 출품되어 1980년대 한국의 시대상을 반영한 대표적인 영화로 주목받았다.

이어서 〈과부춤〉〈어우동〉〈나그네는 길에서도 쉬지 않는다〉〈명자 아끼꼬 쏘냐〉〈천재선언〉에 이르기까지 나의 젊은 시절 영화 인생은 이장호 감독과 맺어졌다. 이보희와는 〈과부춤〉〈어우동〉〈나그네는 길에서도 쉬지 않는다〉 등 다섯 편을 같이했다. 조선조의 희대 상류층 스캔들 메이커 어우동의 일생을 다룬 영화 〈어우동〉이 흥행에 대성공을 거둬 스타가 되자, 이보희는 한동안 섹시함과 관능미의 화신으로 매스컴을 장식했다. 하지만 내가 아는 이보희는 착함과 순박함의 화신이다. 그녀는 완도 출신 시골 처녀답게 착하고 겸손하고 소박했다. 어느 때는 어수룩하고 촌티가 뚝뚝 묻어났을 정도다. 그녀는 판소리도 좋아해서 최승희 명창에게 판소리를 배우러 다니기도 했다. 나는 영화에서 보인 섹시하고 요염하고 세련된 그녀의 모습보다 요즘 TV에서 보이는 어수룩하면서 순박한 모습을 좋아한다.

혼잣말처럼 정권 타도(?)를 외치다가 다음 날 다시 순박한 표정으로 촬영하던 이보희의 모습을 나는 지금도 잊을 수가 없다.

그렇게 착한 이보희가 무섭게 화를 낸 사건이 있었다. 〈나그네는 길에서도 쉬지 않는다〉를 촬영하던 1988년 겨울의 일이다. 그 영화는 거의 모든 장면을 속초, 삼척, 양양 등 동해안 바닷가에서 찍었는데, 대부분 국군기무사령부(보안사)의 협조와 허가가 필요한 지역이었다. 그들의 협조를 위해 어쩔 수 없이 이장호 감독과 나와 이보희 셋이서 보안부대 장교 몇 명과 술자리를 했다. 그런데 술에 취한 장교 두어 명이 이보희에게 술잔을 권하며 짓궂은 농담을 하기 시작했다. 이보희는 술을 못 마시는 체질이지만, 그날은 어쩔 수 없이 받아 마셨다.

이 감독은 분위기를 바꾸려고 더 크게 노래 부르고 비위를 맞추기도 했지만, 점점 더 취한 장교들은 이보희에게 억지로 술을 권하며 성희롱에 가까운 노골적인 농담을 건네고 은근슬쩍 몸을 만지려고 했다. 나 역시 점점 화가 치밀어 말없이 술을 마셔댔고, 이 감독은 악을 쓰다시피 노래 부르다가 취한 척하며 술자리를 끝냈다. 가지 못하게 붙잡는 장교들을 뿌리치고 여관으로 돌아오자, 술에 취해 비틀거리던 이보희가 갑자기 욕설을 퍼붓는 것이었다. "개새끼들, 더러운 놈들" 등 순박한 그녀가 아는 촌스런 욕이란 욕은 다 내뱉더니 마지막에 나온 말이 나를 놀라게 했다.

"니들 정권이 얼마나 갈 줄 아냐, 이놈들아?"

설마 이보희가 그토록 의협심과 투쟁 의식에 불타는 '여협'인 줄 미처 몰랐다. 여관 화장실에서 먹은 음식과 술을 다 토하며 울고불고 혼잣말처럼 정권 타도(?)를 외치다가 다음 날 다시 순박한 표정으로 촬영하던 이보희의 모습을 나는 지금도 잊을 수가 없다.

나를 인정해준 영화감독, 이장호

이장호 감독은 무명 연극배우에 지나지 않던 나를 과감하게 주인공으로 발탁해준 은인 같은 분이다. 나는 가끔 그분이 왜 나를 그토록 좋아

40

하고 인정해줬는지 의아했다. 나는 당시 한국 영화의 일반적인 배우 개념에 어울리는 배우가 아니었고, 영화배우로 출세하겠다는 욕망보다는 연극배우나 연출가의 활동에 의욕적이었기 때문이다. 그런데 그분의 자서전《바보처럼 나그네처럼》중 〈난 이런 배우가 좋다〉라는 장에서 나에 대해 쓴 글을 읽고 비로소 그의 깊은 마음을 알았다.

14편의 영화를 하는 동안 내가 알았던 모든 배우들이 서양의 훌륭한 연기자들의 연기 모습을 뿌리로 하고 있다면 김명곤은 전혀 다른 우리의 정서, 우리의 감각, 우리의 연기 훈련으로 구축한 새로운 연기 세계를 갖고 있는 매우 훌륭한 연기자다. 내가 갖고 있는 영화의 세계를 지금까지 배우들이 소화해온 것에 대해 나는 깊은 만족을 얻을 수 없었고 더구나 그들이 주축이 되어 영화를 이끌지는 못했던 것에 비해, 김명곤 그의 연기 세계는 내가 갖고 있는 영화 세계보다 큰 그릇을 갖고 있다는 얘기다. 앞으로 또 한번 함께 〈바보선언〉보다 독특한 영화를 만들었으면 싶은데, 그는 확실히 가장 뿌리가 깊고 또 그만큼 무성하고 새롭고 싱싱한 연기력을 갖추고 있는 존중할 만한 광대다.

그렇다. 바로 김명곤과 같이 감독인 나에게 배우가 한낱 부속물이나 장식품이 아닌 정신 그 자체임을 알려줄 수 있는 새로운 광대들이 나와준다면…… 그것이 내가 바라는 이상적인 배우다.

연기와 배우에 대한 그런 이상 때문에 나를 알아준 이장호 감독과 멋진 작품으로 언젠가 다시 만날 날을 꿈꾼다.

나의 첫 수필집을 간택(?)해준 작가 이윤기

그의 신명과 따뜻한 배려가 그립다

아, 선생님

〈바보선언〉의 연기와 관련해서 잊을 수 없는 분이 있다. 우리나라 최고의 번역가이며 신화 연구가이며 소설가인 이윤기 선생이다. 그의 수필집 《어른의 학교》 중 〈보아야 보이는 것들〉이란 장에서 똥칠이 연기를 하면서 느낀 나의 생각에 대해 나보다 탁월한 해석을 해주셨기에 오히려 내가 그분의 글을 종종 인용한다.

똥칠은 말도 잘 못하는 바보에, 거지에, 다리를 저는 청년이었다. 그런데 나는 대학을 나온, 두 다리가 멀쩡한 사람이었다. 대학 시절에 거지처럼 살며 빈민 생활을 지겹도록 체험하기는 했지만, 진짜 거지하고는 사귈 기회가 없었다. 그래서 청계천 부근이나 청량리나 창녀촌 같은 빈민가를 열심히 돌아다니며 노숙자나 부랑자나 거지들이 어떻게 살고, 말하고, 어떻게 밥 먹고 사는지 관찰했다.

또 절름발이 역을 소화하기 위해 길만 가면 절름발이들을 따라다녔다. 전

철 타고 가다가도 절름발이가 있으면 따라다녔다. 그때 서울 거리에 절름발이가 얼마나 많은지 알고 깜짝 놀랐다. 모든 절름발이의 걸음걸이가 다르다는 것도 처음 알았다. 큰 수 하나 배웠다.

그런데 더 놀란 것은 영화 촬영이 끝나고 나니, 그 많던 절름발이가 내 눈에 한 명도 보이지 않았다. 마음에서 멀어지니까 눈에서도 멀어진 것이다. 큰 수를 또 하나 배웠다. 나는 연습 때마다 단원들에게 이 이야기를 들려주곤 한다. 보아야 보인다고. 보지 않으면 보이지 않는다고…….

이런 이야기를 그의 가족과 함께 미국 시카고에서 뉴욕까지 여행하는 동안 고속도로를 달리는 승합차 안에서 아이들에게 했는데, 운전하면서 내 얘기를 경청하시더니 그예 자신의 글에 소개하신 것이다.

김명곤의 메시지는 명약관화합니다. 우리가 하는 일에 깨어 있자는 것이겠지요. 깨어 있어야 보인다는 것이겠지요. ……깨어 있는 상태에서 보아야 비로소 보이기 시작한다. ……보이는 것은 그 깨어 있는 상태에서 쌓아가야 한다. ……오하이오 주의 평원을 지나면서 그가 한 말이 그 뒤로도 우리 집에서 여러 차례 되풀이해서 울리게 됩니다. 내 아들딸에게 김명곤의 말은 한동안 화두 노릇을 너끈하게 하더라구요.

이윤기 선생과 나의 인연은 그보다 훨씬 전인 1980년대 후반으로 거슬러 올라간다. 《주간한국》에 매주 한 편씩 에세이류의 콩트를 6개월간 연재할 때였다. 간신히 연재를 끝내고 나니 도서출판 고려원에서 만나자는 연락이 왔다. 가보니 후리후리하고 비쩍 마른 중년 사내가 함박웃음을 지으며 나를 맞이했다. 그는 대뜸 "글 잘 읽었소. 책 한 권 냅시다" 했다.

그분이 당시 고려원의 주간 이윤기 선생이다. 100여 권에 이르는 번역서와 최고 수준의 문장으로 번역계의 일인자였고, 문학계에서도 만만치 않은 활동을 하던 이윤기 선생이 무명의 연극배우가 쓴 글을 간택(?)해주신 것은 나에게 행운이었다. 연재한 글은 책 만들 분량이 되지 않아 여기저기 쓴 글 몇 편을 엮어서 1991년에 출간했다. 그게 나의 첫 수필집 《꿈꾸는 퉁소쟁이》다. 이윤기 선생이 제목도 직접 짓고, 표지에 실린 지은이 소개도 직접 쓰셨다. 그 글이 또한 독특해서 지금껏 마음에 담아두고 있다.

• 서울대 독어교육과를 나와도 자기 저서에는 독일어를 한 마디도 안 쓰는 지독한 바지저고리, 판소리꾼인가 하면 영화배우로도 뛰고, 연극 평론을 하는가 하면 소설도 써내는 팔방미인, 20대의 카오스에서 자기를 건져준 문학과 연극에 공양미 시주 대신 거짓 민중보다 참 민중을 더 섬기겠노라 약속한 큰 광대 김명곤이 온몸으로 부르는 소리 가락!

• 김명곤의 삶을 만나면, 우리가 산 삶은 지우개로 북북 지우고 싶어진다! 그가 살아온 험하고도 아름다운 삶을 들으면 문득 그를 닮고 싶어진다!

• 무대에 서면 청산유수같이 대사를 뱉어내는 김명곤도 자기 이야기를 할 때면 그렇게 어눌할 수가 없다. 그의 인생에는 대본이 없기 때문인가?

나를 감동시킨 선생의 배려

그분은 《뿌리깊은 나무》 기자 시절의 나를 소문으로 들었고, 베스트셀러 《신부님, 우리들의 신부님》의 번역자로도 알았던지라 연극과 문학과 판소리에 심취한 나의 활동 내력에 관심과 지지를 보내주신 것이다. 본인 역시 판소리에 무한한 애정이 있던 터라 우리는 금세 친해져서 가끔 술자리를 가졌다.

술자리의 이윤기 선생은 작가라기보다 광대에 가까웠다. 구수한 입담과 놀라운 기억력으로 풀어내는 그의 이야기는 현대판 설화 같았다. 대중가요, 팝송, 민요, 판소리 등 음악에 대한 광범위한 지식도 놀랍거니와 직접 읊어대는 가락 또한 구성지고 맛깔스러웠다. 그래서 그와 함께하는 술자리는 언제나 따뜻한 웃음과 신명이 넘쳐흘렀다. 또 경북 군위 출신인데 전라도 친구들이 많고, 전라도 사투리도 곧잘 구사하며 '지역감정 타도'에 일익을 담당하셨다.

책이 나오고 얼마 뒤 선생은 미시간주립대학에 비교종교학을 연구하러 떠나시고, 나는 〈서편제〉 촬영과 상영으로 정신없이 보냈다. 1993년 여름, 선생의 초청으로 미시간주립대학 '한국학 대회'의 개막 행사 총감독을 하기 위해 미국으로 날아갔다. 나는 함께 간 젊은 여성 소리꾼과 풍물을 배운 그곳의 유학생들을 데리고 일주일쯤 연습한 끝에 학교 대강당에서 막을 올렸다. 고은 시인, 이장호 감독, 최열 환경 운동가 등도 가서 강연과 세미나를 했는데 공연 날은 모든 참가자와 학생, 교수, 주민 등이 강당을 가득 메웠다. 통일 기원 굿, 판소리, 민요 판굿 등 한국의 굿판을 현대적인 이미지로 형상화한 공연에 모두 열광했다. 이윤기 선생의 회고에 따르면 당시 현지 신문 〈랜싱 스테이트 저널〉은

'쇼가 한국의 문화를 오늘의 언어로 번역한다'는 제목으로 그 공연에 주목하면서 미국인에게도 가서 보기를 권했다고 한다.

공연이 끝나고 벌어진 술자리는 고국에 대한 향수와 공연의 감흥이 더해져서 새벽까지 질펀하게 이어졌다. 나는 이윤기 선생의 독촉과 애원과 협박에 시달리며 판소리를 원 없이 불렀다. 그때 술자리를 같이 한 사람 중 미국에서 20년 동안 살았다는 한 교포는 이윤기 선생에게 "그 썩을 놈이 내 가슴에 불을 지르고 갔다"며 푸념했다고 한다. 행사가 끝나고 다른 참가자들은 한국으로 돌아갔는데 나는 이윤기 선생 댁에 남아야 했다. 그분의 가족과 함께 시카고에서 뉴욕까지 이틀 동안 4000리나 되는 길을 여행하기로 약속했기 때문이다. 그렇게 무리한 여행을 계획한 것은 순전히 나를 위한 배려였던 듯싶다.

"김명곤의 메시지는 명약관화합니다. 우리가 하는 일에 깨어 있자는 것이겠지요. 깨어 있어야 보인다는 것이겠지요."

그는 수필집에서 "상당히 토종적인 분위기를 지닌 그의 체험에다 미국 중서부 대평원의 어쩐지 막막한 느낌, 한 개인의 경험 속으로 쉽게 편입되지 않을 듯한 느낌 하나를 억지로 더해주고 싶어서" 그 여행을 계획했다고 썼다. 끝도 없이 펼쳐진 평원의 고속도로를 선생과 권오순 여사와 가람이와 다희와 이런저런 얘기도 나누다가 깜빡깜빡 졸면서 여행했는데, 지나고 나니 정말 평생 한 번도 체험하기 힘든 멋진 여행이었다. 운전도 할 줄 모르는 나를 위해 이틀 동안 쉬지 않고 운전대를 잡으며 뭔가를 느끼게 해주시려던 선생의 배려가 지금도 나를 감동시킨다.

그 뒤 선생은 마치 수십 년간 도를 닦아온 스님이 깨달음의 사자후를 한꺼번에 토해내듯 놀라운 문학적 성과를 이루었다. 《그리스인 조르바》 《천의 얼굴을 가진 영웅》, 우리나라에 움베르토 에코 열풍을 몰고 온 《장미의 이름》 《푸코의 진자》 등 기왕의 번역서에 더해 《이윤기의 그리스 로마 신화》 《길 위에서 듣는 그리스 로마 신화》 등이 속속 출간되었다. 또 장편소설 《하늘의 문》 《햇빛과 달빛》 《그리운 흔적》, 소설집 《나비넥타이》 《두물머리》, 산문집 《어른의 학교》 《이윤기가 건너는 강》 《무지개와 프리즘》 등이 쏟아져 나왔으니 그 놀라운 창작력이 많은 사람들의 입을 다물게 했다. 동서양의 역사와 문화와 신화를 넘나드는 인문학적 지식과 풍부한 유머 감각, 평범한 일상에서 인간에 대한 이해와 삶의 가능성을 진지하게 탐색하는 선생님의 주옥같은 문장은 눈부시게 빛났다.

　　그런데 짧은 기간에 지나치게 에너지를 소진하신 탓인지 2010년 8월 27일 심장마비로 타계하시고 말았으니, 선생의 고마운 배려에 감사도 전해드리지 못한 것이 못내 아쉽다. 선생은 자신을 '꽃이 되어보지 못한 잎'이라고 표현하셨다. 고등학교는 두세 달 만에 때려치우고, 검정고시를 치른 뒤 신학대학에 입학하지만 그 역시 얼마 안 돼 그만두고 월남전에 참전했다. 제대한 뒤에는 공사판을 전전하며 불우한 청춘을 살았다. 신춘문예도 당선이 아니라 가작으로, 대학도 졸업이 아니라 중퇴로, 정교수가 아닌 객원교수로, 박사가 아닌 명예박사로 살았으니 '꽃'이 아닌 '잎'의 인생이라고 고백한다. 하지만 떠나신 지금 선생은 한국문학계와 번역계와 신화학계의 '꽃'으로 남았다. 그 꽃의 향기가 오랫동안 우리 곁을 떠나지 않기 바란다.

"저기, 사람이 지나가네!"

고 노무현 대통령과 인연, 마지막 길 배웅

대통령 하시겠다는 분의 문화 예술에 대한 천박한 인식?

2009년 5월 23일, 아내와 함께 지방으로 내려가던 중 노무현 전 대통령의 서거 소식을 들은 나는 충격과 비통함 속에 모임 약속을 취소하고 급히 볼일을 마친 뒤 부랴부랴 서울로 올라왔다. 뉴스 속보를 보며 잠깐 눈을 붙이고, 다음 날 새벽 6시에 슬픔과 눈물로 기운이 쭉 빠진 아내와 함께 봉하마을로 차를 몰았다. 오전 11시쯤 도착하니 조문객의 행렬로 차량이 통세되고 있었다. 나는 부근 길가에 차를 대고 사람들 틈에 끼어 봉하마을의 시골길을 걸었다.

길을 걸으며 그분과 나의 인연을 생각해보았다. 생각하면 할수록 대통령과 장관의 평범한 관계라고 하기엔 뭔가 남다른, 인간적인 끈으로 이어진 듯 느껴졌다. 나는 그분의 정치적 동지도 아니고, 개인적으로 친분이 있는 사이도 아니었다. 그분과 나의 첫 만남은 대통령 후보 시절로 거슬러 올라간다.

그분이 한창 바쁘게 선거운동을 하던 때, 그를 열심히 지지하던 어느 연극인의 소개로 종로에 있는 허름한 일식집에서 권 여사와 함께 만났다. 민주화와 진보의 가치에 대한 그분의 신념에 호감이 있던 터라 대화는 매우 화기애애하게 진행되었다. 그런데 연극이나 전통 예술 등 기초 예술 진흥 정책에 대한 얘기가 나오자, 그분은 시종일관 시장주의적 입장을 피력하며 내 의견에 비판적 혹은 냉소적 입장을 보였다. 토론이 점점 열띠게 진행되고 서로 술이 취하자, 나는 하지 말아야 할 발언을 하고 말았다.

"일국의 대통령을 하시겠다는 분의 문화 예술에 대한 식견이 이토록 천박하다니 정말 실망스럽습니다!"

술자리는 어색하게 마무리되고, 우리는 쓸쓸한 미소를 지으며 악수하고 헤어졌다. 그 뒤 만난 적이 없다가 그분은 대통령이 되고, 나는 문화관광부의 산하기관인 국립극장에서 일하고 있었기 때문에 그분의 지휘를 받는 입장이 되었다. 그날의 발언이 너무 과격해서 나에 대한 인상이 매우 좋지 않을 거라 짐작하고, 권력 가까운 곳에는 얼씬도 하지 않고 극장장 업무에 전념하며 지냈다.

2005년 가을 어느 날, 토요일이라 집에서 쉬고 있는데 국립극장에서 급한 전화가 왔다. 일요일 오후에 대통령과 영부인이 창극 〈논개〉를 보러 오고 싶어하시는데, 극장 직원에게 알리지 말고 우리 부부만 나와서 맞이해주었으면 한다는 내용이었다. 일반적으로 대통령이 공연 관람을 하면 며칠 전부터 그 일대에 비상이 걸리고, 극장 안에 검색대가 설치되고, 경호원이 곳곳에 배치되는 등 직원과 관객에게 번잡한 일이 한두 가지가 아니다. 그러니 경호원을 대동하지 않고 문화관광부 장관 부부와 함께 조용히 공연만 보고 가겠다는 제안은 대단히 파격적이었다.

국립극장장 시절 청와대 행사에서 만난 노 대통령 내외분. 노 대통령의 행적은 우리 역사에서 가장 많이 다뤄질 것이다.

나는 최소한의 의전만 갖춰 귀빈 네 분을 '영접'했다. 관객에게도 알리지 않고 2층에서 함께 공연을 보던 중, 옆에 앉은 대통령께서 내게 몸을 기울이더니 "오늘 저녁 시간 있십니꺼?" 하셨다.

"예, 있습니다."

"그라모 청와대 가서 저녁이나 하입시더."

공연이 끝난 뒤 청와대에서 대통령 내외, 정동채 문화관광부 장관

내외와 함께 여섯 명이 조촐한 만찬을 했다. 대통령은 조금 전에 본 창극의 감상평도 말씀하고, 〈서편제〉와 판소리와 국악과 전통 예술에 대해 이것저것 물어보셨다. 그러다가 봉하마을에서 자란 어린 시절 얘기를 하면서 그때 들은 풍물 한가락을 흉내 내기도 하셨다. 정치나 정책적인 얘기는 전혀 없이 즐거운 예술 이야기로 식사를 마치고 헤어졌다. 그날의 분위기로 보아 그분이 종로 일식집에서 무례하게 행동한 나를 기억하시는지 아닌지 알 길이 없었다. 아내도 집으로 돌아오는 길에 대통령이 저렇게 소탈하고 재미있는 분인 줄 몰랐다며 즐거워했다.

그 뒤 다시 만날 기회가 없다가 장관과 대통령으로 재회했다. 당시 차기 장관 후보를 놓고 참모진에서 수많은 인사를 검토하던 중, 대통령께서 아무 의견도 듣지 않고 독자적으로 나를 낙점하는 통에 다들 깜짝 놀랐다고 한다. 장관직을 수행하는 동안에도 몇 번 개인적인 만남이 있었지만, 나는 종로 일식집의 일을 기억하시는지 끝내 물어보지 못한 채 그분을 보내고 말았다.

아마도 그분은 나를 기억하셨을 것이다. 당돌하게 대들던 나의 문화 정책에 대한 견해에 오히려 호감을 가진 게 아닌지 상상도 해본다. 그분과 보다 깊은 이야기를 나누지 못한 채 영결식장으로 가는 나의 발걸음은 무겁기만 했다.

"누구도 원망하지 마라"

조문객과 함께 국화꽃 한 송이를 바친 우리 부부는 장례 진행 요원의 안내를 받아 손님들이 모여 있는 방으로 갔다. 모두 무거운 분위기 속에 침통한 표정으로 앉아 장례 절차와 시신의 안장 문제 등을 논의했다.

나는 몇 분과 함께 한 시간쯤 분향소 옆에서 조문객을 맞이했다. 국화꽃 한 송이나 꽃다발이나 담배 한 갑을 바치면서 묵념을 하고 절하거나 오열하는 수많은 국민과 함께 고인의 명복을 비는 동안, 고인과 함께한 추억이 밀려오고 한편으로는 죽음을 선택할 수밖에 없었던 고인의 고통이 몰려와 내내 눈시울이 뜨겁고 가슴이 먹먹했다.

특히 고인이 남긴 유서의 내용이 머릿속을 맴돌며 가슴 아프게 했다. 고인은 검찰 조사를 받은 뒤 20여 일 동안 하루 한 끼 식사에 종일 말없이 방 안에서 지냈다고 한다. 유서에 쓰인 내용처럼 '책을 읽을 수도, 글을 쓸 수도 없는' 고통 속에서 모든 것을 자신이 짊어지고 갈 '운명'으로 받아들이기까지 고인은 얼마나 힘들었을까? 정말 우리가 상상할 수도 없는 지옥 같은 고통 속에서 하루하루 보냈을 것이다. '너무 많은 사람들에게 신세를 졌다. 나로 말미암아 여러 사람이 받은 고통이 너무 크다'는 자책과 '앞으로 받을 고통도 헤아릴 수가 없다'는 절망, '남에게 짐이 될 수밖에 없는' 여생을 도저히 더 지고 갈 수 없다는 암담함 속에서 고인이 다다른 결론은 '삶과 죽음이 모두 자연의 한 조각'이라는 깨달음이었다.

고인을 그토록 고통에 빠뜨린 사람들에 대한 원망은 벌써 지워진 듯 보였다. 지나치게 가혹한 법의 잣대를 들이대며 수사 과정에 드러난 사실을 낱낱이 까발린 검찰에도, 공식적으로 확인되지 않은 가족의 사생활이며 시시콜콜한 사실을 매일같이 경쟁적으로 보도해온 언론에도, 심지어 자살하라고 폭언을 퍼붓고 끊임없이 독설과 조롱을 일삼던 보수 논객이나 언론의 사설에도, 그 모든 사람들의 뿌리 깊은 복수심과 증오에도 고인은 '누구도 원망하지 마라'는 결론을 내린 것이다.

새벽바람을 맞으며 부엉이바위에 서 있는 동안 고인의 마음속에는 어떤 생각이 오갔을까? 밤을 하얗게 새우며 컴퓨터 앞에 앉아 짤막한 유서를 남기고 바위 위에 선 고인이 경호원에게 마지막으로 남긴 말은 "저기, 사람이 지나가네!"라고 한다. 그 시간에 길을 지나간 사람은 새벽 밭일을 나온 농부나 건강을 위해 등산하러 나온 평범한 주민이었을 것이다. 아니면 가족을 위해 절에 기도하러 가는 아낙네였을지도 모른다.

죽음을 결심한 마지막 순간까지 고인의 눈에 보인 것은 나무도, 구름도, 새도, 바람도 아닌 '사람'이다. 고인의 홈페이지 제목처럼 '사람 사는 세상'을 위해 일생을 바쳐온 고인은 죽어가는 순간까지 '사람'을 바라봤다. 부엉이바위에서 몸을 날리는 그 순간에도 고인은 사람 사는 세상을 위한 염원을 가슴 깊이 품었을 것이다.

노제 총감독, 정부와 실랑이

조문을 마치고 집으로 돌아오는 차에서 이해찬 전 총리의 전화를 받았다. 서울광장에서 지낼 노제의 총감독을 맡아달라는 내용이었다. 나는 바로 수락하고 후배 몇 사람에게 전화를 걸었다. 극단 아리랑과 국립극장장 시절부터 나와 호흡을 맞춰온 후배들은 만사 제쳐놓고 참여할 의사가 있음을 알려왔다. 다음 날 하루 종일 봉하마을 장례준비위원회 측과 긴밀하게 상의했다. 경복궁에서 진행되는 영결식은 전체 콘셉트와 프로그램에 대해 점검만 하고 모든 준비는 행정안전부의 국가의전팀에서 공식적으로 진행하며, 노제는 전적으로 내가 책임을 지고 준비하기로 했다.

몇몇 후배들과 머리를 맞대고 노제의 기본적인 구성안을 만든 나는 화요일 오전에 기획·연출팀을 소집했다. 이희진(기획), 류기형(연출), 김태균(구성작가), 김은영(기획부), 김수진(연출부), 송태성(기획부), 조영호·조승현(영상), 배정혜(안무) 등 역전의 용사들이 모여 준비에 돌입했다. 나는 영결식과 노제의 콘셉트를 '사람 사는 세상—저기, 사람이 지나가네!'로 잡고 구성안을 수정해가며 출연진을 확정하기 시작했다. 김제동(1부 사회), 안치환, 양희은, YB, 우리나라, 도종환(2부 사회), 안도현(추모시), 김진경(추모시), 안숙선(추모창), 장시아(유서 낭송) 등 모든 분이 두말없이 출연을 승낙하고 협조를 아끼지 않았다.

그런데 다음 날인 수요일, 돌발 상황이 발생했다. 국립무용단(진혼무), 국립창극단(혼맞이 소리), 국립국악관현악단(추모 연주)의 출연에 제동이 걸린 것이다. 겉으로 드러난 이유는 행정안전부에서 문화관광부로 협조 공문이 오지 않았다는 것이지만, 내가 파악한 상황은 달랐다. 정부가 국가의전으로서 영결식은 어쩔 수 없이 치르지만, '노제'에는 최소한의 협조만 하려는 방침에 따라 국립 예술 단체가 노제에 참여하는 것을 부담스러워한다는 내용이었다.

그들은 예전에 민주 열사들의 노제가 거대한 시위로 바뀌는 체험을 여러 번 한 터라, 그에 대한 거부감과 경계의 눈초리를 거두지 않는다는 느낌이 들었다. 그들은 국립 예술 단체가 참여하지 않고 민간 무용가나 연주단으로 간단한 노제가 치러지는 걸 원하는 눈치였지만, 나는 절대 물러서지 않을 각오로 얼마 전까지 나와 손발을 맞추며 일한 문화관광부와 국립극장을 강하게 압박했다. 나는 국립극장장으로 일했기 때문에 짧은 시간에 행사를 빛나게 해줄 각 단체들의 역량과 전적으로 나를 믿고 출연해줄 단원들의 마음을 잘 알았다. 불같이 화를 내며 이틀간 실랑이를 벌인 끝에 목요일 자정, 모든 문제가 해결됐다.

너무 슬퍼하지 말라고 하셨습니다. 죄송하지만 오늘은 우리가 슬퍼해야겠습니다. 그래서 우리 가슴속, 심장 속에 한 조각 퍼즐처럼 영원히 간직하겠습니다.

드디어 5월 29일 금요일 오전 7시, 나는 서울광장에 도착했다. 그런데 7시에 차량을 철수하기로 약속한 경찰이 약속을 지키지 않고 있었다. 한동안 실랑이하다 7시 40분쯤 경찰차가 철수했다. 우리는 밀려드는 인파와 수시로 발생하는 현장의 문제를 점검하면서 10시 50분까지 리허설을 진행했다.

11시부터 영결식을 생중계로 방송한 뒤, 경복궁을 출발한 운구 행렬이 도착하는 동안 김제동의 사회로 1부 추모 공연이 시작되었다. 작곡가 윤민석이 추모 노래로 작곡한 '바보연가'를 노래패 '우리나라'가 부른 다음, 안치환이 '청산이 소리쳐 부르거든' '마른 잎 다시 살아나' 등을 불렀다. 노래가 울려 퍼지자 많은 시민이 흐느끼기 시작했고, 어떤 이들은 노란 풍선을 하늘 높이 날리기도 했다.

이어 양희은이 '상록수'를 불렀다. 그 노래는 2002년 대선 당시 노 전 대통령이 직접 기타를 치며 불러 화제를 모은 곡이다. 김제동은 "여러분의 눈빛과 풍선이 언제나 푸른 상록수와 같은 역사가 되어 아이들에 비춰지길 바란다"고 염원을 전했다. YB(윤도현, 허준, 김진원, 박태희)는 '후회 없어' '너를 보내고'를 불렀다. 윤도현은 "그분과 함께한 곳은 바로 '사람 사는 세상'이었습니다. 비록 그분의 몸은 우리 곁을 떠났지만 그분이 남긴 뜻은 가슴 깊이 담겠습니다"라고 한 뒤 열창했다.

노래패 우리나라의 '다시 광화문에서'도 울려 퍼졌다. "광화문 네거리에서 우리 다시 만나요 다시 한 번 오늘의 함성 그대로 간직해요"라는 가사를 담은 노래는 국민을 하나로 묶은 이곳을 추억하자는 의미를 담아 더욱 애절하게 들렸다.

김제동의 아름다운 말

김제동은 1부의 마지막을 유서의 내용을 나름대로 재해석한 아름다운 말로 장식했다.

> 너무 많은 사람들에게 신세를 졌다고 하셨습니다.
> 우리가 당신에게 진 신세가 너무도 큽니다.
> 나로 말미암아 여러 사람이 받은 고통이 너무 크다고 하셨습니다.
> 우리가 그분에게 받은 사랑이 너무나 큽니다.
> 앞으로 받을 고통도 헤아릴 수가 없다고 하셨습니다.
> 우리가 그분으로 인해 받은 행복을 헤아릴 수가 없습니다.
> 여생도 남에게 짐이 될 일밖에 없다고 하셨습니다.
> 그 짐 우리가 오늘부터 나눠 지겠다고 다짐합니다.

너무 슬퍼하지 말라고 하셨습니다.

죄송하지만 오늘은 우리가 슬퍼해야겠습니다.

그래서 우리 가슴속, 심장 속에 한 조각 퍼즐처럼 영원히 간직하겠습니다.

미안해하지 말라고 하셨습니다.

우리야말로 지켜드리지 못해 죄송합니다.

누구도 원망하지 말라고 하셨습니다.

운명이라고 하셨습니다.

운명이라고 생각하지 않겠습니다.

님의 뜻을 우리가 운명처럼 받아들고 가겠습니다.

화장하라고 하셨습니다.

님을 뜨거운 불구덩이에서 태우는 것이 아니라,

우리 마음속의 뜨거운 열정으로 우리 가슴속의 열정으로 남기겠습니다.

그리고 집 가까운 곳에 아주 작은 비석 하나만 남기라고 하셨습니다.

우리 가슴속에도 조그만 비석 하나씩 세우겠습니다.

오후 1시 20분쯤 노무현 전 대통령의 운구 행렬이 노제가 열리는 서울광장 안으로 들어서자, 광장은 눈물바다로 변했다. 어떤 이는 손수건으로 눈물을 찍어냈으며, 어떤 이는 아예 목 놓아 울었고, 하늘을 우러르며 소리 없이 우는 이도 있었다.

도종환 시인의 소개로 무대에 오른 나는 "지금 이 자리는 노무현 전 대통령과 모든 국민이 영원한 인연을 맺는 자리로서 뜨거운 가슴으로 고인의 넋을 맞이하겠습니다. 그럼 지금부터 국민과 함께하는 국민장, 고 노무현 전 대통령의 추모 노제를 시작하겠습니다!"라는 말로 개식 선언을 한 뒤, 크레인에 올라타고 "해동조선 대한민국 제16대 노무현 대통령 복~복~복~"을 외치는 '초혼招魂' 의식으로 노제의 시작을 열었다.

초혼이란 사람이 죽으면 고인이 살던 집의 지붕에 올라가 고인이 평소에 입던 옷을 흔들며 하늘을 향해 고인의 넋을 알리는 의식인데, 그 전통을 현대적으로 표현해본 것이다. 이어서 향로를 멘 국립창극단의 '혼맞이 소리'가 울려 퍼졌다.

어녀 어허어 넘차
어이 가리 넘차 너화넘
북망산천이 머다더니
저 건너 봉화산이 북망이로구나
어녀 어허어 넘차
어이 가리 넘차 너화넘

비통하고 애절한 소리에 맞춰 국립무용단과 대전의 놀이패 '우금치' 단원들이 운구차를 한 바퀴 돈 뒤 무대로 올라가 진혼 의식을 시작했다. 죽은 자와 그를 사랑한 여인의 비통한 슬픔을 주제로 구성된 '진혼무'를 추는 동안 안도현 시인이 추모시를 낭송했다. 안도현 시인은 '고마워요 미안해요 일어나요'라는 추모시로 노무현 전 대통령에 대해 절절한 추모의 뜻을 담아냈다. 김진경 시인은 '노무현 살아오소서'라는 추모시에서 "바보 노무현, 그 작고 아름다운 상식이 꽃피는 나라로 살아오소서, 우리가 반드시 이룰 터이니 그 아름다운 나라로 다시 오소서"라고 슬픔을 토로했다.

진혼무가 끝나고 안숙선 명창의 추모창이 이어졌다. 임방울 명창이 사랑한 여인의 죽음을 애도하여 창작한 '추억'이란 노래다. 가슴을 후벼 파는 진양조의 비통하고 애절한 가락이 서울광장에 울렸다.

앞산도 첩첩하고 뒷산도 첩첩한데
님은 어디로 행하시는가
황천이 어디라고 그리 쉽게 가려던가
그리 쉽게 가려거든 당초에 오지나 말 것을
왔다 가면 그냥 가지
모든 터에다 당신 이름을 두고 가면서
모두에게 슬픔만 남기고 가네……

이어 도종환 시인이 "고인의 조각난 육신으로 정의로운 것들이 하나가 되고 뉘우치고 용서하고 화합해 비극의 역사가 되풀이되지 않기를 소망한다"는 멘트와 함께 추도 묵념을 이끌었다. 묵념이 끝난 뒤, 노무현 전 대통령의 유서를 쪽방촌 출신 사회복지사 장시아 시인이 낭독했다.

너무 많은 사람들에게 신세를 졌다……
삶과 죽음이 모두 자연의 한 조각 아니겠는가?
미안해하지 마라…… 화장해라……
그리고 집 가까운 곳에 아주 작은 비석 하나만 남겨라.
오래된 생각이다.

유서 낭독과 함께 대형 화면에 노무현 전 대통령의 생전 영상이 펼쳐졌고, 시민은 또다시 눈물지었다. 노제의 절정은 노무현 전 대통령이 생전에 즐겨 부르던 '사랑으로'가 영상 화면에서 육성으로 울려 퍼진 순간이었다.

> 내가 살아가는 동안에
> 할 일이 또 하나 있지
> 바람 부는 벌판에 서 있어도
> 나는 외롭지 않아……

　노래가 흘러나오자 광장은 눈물바다가 되었다. 광장을 가득 메운 시민은 눈물을 흘리며 합창했다. 합창을 끝낸 시민은 한목소리로 "노무현 대통령, 당신을 사랑합니다!"라고 외쳤다. 노제가 끝난 뒤 대다수 시민은 안치환, 우리나라와 함께 '상록수' '아침이슬' '솔아 솔아 푸르른 솔아' 등을 부르며 운구 행렬을 따라 서울역으로 걸었다.
　노제를 마치기까지 스태프 수십 명은 끼니도 거르고 잠도 제대로 자지 못한 채, 순간순간 발생하는 어려운 상황을 돌파해가며 그야말로 전쟁 같은 준비 과정을 불평 한 마디 하지 않고 훌륭히 수행했다. 모든 출연진과 사회자들도 점심을 굶어가며 훌륭히 자신의 역할을 수행해주었다. 그리고 전국 각지에서 구름같이 몰려와 뙤약볕에서 질서 정연하게 노제에 참여하고 자발적으로 광장 청소까지 해주신 수많은 시민 여러분, 각자의 집에서 회사에서 길거리에서 영결식과 노제를 시청해주신 수많은 국민 여러분의 뜨거운 애도와 사랑의 마음 덕분에 노제는 순조롭게 진행될 수 있었다.
　그 모든 이들에게 뜨거운 감사와 사랑을 전하고 싶다. 아마 고인도 하늘에서 모든 분들에게 감사와 사랑을 보내고 계실 것이다.

국화꽃 한 송이나 꽃다발이나 담배 한 갑을 바치면서 묵념을 하고 절하거나 오열하는 수많은 국민과 함께 고인의 명복을 비는 동안 죽음을 선택할 수밖에 없었던 고인의 고통이 몰려와 내내 눈시울이 뜨겁고 가슴이 먹먹했다.

아름다운 말들

김제동 그리고 선배 광대들

할 말은 하는 광대 공길, 기생 산홍이

김제동은 고 노무현 대통령의 유서 내용을 나름대로 재해석한 아름다운 말로 사회 멘트를 장식해서, 한동안 '김제동 어록'이 유행했다. 1년 뒤 그는 1주기 추모식의 사회자로 다시 참여했고, 그 여파로 Mnet의 쇼 MC에서 사퇴했다. 전직 대통령의 비극적인 죽음에 '아름다운' 말로 애도를 표한 개그맨이 정치적 문제로 일자리를 잃어야 하는 웃지 못할 상황이 벌어진 것이다.

김제동이라는 연예인이 이 시대의 정치권력과 겪는 갈등을 보면서, 그의 선배라 할 수 있는 옛 시대 광대들이 한 아름다운 말이 떠올랐다. 연산군 때 '공길'이라는 광대가 있었다. 그는 황음무도한 연산군을 풍자하는 놀이를 자주 벌였는데, 그 일이 발각되는 바람에 체포되었다. 그런데 공길이는 옥에 갇힌 뒤 단식을 했다. 이유를 묻는 연산군에게 그는 다음과 같이 아름다운 말을 했다.

《논어》에 이르기를 임금은 임금다워야 하고 신하는 신하다워야 하고 어버이는 어버이다워야 하며 자식은 자식다워야 한다고 했는데, 임금이 임금답지 못하고 신하가 신하답지 못하면 비록 창고에 곡식이 가득한들 내 어찌 먹을 수 있겠습니까?

이 말에 분노한 연산군은 공길이를 귀양 보냈다. 이 짤막한 에피소드는 재능 있는 작가와 감독에 의해 연극 〈이爾〉, 영화 〈왕의 남자〉로 재탄생되어 대중의 사랑을 듬뿍 받았다.

러시아에 블라디미르 레이니도비치 두로프라는 광대가 있었다. 그 또한 공길이처럼 러시아를 지배한 독일 황제 빌헬름 2세를 풍자하는 놀이를 벌인 죄로 체포되었다. 두로프는 당당하게 감옥으로 가면서 아름다운 말을 했다.

우리는 어릿광대의 왕이다. 하지만 결코 왕의 어릿광대는 아니다. 우리는 지고한 대중의 어릿광대다.

일제 침략에 항거해 독약을 마시고 자결한 유학자 황현이 쓴 《매천야록梅泉野錄》에 진주 기생 산홍이가 검무를 잘 춘다는 소문을 듣고, 내부대신 이지용이 천금을 주고 산홍이를 사겠다고 제안했다는 이야기가 나온다. 산홍이는 그 제안을 거절하며 아름다운 말을 했다.

내 비록 천한 기생의 몸이지만 일본에 나라를 판 오적의 두목에게 몸을 팔지 않겠다.

이 말에 크게 노한 이지용은 그녀를 잡아다 무자비하게 때렸다고 한다.

판소리 서편제를 창시한 것으로 알려진 소리 광대 박유전은 당시 최고 권력자 대원군의 총애를 받아 무과 벼슬까지 하고, 그의 사랑채에 수시로 출입했다. 그러다가 민비와 벌인 권력투쟁에서 패배한 대원군이 중국으로 망명하자, 민비파의 보복을 피해 전라도에 숨어 살았다. 대원군이 다시 권력을 잡아 한양으로 올라간 그는 얼마 뒤 대원군이 죽고 한일병합이 되자, "나라 잃은 가객이 노래 부를 수 없다"며 전라도 어느 땅에 칩거하다가 한겨울에 굶어 죽었다.

문화·예술인에게 다시 한 번 정치적 각성이 필요한 시기가 왔다. 지고한 대중의 삶에 뛰어들어 저항적이고 진취적으로 살다 간 옛 시대 광대들의 아름다운 말을 이어받는 문화·예술인이 필요한 시기다.

같은 시절, 재담 광대(요즘으로 치면 개그맨) 정가소는 북촌의 양반집 사랑방을 돌아다니며 정치나 시사 문제를 풍자하는 것으로 유명했다. 그의 장기는 '홍인군 곳간 점고'였다. 홍인군은 대원군의 형으로, 동생의 권력을 빙자하여 뇌물 받기를 좋아해서 엄청나게 치부한 사람이다. 홍인군은 집 안에 곳간을 아홉 개 짓고 공물을 가득 쌓아놓았는데, 정가소는 이른 아침마다 곳간 문을 열고 공물을 헤아리는 홍인군의 모습을 풍자적으로 묘사하여 대단한 인기를 끌었다.

정동이라는 재담 광대도 있었다. 그는 당시 모든 권력과 금력을 장악한 안동 김씨의 비리와 부정부패와 권력 남용 등을 풍자하고 다니다가, 어느 날 김씨 일파가 보낸 하수인에 의해 쥐도 새도 모르게 맞아 죽고 말았다.

앞에 예로 든 기생과 광대, 즉 옛날 문화·예술인이 활동하던 시대는 철저한 계급사회였다. 권위적이며 봉건적인 시대에 사회적 약자인 그들이 그토록 저항적이며 진취적인 소신을 가지고 활동했다는 것은 놀라운 일이다.

대중의 고단한 삶을 대변한 진취적 광대 본받아야

문화·예술인과 정치권력의 갈등은 한일병합과 일제강점기로 더욱 증폭되었다. 그 과정에서 저항적이며 진취적인 문화·예술인은 철저히 제거되었다. 또 해방 이후 좌우익의 이념 대립은 그들에게 분명한 정치적 선택을 강요했기 때문에 문화·예술인은 남북으로 갈라질 수밖에 없었다. 북한의 문화·예술인은 주체사상으로 무장한 정치권력을 따랐고, 남한의 문화·예술인은 자유민주주의로 무장한 정치권력을 따랐다. 남한의 역대 정치권력은 그들을 관리하고 통제했다.

1970년대와 1980년대의 '일부 불온한' 문화·예술인은 군사정부의 독재적이고 폭압적인 권력에 거세게 저항했다. 그들은 민주와 통일, 인권, 평등의 기치를 드높이 내걸고 저항적이고 진보적인 문화 예술 운동을 펼쳤다. 1990년대 말에 민주화가 이루어지고 국민의 정부와 참여정부가 탄생되자 분위기가 180도 바뀌었다. 관리와 통제 정책은 지원과 육성 정책으로 변했다. 검열제도가 사라지고, 표현의 자유와 자율성이 신장되었다. 문화·예술인은 정치권력의 눈치를 보지 않고 마음껏 표현하고 소신껏 발언할 수 있었다.

그러나 결과는 다시 참담해졌다. 문화·예술계의 좌우 편 가르기가 무자비하게 진행되었다. 기관장 인사 파동, 방송 장악 시도, 표현의 자유 위축 등도 급속도로 심화되더니 급기야 비판적 문화·예술인들의 '목줄 조이기'라는 구시대적 작태까지 등장했다. 이제 연예인을 포함한 문화·예술인은 정치권력의 눈치를 보고, 그들의 비위를 맞추고, 그들에게 적당히 이용당하며 살아온 옛 시절로 돌아갈 각오를 해야 한다.

이런 상황을 극복하기 위해 문화·예술인에게 다시 한 번 정치적 각성이 필요한 시기가 왔다. 지고한 대중의 삶에 뛰어들어 저항적이고 진취적으로 살다 간 옛 시대 광대들의 아름다운 말을 이어받는 문화·예술인이 필요한 시기다.

내가 만난 최고의 관객, DJ

문화 대통령의 자세

놀라운 문화적 식견을 갖춘 대통령

노무현 전 대통령을 떠나보내고 석 달 뒤인 8월 18일, 김대중 전 대통령의 서거 소식에 나는 한동안 망연자실했다. 현대사의 영욕을 모두 겪은 한국 정치사의 거인 김대중 전 대통령의 삶은 수난과 질곡의 그것이다. 그 속에서도 초지일관 자신의 의지를 꺾지 않고 살아오신 궤적은 보통 사람이라면 엄두도 내지 못할 존경스러운 삶이다. 격동기를 끈질기게 살아내고 우리나라 민주화에 크게 기여했으며, 남과 북이 막혔던 시대에 교류에 앞장서서 위대한 업적을 남긴 분이다.

평소 문화 예술에 남다른 식견을 갖춘 그분은 1992년 대선에서 김영삼 대통령에게 패배하고 정계 은퇴를 선언한 뒤, 영국에 체류하다 돌아와서 제일 먼저 하신 일정이 〈서편제〉 관람이었다. 영화를 보고 식사하면서 격찬을 아끼지 않으셨다고 한다. 당시 나는 외국에 나가 있어 그 자리에 참석하지 못했는데, 나중에 인터뷰 내용을 살펴보니 그분의 전통에 대한 식견이 놀라웠다.

질 문 〈서편제〉가 민중의 한을 잘 그렸다고 보셨다면서요?

D J 〈서편제〉 마지막 대목에서 어린아이가 송화의 지팡이를 잡고 가는 장면이 나옵니다. 다시 득음의 경지를 찾아 나서지만 당대에 한을 못 풀면 다음 세대에 '바통 터치'를 해서라도 한을 풀겠다는 송화의 끈질긴 의지를 잘 보여줍니다. 이 장면이 압권이었습니다. 이 민중의 한과 한풀이 방식이 우리가 중국에 동화되지 않고 살아남은 원천입니다. 밭 팔고 소 팔아서 자식 가르치는 7000만 민족의 교육열, 어떠한 경우에도 웃음을 잃지 않는 민중의 저력에는 한이 뿌리 깊이 흐르고 있습니다.

〈서편제〉는 전체가 한을 주조로 담고 있습니다. 귀중한 눈까지 바쳐서 판소리의 경지에 이르고자 하는 한의 몸부림이 잘 나타납니다. 그렇지만 한은 보복이 아닙니다. 토끼는 용궁에 끌려갔다가 간신히 살아 돌아왔지만, 뭍에 와서 거북이에게 보복을 하지 않았습니다. 흥부는 돈이 없어 매품을 팔고 형수의 밥주걱에 뺨을 맞았지만, 부자가 되자 형과 재산을 나눠 가졌습니다. 심청은 왕후가 되고도 한에 맺혔지만 아버지가 눈 뜨는 것을 보고 한을 풀었습니다. 우리 민족의 특성은 한과 멋과 신명입니다.

질 문 정이 있어야 신명이 나는 건데 과거 지향적 사정으로 신명이 사라졌다는 얘기가 많습니다.

D J 신명은 오로지 우리 국민에게 있는 특성입니다. 우리 국민은 수평적 사고를 해서 억압적인 지시를 끌고 갈 수 없습니다. 국민에게 우리가 이 일을 왜 해야 하는지 설득하고, 잘됐을 때 뭐가 그들의 몫으로

돌아가는지 분명히 해야 합니다. 그리고 지도자가 앞장을 서야 신명이 일어납니다. 신명 나는 민주주의를 해야 합니다. 우리 민족도 신명만 나면 얼마든지 큰일을 해낼 수 있습니다.

"정치인들이 연극을 자주 보러 댕기소"

얼마 뒤 나는 그분과 특별한 만남의 자리를 할 수 있었다. 1993년 겨울 어느 날, '아시아·태평양평화재단'에서 DJ가 극단 아리랑의 연극을 관람하고 싶어하신다는 연락이 왔다. 당시 극단 아리랑은 내가 창단 공연으로 막을 올린 〈아리랑〉을 원안으로 하여, 권호웅 후배가 연출한 〈아리랑2〉를 예술극장 한마당에서 공연하고 있었다. 〈서편제〉를 관람한 뒤 내가 극단 아리랑을 운영한다는 얘기를 기억했다가, 연극 공연 소식을 듣고 연락을 주셨다는 것이다. 1993년 11월 4일 일요일, 국회의원 5~6명을 대동하고 공연 시간인 3시가 되기 조금 전에 도착한 DJ는 초대하겠다는 나의 호의를 무시(?)하고 굳이 티켓을 사서 관객과 함께 줄 서서 기다렸다가 소극장으로 들어가겠다고 하셨다.

지금은 사라진 예술극장 한마당은 대학로에서 성북동으로 가는 혜화동 골목 허름한 건물의 지하에 세 들어 있던 100석 정도의 소극장이다. 퀴퀴한 냄새가 나고 어두컴컴하며 주차장도 없는데다, 좁고 기다란 좌석이 있는 초라한 극장이었다. 젊은 관객이야 소극장이 당연히 그런 줄 알고 오지만, 대통령 후보까지 지낸 정계의 거물을 누추한 장소에 모시자니 송구스럽기 짝이 없었다. 함께 온 의원들도 난다 긴다

국립극장장 시절 청와대 행사에서 만난 DJ. 그분의 따뜻한 미소가 그립다.

하는 거물 정치인이다 보니 소극장의 꼴이 그토록 험악할 줄은 꿈에도 생각 못 했는지, 다들 잘못 왔다는 듯 난처한 표정이었다.

와주신 것은 고마운 일이지만 고문의 후유증으로 다리까지 불편한 분이 비좁은 의자에서 두 시간이나 연극을 보신다는 것은 또 다른 고문(?)과 같이 무리한 일이라, 죄송하다는 얘기를 하고 다음에 좋은 극장에서 공연할 때 모시겠다고 했다. 내 말을 들은 DJ는 웃으면서 그런 걱정 하지 말고 공연이나 잘하라고 하시더니 의원들에게 안으로 들어가자고 했다. 우리는 할 수 없이 두 분만 앉을 수 있게 허름한 간이 의자를 부리나케 준비하여 '특별석'을 마련했다.

이희호 여사의 손을 잡고 두 시간 동안 즐겁게 공연을 감상한 DJ는 수고하는 단원들에게 저녁을 사겠다고 우리를 초대하셨다. 극장 근처의 소박한 설렁탕집에서 단원들과 자리를 함께하신 DJ는 공연에 대해 이것저것 질문도 하고 감상도 얘기하다가, 느닷없이 모 국회의원에게 물어보셨다.

"어이, ○○○ 의원!"

"예!"

"자네 지금까정 연극 몇 편이나 봤능가?"

"아……예…… 아직 한 편도…… 대학 때 몇 번 보고……"

"이 사람아, 정치허는 사람이 연극도 안 보고 댕기믄 쓰겄능가?"

"죄송합니다. 바빠서……"

"아무리 바뻐도 연극을 자주 보러 댕기소."

"예, 알겠습니다!"

"〈서편제〉까지 허신 김 대표가 여그 이렇게 열악한 소극장에서 연극으 열정을 불태우는디 정치인들이 적극 관심을 가지고 지원도 허고 그려야 된단 말이시."

갑자기 일어난 해프닝에 모두 웃으며 연극과 정치 얘기로 화기애애한 저녁 시간을 보내고 헤어졌다. 그 뒤 DJ는 극단 아리랑의 후원회원으로 가입하여 우리를 한껏 격려해주셨다. 그분과 나의 인연은 대통령과 국립극장장으로도 이어졌지만, 내 가슴속에는 허름한 소극장을 찾아주신 고인의 영상이 뚜렷이 박혀 있다.

누추한 골목길의 초라한 소극장에서 돈도 되지 않는 연극을 하겠다고 땀을 흘리는 무명 배우들을 따뜻한 마음으로 격려한 애정 어린 관객, 초대하지 않으면 공연장에 오지 않는 정치인들의 몰지각한 문화 의식을 앞장서서 깨뜨린 선구적 관객, 당당히 표를 사서 관객과 같이 줄 서서 입장한 겸손한 관객…… 추운 겨울날 오후를 소극장에서 함께 보낸 DJ는 이제껏 내가 만난 최고의 관객이다.

그 뒤 국민의 정부 시절에 국립극장장을 하는 동안 청와대 공식 만찬이나 국가의 공식 행사에서 몇 번 뵈었지만, 개인적으로 만난 적은 한 번도 없다. 하지만 정부가 문화 예술을 지원할 때 너무 입김이 강하면 오히려 독이 될 수도 있다며 '지원은 하되 간섭하지 않는다'는 문화·예술 정책의 큰 원칙을 지켜주신 DJ 덕분에 국립극장장의 업무를 소신 있게 수행할 수 있었다. 그분은 예술가는 정부에 의해 굴레 씌워지고 길들여져서는 안 된다는 사실을 아신 유일한 '문화 대통령'이다.

출처 : 강대준사진 · 노컷뉴스

김대중 사이버 기념관

노무현 전 대통령이 떠나고 석 달 뒤 김대중 전 대통령이 서거했다. 현대사의
영욕을 모두 겪은 그의 삶은 위대한 것이다.

꿈의 씨앗이
자라다

세월을 낚던 아버지

낚시와 족보와 장미 울타리 공주

"너는 김수로왕의 70세손이란다"

해맑은 햇살이 창문을 통해 비쳐드는 날이면 어린 시절에 아버지와 함께 다니던 강과 호수가 생각난다. 아버지는 내가 다섯 살쯤 되었을 때 빚보증 잘못 선 일로 갑자기 가세가 기울자, 뚜렷한 벌이 없이 낚시질을 하며 물가에 앉아 하염없이 세월을 낚았는데, 그 동반자로 어린 나를 선택하셨다. 아버지가 세월을 낚는 동안 나는 주변의 숲 속을 돌아다니기도 하고, 물속의 고기들과 장난치기도 하며 놀았다.

낚시 얘기를 하다 보니 아름다운 추억이 떠오른다. 초등학교 5학년 무렵, 옆집에 전북대 국문학과 천이두 교수 댁이 이사 왔다. 그 집에 예쁜 딸이 두 명 있었는데, 나보다 한두 살 어린 자매가 내 눈에는 그 집 울타리에 핀 장미꽃처럼 아름다웠다. 하지만 자매는 나에게 말도 걸지 않을 만큼 도도했고, 나는 먼저 인사도 건네지 못할 만큼 내성적이었다. 아버지와 천 교수는 친해져서 바둑도 두고 낚시도 함께 가시곤 했는데, 어느 날 그 집 두 딸과 나까지 데리고 낚시하러 갔다.

나는 가기 전부터 가슴이 설레어 어쩔 줄 몰랐지만, 아무에게도 그 심정을 들키고 싶지 않아 가슴에 꼭꼭 숨겨놓았다. 낚시터에 가는 동안 두 소녀와 나는 서로 얼굴도 보지 않고, 말 한마디 하지 않았다. 지금 생각하면 부끄러움 때문이었겠지만, 그때는 소녀들이 화난 것처럼 보여 전전긍긍하며 눈치만 살폈다. 낚시터에 도착해서 아버지와 천 교수가 낚싯대를 펼쳐놓고 의자에 앉아 물을 바라보자, 소녀들은 금세 지루해하기 시작했다. 지루함을 견딜 수 없었는지 언니가 드디어 나에게 말을 걸었다. 언니는 손가락으로 호수 뒤에 있는 야트막한 산을 가리키며 말했다.

"저 산에 놀러 가자!"

그러자 천 교수가 날더러 데리고 놀다 오라고 했다. 나는 두 소녀와 함께 야산에 올라갔다. 소녀들이 힘들어하면 손을 잡아 올려주기도 하고, 꽃을 꺾어달라면 꺾어주기도 하고, 산 아래 개울에 가서 송사리를 잡아달라면 잡아주며 하루 종일 두 소녀 주위를 맴돌았다. 나는 공주에게 처음 시중을 드는 하인처럼 쩔쩔매면서도 무척 즐거웠다.

아버지하고 둘이서 다닐 땐 느끼지 못한 꽃향기와 소녀들의 웃음소리, 팔랑거리는 머리카락, 앙증맞은 손의 감촉…… 그 모든 것이 나를 황홀하게 했다. 그러나 매정한 두 소녀는 낚시에서 돌아온 뒤, 다시 예전처럼 도도해졌다. 나한테 옆집 소녀들은 신비롭고 예쁜 공주 같은 존재라서 장미 울타리 너머로 바라볼 뿐, 말 한마디 붙이지 못했다.

아버지는 먼 곳으로 낚시하러 갈 때는 털털거리는 버스를 탔지만, 20~30리 되는 곳은 낚시 가방을 둘러메고 걸어 다녔다. 그래서 나는 낚시라고 하면 아버지를 따라 끊임없이 들판과 산길과 숲길과 강가와 호숫가를 걸어 다닌 기억이 떠오른다. 어린 나는 다리가 아파 죽겠는데 아버지는 터벅터벅 잘도 걸었다. 그래도 나는 아버지와 함께 걷는 산길이나 강둑길이 참 좋았다.

나는 고향에 갈 기회가 생기면 아버지와 다니던 강이나 호수를 찾아보았다. 하지만 어느 한 군데도 어린 시절의 기억을 되살려주는 곳은 없었다. 살풍경한 아파트촌이 되었거나, 물이 흐리고 줄었거나, 아예 사라진 곳이 대부분이었다. 내 기억 속의 논과 강과 호수와 감나무와 물고기와 풀꽃과 새들은 너무 아름다워 슬프다. 그리고 내 눈에 비치는 추억의 땅과 하늘은 너무 맑고 깨끗하여 눈부시다. 어느 날 문득 스모그가 부연 서울의 하늘을 떠나 내 안의 참모습을 만나보려 할 때 고향의 추억은 강물의 속삭임처럼, 소녀들의 웃음소리처럼 다가와 나를 황홀하게 할 것이다.

아버지는 나를 데리고 다니면서 참으로 많은 이야기를 들려주셨다. 그중 제일 생각나는 것은 김해 김씨 시조인 김수로왕과 허황후의 결혼 이야기다. 《삼국유사》에 실린 유명한 설화를 나는 아버지가 멋지게 윤색한 이야기로 들으며 자랐다.

아유타국의 허황옥이라는 공주가 꿈에 나타난 옥황상제의 계시로 배를 타고 머나먼 가야국의 수로왕을 찾아 사랑을 나눈 이야기는 어린 나에게 엄청난 상상력을 자극했다. 내 상상 속에서 시조 할머니 허황후는 검은 보석처럼 빛나는 눈이 아름다운 인도 공주의 이미지로 자리 잡았다. 아버지는 우리 가문이 가야의 왕족이라는 점을 자랑스러워했고, 내가 김수로왕의 70세손이라는 것을 여러 번 강조하셨다. 김해 김씨와 허씨는 같은 조상에서 갈라진 형제 씨족이니 허씨 여자와는 절대 혼인해서는 안 된다고 엄포를 놓기도 했다.

"불의와 타협하지 마라"

그 무렵 아버지는 김해 김씨 종친회의 족보 편찬에도 간여하셨기에, 장남인 나는 족보 연구의 동반자 역할을 해야 했다. 아버지는 일요일이면 모조지 전지 크기의 종이에 손수 깨알같이 적은 가계도를 펼쳐놓고 하나하나 짚어가며 많은 이야기를 해주셨다.

우리 가문의 조상 중에서 아버지가 제일 존경한 분은 김해 김씨 '삼현파三賢派'의 중시조 김일손 어르신이다. 탁영 김일손(1464~1498년)은 당시 권력층의 부도덕과 부패를 매섭게 비판하고, 새로운 도덕과 정의가 넘치는 이상 사회를 꿈꾼 개혁적 선비다. 성종에 이어 연산군이 왕이 되자 춘추관의 사관으로 재직하며 《성종실록》을 편찬했는데, 스승 김종직이 쓴 〈조의제문弔義帝文〉을 사초史草에 실은 일이 참혹한 사화로 비화되었다.

세조가 단종에게서 왕위를 빼앗은 일을 비판한 그 글을 사초에 실었다는 사실에 격노한 연산군은 수많은 선비를 죽이고, 김종직의 관을 파헤쳐 시체의 목을 베었다. 이 사건이 '무오사화戊午史禍'인데, 핵심 인물 김일손은 서른다섯 젊은 나이에 형장의 이슬로 사라지고 말았다. 아버지는 세상과 타협하지 않고 올곧게 살다가 뜻을 펴지 못하고 불우하게 돌아가신 탁영 어르신에게 깊은 정신적 동질감을 느끼고, 내가 그분의 뜻을 이어받는 선비가 되기를 바라신 것 같다.

아버지의 어두운 탄생과 상처, 첫사랑

그와 함께 이따금 들려주신 직계 조상 얘기를 통해 아버지의 어두운 탄생과 그에 따른 마음의 상처, 부모님의 결혼 생활도 이해할 수 있었다.

증조할아버지 김창세 어르신은 수원 백씨인 증조할머니와 결혼하여 전주에서 갓신 공장을 운영했는데, 성실하고 부지런한 생활로 재산을 늘려 천석꾼이 되셨다고 한다. 할아버지 김병일 어르신은 전주에서 건재 한약방을 했는데 붓글씨를 잘 쓰고 정직하고 성실한 분으로, 명절이 되면 빈민에게 곡식을 베풀기도 하셨다고 한다. 구한말에 지금의 익산시인 이리 망상으로 이사 가서 살았는데, 첫째 부인 최씨가 젊은 나이에 망상방죽에서 자살했다고 한다. 그 이유는 아버지도 모른다고 하셨다.

김병일 할아버지는 첫째 부인이 돌아가신 뒤 광산 김씨 과부댁을 얻어서 둘째 부인으로 삼았는데, 그분이 나의 할머니다. 할머니는 다른 사람이 얘기를 하면 "좋다! 좋다!" 하고 즐겁게 대꾸하셔서 별명이 '좋다 할머니'였다고 한다. 어디서 배웠는지 단방약 지식과 처방 솜씨가 뛰어난데다, 폐병 환자를 치료하는 비방이 있어 '증험'을 본 환자들에게서 틈틈이 들어오는 '잔 수입'으로 살림을 꾸렸다. 환자의 등을 복숭아나무 회초리로 때리고 약도 달여 먹이고 노래하면서 병을 고쳐줬는데, 나을 사람이 꿈에 나타나면 병을 '잡으러' 가고 꿈이 없으면 가시지 않았다고 한다.

첫째 부인 최씨 할머니의 아들인 김인형 큰아버지는 이리보통학교 창설을 주도했으며, 술도 잘 마시고, 시조도 잘 부르고, 한량이라고 소문이 날 정도로 풍류를 즐기다가 가산을 탕진했다고 한다. 배다른 형인 인형은 재산을 상속받으며 지방 유지로 성장했지만, 아버지 용만은 집안에서 소외당한 채 곤궁하게 자랐다. 시아버지가 탐탁지 않게 대하는 통에 시집과 불편해진 할머니가 당신 힘으로 아들을 키우며 살았기 때문이다. 아버지는 할머니와 둘이서 전주시 완산동의 오두막집에서 어렵게 살아갔다.

어려서부터 명석하고 공부를 좋아한 아버지는 전주보통학교를 중퇴한 뒤 독학으로 전주의 명문인 북중학교 시험에 합격했다. 그러나 아무도 아버지의 진학에 관심을 쏟지 않았고, 할머니의 능력으로는 학비를 댈 수 없어 진학을 포기하고 말았다. 인형 큰아버지의 아들로 자신보다 일곱 살 많은 조카 석곤은 서울에서 경성대 의전을 졸업하고 도쿄 유학까지 하면서 온 집안의 후원과 기대를 한 몸에 받는데, 아버지는 한 푼도 도움을 주지 않는 이복형과 친척들에 대한 원망으로 성격이 많이 어두워졌다고 한다. 그때가 열다섯 살 무렵이었다니 꿈 많고 예민한 사춘기 소년이 얼마나 깊은 상처를 받았을지 이해가 된다.

진학이 좌절된 뒤, 아버지는 군산시의 일본인 가구점에서 사환 노릇을 하는 것으로 사회에 첫발을 내디뎠다. 그러나 음악에 대한 열정으로 몸살을 앓던 소년은 주인 몰래 제2보통학교 음악 교사에게 성악을 배웠다. 일본에 건너가서 본격적으로 음악 공부를 하겠다고 결심한 소년은 사환 노릇을 그만두고 뽕나무 묘목장에서 일하며 돈을 모았다. 그렇게 3년이 흘렀지만 홀로 계신 어머니에게 생활비를 보내다 보니 돈이 잘 모이지 않았고, 배를 타는 허가증도 나오지 않아 일본행을 포기하고 말았다.

그 무렵 석곤 조카가 도쿄 유학에서 돌아와 전북 강경읍에 병원을 개업하면서 도와달라고 요청했다. 아버지는 묘목장 일을 그만두고 병원에서 잔일을 하며 의료 일을 익혔다. 아버지는 그때 익힌 실력으로 우리 가족이 아플 때 주사를 놓거나, 웬만한 상처를 꿰매는 일은 직접 하셨다.

그러면서도 음악에 대한 아버지의 열정은 더욱 깊어졌다. 나이 많은 의사 조카한테 존대를 하며 심부름하는 건조한 생활에 깊이 좌절해 우울증에 빠진 청년은 혼자 음악을 듣고 책을 읽으며 침잠했다. 그러다가 따뜻한 말로 위로하며 다가온 일본인 간호사와 열렬한 사랑에 빠졌다. 그러나 두 사람의 결합은 이루어질 수 없는 것이어서 그 사랑은 아버지의 자살 소동으로 막을 내리고 말았다.

아버지는 조카의 병원을 그만두고 서울로 가서 의료 기기점 주인과 동업을 시작했다. 그러다가 서울에 있는 중앙제약사의 평양 제2제약회사에 판매원으로 취직했다. 그 뒤 아버지는 평양과 서울을 오가며 돈도 벌고, 전국을 돌아다니며 젊은 호기를 마음껏 펼쳤다.

어머니 홍봉임 여사와 결혼, 그리고 사랑

첫사랑의 지독한 가슴앓이를 겪은 아버지는 여자를 향한 마음의 문을 꼭꼭 닫아걸고 지냈다. 할머니는 결혼에 뜻이 없는 아버지를 장가보내기 위해 며느릿감을 찾은 끝에 아들을 결혼시키는 데 성공했다.

신부 이름은 홍봉임. 생강 산지로 유명한 전라북도 봉동읍의 소문난 미인이었다. 달걀처럼 동그스름한 얼굴에 눈매가 곱고 말소리도 조용

결혼전 아버지

어머니

아버지 김용만, 어머니 홍봉임이다. 아버지의 첫사랑은 실패했지만, 어머니와
만나 결혼한 뒤 닭살 애정을 보여주셨다.

부모님 결혼

조용한 어머니는 전형적인 조선 미인으로, 스무 살에 당신보다 아홉 살 많은 노총각을 만나 시집오기까지 행복하고 유복한 유년 시절을 보냈다.

1남 5녀 딸부자 집의 맏딸답게 성격도 부드러워 남하고 큰소리 내고 다투는 걸 주위 사람 아무도 본 적이 없다고 한다. 그러나 우울한 새신랑은 참한 색시의 아름다움을 알아차리지 못했다. 아버지는 그때까지도 이루지 못한 음악에 대한 열망과 첫사랑의 상처에 시달리고 있었기 때문이다. 어머니는 전국을 떠돌다가 이따금 집에 들르는 남편을 사랑하고 기다리며 시어머니와 조용히 지냈다.

그러는 동안 광자, 화숙, 연숙 딸 셋을 차례로 낳았다. 서서히 남편과 아버지로서 위치를 자각한 아버지는 점점 어머니의 아름다움과 덕성에 끌렸고, 드디어 깊은 사랑을 느꼈다. 아버지는 어머니와 처가 식구에게 애정을 쏟기 시작했다. 그 애정은 장인이 전주 시내 중앙동에 풍성여관을 차리고 도와달라고 하자, 선뜻 제약회사를 그만두고 여관의 지배인 노릇을 할 만큼 깊어졌다.

그 뒤 아버지는 일찍 돌아가신 장인을 대신해서 어린 처제들과 처남의 보호자 노릇을 충실히 했다. 한국전쟁이 끝나갈 무렵인 1952년에 기다리고 기다리던 큰아들 내가 태어나고, 이어서 넷째 딸 미숙과 막내아들 상곤이 태어났다.

음악을 사랑한 가족

나의 '수호천사', 아버지와 어머니

아버지의 '먼 산타 루치아', 어머니의 '봄처녀'

어린 시절부터 성악에 심취한 아버지는 러시아의 세계적인 오페라 가수 표도르 샬리아핀의 팬이었다. 음악에 대한 식견과 지식이 많았을 뿐만 아니라, 술이 거나해지면 노래 부르는 걸 좋아했다. 그런 아버지의 영향으로 나의 누이들과 남동생도 모두 피아노나 기타를 치고, 합창반이나 성가대를 하며 노래 부르는 걸 좋아해서 어느 날은 때아닌 '가족 노래자랑'이 벌어지기도 했다. 아버지는 "잔잔한 바다 위로/ 저 배는 떠나가며/ 노래를 부르니/ 나폴리라네……"로 시작하는 이탈리아 가곡 '먼 산타 루치아'나 우리 가곡 '나물 캐는 처녀'를 자주 불렀다.

> 푸른 잔디 길 위에 봄바람은 불고
> 아지랑이 잔잔히 끼인 어떤 날
> 나물 캐는 처녀는 언덕으로 다니며
> 고운 나물 찾나니 어여쁘다 그 손목

소 먹이던 목동이 손목 잡았네
새빨개진 얼굴로 뿌리치고 가노니
그의 굳은 마음 변함없다네
어여쁘다 그 처녀

평상시의 퉁명스럽고 거친 목소리가 노래를 부를 때면 가늘게 떨리고 부드러운 가성으로 흘러나오는 게 신기해서 나는 아버지가 부르는 노래 듣는 걸 참 좋아했다. 그리고 가사에 나오는 나물 캐는 처녀가 아버지와 굉장히 친했던 여자가 아닐까 하는 상상에 빠지기도 했다. 아버지가 알 듯 말 듯 미소를 지으며 눈을 가늘게 뜨고 '처녀'니 '어여쁘니' 하는 말을 하는 것은 그 노래를 부를 때뿐이어서 특별하고도 강렬한 인상을 받았기 때문이다. 노래가 끝나면 아버지는 다시 무뚝뚝하고 침울한 표정으로 바뀌었다. 그와 함께 나의 즐거움도, 상상 속의 여자도 사라졌다.

어머니는 남 앞에서 노래 부르는 걸 한 번도 못 봤을 정도로 수줍음이 많은 분이지만, 아버지나 가족 앞에서는 얼굴이 발개지면서도 사양하지 않고 노래를 불렀다. 지금도 고운 미소를 지으며 떨리는 목소리로 노래 부르던 어머니의 모습이 눈에 선하다. 어머니의 '봄처녀'는 자주 듣던 노래다.

봄처녀 제 오시네
새 풀옷을 입으셨네
하얀 구름 너울 쓰고
진주 이슬 신으셨네

꽃다발 가슴에 안고
뉘를 찾아 오시는고

나 역시 부모님의 피를 이어받아 초등학생 때부터 합창반을 했고, 음악 시간을 제일 좋아했다. 중·고등학생 때는 새벽에 혼자 동네 뒷산에 올라가서 '오 솔레미오' '산타 루치아' '돌아오라 소렌토로' '물망초' '무정한 마음' 같은 이탈리아 민요, '가고파' '수선화' 같은 우리 가곡, '남 몰래 흐르는 눈물' '별은 빛나건만' 같은 오페라 아리아, 〈사운드 오브 뮤직〉〈황태자의 첫사랑〉 같은 뮤지컬 영화의 주제곡을 목청껏 불러댔다. 그러다 보니 고등학교 문학의 밤이나 서클에서 행사를할 때 종종 불려나가 노래를 부르기도 했다.

"너희 엄마는 천사다"

내가 어릴 때 아버지는 자주 술에 취해 밤늦게 들어오셨다. 어쩌다 기분 좋게 취한 날 밤에는 집에 오자마자 잠든 나와 누이들을 깨우곤 했다. 그냥 깨우는 게 아니라 잠자는 자식들 얼굴에 당신의 얼굴을 마구 문질렀다. 유난히 깔끄럽고 무성한 아버지의 수염 때문에 우리는 비명을 지르며 깨어났다.

그러는 사이에 어머니는 부리나케 밥상을 차려 내왔다. 아버지는 아무리 늦어도 반드시 어머니가 차려주는 밥을 들고 주무셨기 때문이다. 밥상 앞에 앉은 아버지는 잠에 취한 자식들을 앉혀놓고, 자신이 왜 직장을 그만두고 세상과 타협하지 않고 사는지 길게 말씀했다. 주로 사장이 탈세를 한다든가 자기에게 부정한 일을 시킨다든가 종업원을 부당하게 수탈한다든가 하는, 어느 직장에서나 있을 수 있고 사장들이면 거개가 저지르는 부정과 비리에 대한 말씀이었다. 아버지는 당신의 인생철학을 나름대로 설득력 있게 일장 설파했다.

가족사진

대학 시절, 아버지 환갑 기념으로 찍은 가족사진. 가운데가 큰누이 광자. 오른쪽으로 둘째 누이 화숙, 셋째 누이 연숙, 나. 왼쪽으로 누이동생 미숙, 막내 상곤.

나와 누이들은 돈 못 버는 아버지에 대한 불만으로 뾰로통하게 들었는데, 어머니는 아버지 곁에 앉아서 "맞아요, 맞아요!" 하며 맞장구를 치시는 것이었다. 일장연설을 마친 아버지는 맨 먼저 간장을 떠서 "맛있다!" 하고 입맛을 다신 다음 "우리 마누라 된장국이 세계 최고다!" 하고 연신 찬사를 늘어놓으며, 된장국에 꽁보리밥 한 그릇을 뚝딱 비웠다. 어머니는 기분이 좋아서 아버지가 식사하는 모습을 흐뭇하게 바라보았다. 식사를 마치고 물을 한 대접 벌컥벌컥 마신 아버지는 자식들에게 어머니에 대한 찬사를 한참 늘어놓았다.

　"너희 엄마는 천사다!"

　아버지 얘기의 핵심은 이것이다. 어머니는 쑥스러워하면서도 아버지의 말씀을 열심히 들었다. 어머니 '찬양(?)'을 마친 아버지는 마지막으로 "마누라, 우리 뽀뽀 한번 할까?" 하며 부끄러워 뿌리치는 어머니를 붙잡고 입을 맞춘 다음, 기분 좋게 코를 골며 잠이 들었다. 그러면 어머니는 만취해 들어온 남편에게 조금 전까지 품었던 불만이 스르르 사라지고, 어김없이 아버지를 멋있고 훌륭한 사나이로 생각했다. 그뿐만 아니라 자식들이나 주변의 일가친척이 돈 못 버는 아버지 흉이라도 보면 아버지 편을 들며 그 양반은 언젠가 꼭 훌륭한 일을 하실 분이라고 변호까지 했다.

　불안하고 힘든 광대와 함께하는 결혼 생활을 잘 참아주고, 내가 언젠가 지금보다 멋진 작품 활동을 할 거라고 기대하는 아내를 보면 아내 설득하는 솜씨는 아버지한테 물려받은 게 틀림없다.

"우리 아들이 하고 싶은 걸 하게 해야지요"

내가 아는 클래식 기타리스트가 있는데, 얼마 전에 자신의 콘서트에서 청중에게 이런 말을 했다.

"여러분, '머니'가 뭔지 아세요?"

"돈!"

"그거보다 좋은 머니가 많은데 아세요?"

"……?"

"할머니! 아주머니! 호주머니!"

"아하……"

"에구머니! 슬그머니!"

"하하하!"

"그중에서 가장 귀한 머니가 뭔지 아세요?"

"……?"

"이 세상에서 가장 귀한 머니는 뭐니뭐니해도 '어머니'랍니다!"

"와!"

"지금 들려드릴 연주곡을 기타 치는 자식 때문에 속 많이 태우셨을 제 어머니에게 바칩니다."

그는 기타 실력보다 말솜씨가 좋다는 평까지 받으며 콘서트를 멋지게 마무리했다. 그는 기타 연주를 어머니에게 바쳤지만, 나는 이 글을 저세상에 계신 어머니에게 바치고 싶다.

어머니는 평생 동안 나에게 꾸지람이나 욕설을 한 번도 하시지 않았다. 언제나 입가에 떠도는 따뜻한 미소가 어머니의 전매특허였다. 서울에서 대학 다니던 아들이 갑자기 연극에 미쳐 술독에 빠져 지내고,

방탕한(?) 생활 끝에 병에 걸려 집에 돌아왔을 때도 어머니는 나무라지 않고 지극 정성으로 간호하셨다.

휴양하던 병자가 판소리에 미쳐서 노래를 불리대니 참다못한 옆집 아주머니가 어머니에게 "댁의 아드님이 무당 되려고 저런 괴상한 노래를 부르냐?"고 핀잔을 주었다. 그런데도 어머니는 빙긋 웃으며 "우리 아들이 노래 부르는 걸 좋아해요" 하실 뿐이었다. 내가 기분이 나빠 한동안 판소리를 부르지 않으니까 어느 날 어머니는 "너 왜 무당 소리 안 하냐?"고 하셨다. 내가 "그 소리가 듣기 좋아요?" 하니 어머니는 "우리 아들이 하는 소리니 듣기 좋지" 하시며 빙긋 웃었다.

대학 졸업 후 배화여고 독일어 교사를 하던 중 〈뻐꾹 뻑 뻐꾹〉이란 연극에서 거지 노인 역을 했는데, 그때 어머니에게 처음으로 내 연기를 보여드렸다. 집에 돌아와서 어머니께 어땠느냐고 여쭈니까 "응, 영락없이 네 아버지 같더라. 그런데 네 이모가 다음에는 거지 노릇은 안 했으면 좋겠다고 하더라"며 웃었다.

어머니 죽음에 통곡하면서도 〈춘향가〉의 귀곡성, 〈리어왕〉의 로렌스 올리비에 생각

어머니는 몸이 허약했는데, 내가 고등학생 때 혈압에 이상이 생겨 한 번 쓰러진 뒤로 점점 더 약해졌다. 곱던 얼굴에 주름이 생기고, 허리가 굽고, 걸음걸이도 뒤뚱거리기 시작했다. 대학 졸업 후 잡지사에 취직하여 온 가족이 서울의 변두리 동네에 모여 살 무렵, 나는 연극과 판소리에 미쳐서 어머니의 건강을 살피지 못했다. 어머니는 집안일도 힘들어하고, 2층 계단을 오르내릴 때마다 숨을 헐떡였다. 전과 달리 짜증을 내고 이것저것 불평도 했다.

간암 말기 증세 때문이라는 걸 알았을 때는 이미 늦었다. 가슴을 치며 미리 살피지 못한 무심함을 자책했지만 소용없는 일이었다. 어머니는 복수가 차고 혼수상태에 시달리다가 내가 배화여고 교사로 재직하던 1979년, 예순도 채 안 된 나이에 저세상으로 떠났다.

어머니의 장례는 집에서 치렀다. 연극하던 동료와 일가친척이 비좁은 마당과 방이 가득 차도록 모여 나중에는 지하실까지 술상을 차렸다. 모두 진심으로 슬퍼해줬고, 나 역시 평생 쏟을 눈물을 그때 다 쏟았을 만큼 울었다.

어머니의 염을 할 때 이상한 체험을 했다. 그 전에는 관 앞에 병풍을 치고 만상제 노릇을 했기 때문에 어머니의 죽음 자체보다 죽음과 관련된 슬픔이 나를 지배했다. 따라서 울음소리도 일상적인 울음에서 크게 벗어나지 않았다. 그런데 거무스레하게 변한 어머니의 시신을 보는 순간, 나도 모르게 가슴에서 불덩이 같은 기운이 솟아오르더니 평생 들어보지 못한 괴상한 울음소리가 터져 나오는 것이다. 애절한 절규를 넘어 가성 같기도 하고 늑대의 울음소리 같기도 한 소리가 내 목에서 터져 나왔다. 관을 부여잡고 통곡하는 누이들과 동생의 울음소리도 들리지 않고, 주변의 모든 통곡 소리를 뚫고 하늘 높이 날아가는 내 울음소리만 맴돌았다.

그때 내 머리를 스치는 생각과 영상이 있었다. '아, 이게 바로 〈춘향가〉의 옥중가에 나오는 귀신들의 울음소리(귀곡성)구나!'라는 생각과, 영국의 세계적 배우 로렌스 올리비에가 주연한 흑백영화 〈리어왕〉에서 리어왕이 죽은 딸 코델리아를 안고 황야를 걸어가면서 우는 장면이었다. 그 영화를 볼 때 로렌스 올리비에의 늑대 소리 같은 발성이 참 묘하다고 느꼈는데, '그런 울음소리를 낸 걸 보니 역시 명배우구나!' 하는 생각이 통곡하는 나의 머릿속을 한동안 어지럽혔다.

처절하게 애도하는 아들의 모습에 흐뭇했을 어머니가 지금이라도 천국에서 이 사실을 알면 얼마나 서운하실까? 아니다. 자애로운 우리 어머니는 "우리 아들이 오죽 연기와 판소리에 목말랐으면 그랬겠냐?" 하며 100만 불짜리 미소를 지으실 게 틀림없다. 그 시절 그토록 목말라하던 연극과 판소리 때문에 저지른 불효가 지금까지 마음 아프다.

얼마 전, 문득 손으로 쓴 편지들이 보고 싶어 먼지 쌓인 박스에서 낡은 편지 뭉치를 훑어봤다. 그러다 어머니의 편지를 발견했는데 두 통이 남아 있었다. 첫 번째 편지는 1971년 1월, 내가 대학 시험 보려고 서울 친척 집에 올라와서 보낸 편지의 답장이다. 그 무렵 어머니는 건강이 좋지 않아 지방의 친척 집에 잠시 몸을 의탁하며 요양할 때다.

명곤이 보아라.

너의 편지 반가이 받았다.

며칠 전에 집으로 너와 아버지께 편지했는데 못 보고 서울에 갔구나.

사대에 지원한 것은 잘했다.

어디든지 너의 실력이 당할 만한 데 보는 것이 좋은 일이다.

이번 시험에 합격할 만해야지.

꼭 합격해야지.

시험 잘 보아라.

아버지께서도 편지가 와서 너는 형님네 집에 있을 줄 알고 그리 편지 낼까 했는데 외삼촌 집으로 갔구나.

아무래도 낯이 익으니까.

아이들도 너의 친동생과 같지.

시험이 끝나면 형님 집에도 가보렴.

시험 잘 보고 합격을 바란다.

이곳 이모 집도 다 편안하시고 아기도 참 귀여웁다.

난 오래 쉴까 생각했더니 우리 집 가고파서 곧 내려가야겠다.

아들 편지를 처음 받아보니 참 반갑구나.

다음 진주에서 만나자.

1.16 엄마 씀

다음 편지는 봉투에 1971. 3. 16이라고 적힌 걸로 봐서 입학 얼마 뒤 하숙집에서 보낸 편지의 답장이다. 어머니는 집으로 돌아와 아버지와 함께 동생들을 보살피며 지낼 때다.

아들 보아라.

너의 편지 자세한 모든 것, 자세한 곤란과 모든 자질구레한 곤란을 다 이기고 나가겠다는 결심을 듣고 어머니는 한껏 마음이 놓인다.

그래야지.

아버지가 다녀오셔서 또 자세한 이야기는 들었다마는 앞으로 공부 열심히 해라.

너의 생활이 퍽으나 유쾌하고 희망에 차 있고, 기대를 갖고 있는 너이니까 곤란을 이겨나가고 열심히 공부해라.

너는 모든 곤란을 이기고 열심히 나가리라고 너를 믿는다.

나의 몸은 항상 그만하다. 걱정 말어라.

교복 입고 조그마한 사진 하나 찍어서 보내라.

하숙집 음식이 너의 입맛이 잘 맞아서 밥을 잘 먹느냐.

음식에 주의도 하고 학교에서 가까와서 점심도 와서 먹겠다.

한방에 있는 학생도 매우 착실하고 얌전하다면서. 참 잘했다.

나는 참 기쁘다.

벌써 아들이 커서 서울 가 공부를 하고 이렇게 편지를 쓰니 매우 즐거움구나.

따뜻한 봄이 되면 서울에 가보겠다.

다음에 미루고 이만 쓰겠다.

할 말은 많은데……

유일하게 남은 어머니의 편지를 읽는 동안 마치 잔잔한 어머니의 음성이 들리는 듯했다. 맞춤법이 맞지 않는 글자들마저 어머니의 손길인 듯 다정하기만 했다. 집을 떠난 아들에게 난생처음 편지를 쓰면서 어머니는 얼마나 기쁘고 설레었을까?

중풍 아버지를 보며 연극 동선 생각한 불효자식

천사 같은 어머니가 돌아가시고 얼마 뒤, 아버지는 사랑하는 아내를 잃은 충격과 외로움을 견디지 못해 매일 막걸리를 과음하다가 뇌출혈로 쓰러졌다. 다행히 침을 맞고 한방으로 치료한 효과가 좋아 차츰 회복되었다. 그러나 한번 파괴된 정신은 옛날 같지 않았다. 육체도 갑자기 늙고 쇠약해졌다.

아버지를 돌봐주고 손톱도 깎아주고 말동무도 되어주던 착한 누이동생이 시집간 뒤로, 살던 집을 떠나 경기도 삼송리의 단칸 셋방에서 아버지와 단둘이 살았다. 처음에는 1년쯤 고생하면 연극을 하며 살아갈 수 있을 거라고 자신만만했는데, 막상 직장을 그만두고 나니 모든 일이 생각처럼 풀리지 않았다. 또 연극해서 먹고살겠다는 것이 얼마나 허황되고 무모한 꿈인지 차츰 알아가던 터라, 나는 예술과 현실 사이에서 힘겹게 하루하루 보내고 있었다. 연극 연습을 한다고 아침에 나가 밤중에 돌아오기는 했지만, 생활비와 아버지 약값 걱정으로 내 어깨는 천근만근이었다.

그러던 어느 겨울 날, 어둠이 내리기 직전의 일이다. 저녁 식사를 차려드리려고 부리나케 집에 들어서는 참인데, 집 옆 공터에 아버지가 연탄재 한 장을 두 손에 들고 서 있는 모습이 눈에 들어왔다. 나는 무심코 집 옆의 가로등 근처에서 아버지의 모습을 지켜보았다. 아버지는 잠옷 바람으로 연탄재를 버리려고 나온 모양인데, 잡초가 듬성듬성 난 공터의 뒤쪽 구석에 있는 쓰레기장을 찾지 못해 이리저리 돌아다녔다. 떨리는 두 손으로 연탄재 한 장을 들고 절룩거리는 걸음으로 집 대문 근처에 놓았다가 아니다 싶었는지 다시 집어서 부엌 쪽으로 갔다. 그러다 다시 좁은 공터를 맴돌며 한참 헤맨 끝에 쓰레기장의 연탄재 더미에 가까스로 올려놓았다. 5분이 흘렀는지 10분이 흘렀는지 모르지만, 나는 가로등 뒤에 몸을 숨기고 아버지를 도와주지 않은 채 끝까지 그 모습을 관찰했다.

왜 그랬냐고? 나는 중풍 걸린 노인이 연탄재 버리는 장면의 연기와 동선을 머릿속에 입력하고 있었다. 연극 연습을 마치고 돌아오는 아들을 위해 불편한 몸으로 방과 부엌과 공터를 서성이며 연탄불을 갈고 밥상을 차려놓은 아버지에게 그따위 대응으로 일관한 내 불효가 뼈에 사무친다. 예술에 대한 고민에 겨워서 따뜻한 말 한마디 제대로 못 한 이기적인 아들을 아버지는 왜 그토록 사랑했는지…… 이따금 골방에서 한 이불을 덮고 도란도란 이야기 나눌 때 그렇게 행복해하시던 아버지를 떠올리면, 핏줄을 타고 흐르는 알 수 없는 운명의 힘이 아버지와 나를 연결하고 있는 듯한 느낌이 든다.

내가 어릴 때 아버지는 칭찬에 무척 인색했다. 나는 초등학생 시절 내내 반장이었고 공부도 잘해서 칭찬 받는 학생이었는데, 유독 아버지한테는 인정받지 못했다. 아버지는 내가 반장으로서 통솔력이 부족한 점이나 내성적이고 대범하지 못한 성격을 비판하고, 그걸 고치도록 엄격하게 요구했다. 나는 아버지에게 인정받기 위해 필사적으로 노력했다. 어쩌다 칭찬하시더라도 그 말씀이 매우 간단하고 무뚝뚝해서 칭찬인지 뭔지 모를 정도였다. 당시 대다수 아버지들의 가부장적인 태도였지만 어린 나는 무척 서운했다.

그러던 어느 날, 내 서운함을 모두 가시게 하는 사건이 일어났다. 초등학교 6학년 때 일이다. 밤늦게까지 아침 자습 시간에 제출할 산수 숙제를 하다가 피곤에 지쳐 그대로 엎드려 잠이 들고 말았다.

담임선생님은 호랑이 같은 분으로 반 학생들이 날마다 매를 맞고 지낼 때라, 매 맞는 꿈에 가위눌리다가 벌떡 일어나 부랴부랴 학교에 갔다. 숙제 검사를 할 때 비참한 심정으로 공책을 펼치는데, 세상에……산수 문제가 모두 풀린 게 아닌가? 독특한 필체 때문에 아버지가 대신 풀어놓은 걸 알 수 있었다. 그 일이 있은 뒤 아버지가 나를 사랑하고 나에게 깊은 관심을 쏟는다는 사실을 한 번도 의심해본 적이 없다.

대학 다니러 집에서 떠나 있을 때는 아버지와 수시로 편지를 교환했다. 편지에는 아들에 대한 걱정과 자상한 관심, 인생의 선배로서 당신

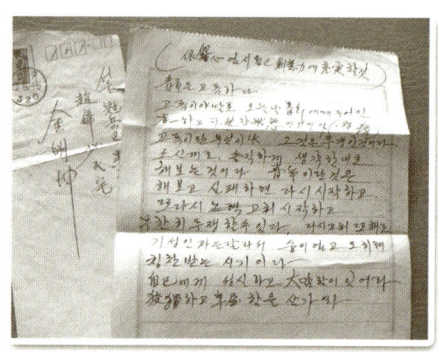

아버지의 편지

'의타심 없이 자기 창의력에 충실할 것'이라는 아버지 편지대로 살아왔을까. 청년은 고독한 것이며 청년에게 주어진 유일하고 가능한 상태(특권)라는 가르침을 주셨다. 고독은 투쟁이며 청년은 해보고 실패하면 다시 시작하고 또 고쳐 시작하는 등 무한히 투쟁할 수 있다는 것이다. 청년은 실패해도 흉이 아니며 오히려 칭찬이라고. 다만 자신에게 성실하고 대담하라는 것. 교활하고 비굴함을 삼가라는 아버지의 가르침. 눈시울이 젖는다.

의 철학을 전수하고자 하는 배려가 담뿍 실려 있었다. 대학 졸업할 무렵 아버지가 보낸 편지의 한 구절을 나는 지금도 잊지 못한다.

아버지와 어머니는 그렇게 아들을 믿은 대가로 혹독한 가난과 병마와 싸우며 힘들게 살다가 일찍 돌아가셨다. 내가 결혼하는 모습도 보지 못하고, 〈서편제〉로 유명해지는 기쁨도 누리지 못한 채 무명 연극배우의 부모로서 외롭고 쓸쓸하게 지내다 돌아가셨다. 그러나 두 분 다 아들을 원망하거나 비난하는 말을 한 마디도 하시지 않았다.

두 분 중 한 분이라도 내가 돈벌이도 안 되고 독재 정권 밑에서 위험하기 짝이 없는 진보적 연극 활동을 하는 것에 반대했다면 나는 무대를 떠났을 것이다. 그런데 부모님은 언제나 나를 믿어주고 든든한 후원자가 되어주셨다. 나는 두 분이 지금도 하늘나라에서 나의 '수호천사'가 되어 지켜주실 거라 믿는다.

내가 지금까지 예술의 황량한 들판에서 버텨온 것은 오로지 부모님의 믿음과 사랑 덕분이다. 좌절하고 불안하고 절망에 빠질 때마다 나를 지탱해주는 것은 저세상에서도 나를 응원하는 수호천사가 있다는 든든함이다.

나를 키운 세상

나를 매혹한 비밀의 정원들

나의 '예술가적' 악동 시절

어린 시절 나는 '예술가' 기질이 강해 문학, 음악, 미술 등에 심취했다. 하지만 '리얼리스트'로서 악동 노릇도 서슴지 않았다. 나는 전주초등학교 1학년 때부터 5학년까지 반장 노릇을 했다. 내성적이고 남 앞에서 설치는 성격이 아닌데도 막상 멍석을 깔아놓으면 교단 앞에 잘 나갔기 때문이 아닌가 싶다. 옛날얘기 하라고 하면 앞에 나가서 동화도 들려주고, 노래하라고 하면 서슴없이 동요를 불러댔다.

한번은 나의 반장 권력에 강력한 도전을 받은 적이 있다. 4학년 때 나하고 앙숙으로 지내던 깡패 대장 비슷한 아이가 도전자였다. 약혼자와 열애 중이던 미모의 담임선생은 창가에 약혼자가 나타나기만 하면 슬그머니 자리를 비웠고, 으레 내가 자습을 시켰다. 그런데 자습 시간이면 꼭 그 아이가 선동을 해서 소란하게 만들고 나를 방해했다. 떠드는 아이들을 제지하면 일부러 나한테 대들게 해서 싸움을 붙였다. 그 애는 자기가 직접 싸움을 걸지 않고 부하를 시켜서 싸우게 만드는데,

번번이 그 전술에 걸려 수업이 끝나고 한적한 공원에 가서 그 애 부하들하고 싸웠다.

그러던 어느 날 그 깡패 대장이 나를 자기 집에 초대하는 것이 아닌가. 전주 시내에서 조금 벗어난 변두리 마을에 있는 초가집이었다. 집에 가는 동안 그 애는 호주머니에 손을 찌른 채 말했다.

"사실은 너하고 사귀고 싶어서 그런 거다."

"그래?"

"우리 친구 하자!"

"좋다!"

화끈하게 화해한 우리는 울타리에 있는 호박잎을 말아 담배랍시고 그 아이 골방에서 콜록거리며 피워댔다. 그 뒤로 깡패 대장의 지원을 받은 나의 '권력'은 탄탄대로였다. 그런데 그 권력으로 학우들의 가슴에 못을 박은 두 가지 사건이 생겼다.

하나는 전주 KBS 방송국 '어린이합창단 응모 사건'이다. 당시 KBS 어린이합창단은 노래하는 아이들에게 선망의 대상이었다. 학교 합창반에서 활동하던 나와 몇몇 어린이들이 지망했는데, 그중에는 우리 반 부반장도 있었다. 심약한 미소년이던 부반장은 노래를 참 잘 불렀다. 하지만 노래라면 아무한테도 지기 싫어하는 나한테 눌려 우리 반에서는 노래의 2인자로 지내야 했다.

방송국의 발표 결과 나는 탈락하고 부반장이 합격하는 '대참사'가 일어났다. 나는 자존심에 큰 상처를 받았고, 그 상처를 안겨준 부반장 아이가 밉기만 했다. 그 심정을 미리 짐작한 나의 부하들은 부반장 아이를 괴롭히기 시작했다. 아버지 '빽'으로 합창단에 들어갔다는 루머를 퍼뜨리고, 그 아이가 노래를 부르면 야유했으며, 방송국 다닌다고 잘난 체한다며 괜한 트집을 잡았다. 나는 모른 체하면서도 속으로 고소했다. 그 후 부반장은 내 눈치를 보느라 학교에서는 노래 부르기 힘들어했다. 나는 노래 1등이라는 지위를 계속 누렸지만, 두려움에 가득 찬 눈으로 바라보던 그 아이의 눈동자를 지금도 잊을 수 없다.

다른 하나는 '볼펜 도난 사건'이다. 역시 4학년 어느 날 쉬는 시간, 내 앞에 앉은 아이가 멋진 외국제 볼펜을 보여주며 자랑했다. 아마 외국에 나갔다 돌아온 부모님이 선물한 볼펜이었나 보다. 나는 한 번도 보지 못한 아름다운 볼펜에 넋이 나가서, 나도 모르게 그 아이 필통에서 볼펜을 훔쳤다. 밤새워 그 볼펜으로 일기도 쓰고 숙제도 한 나는 다음 날 수업 시간에 또다시 그 볼펜을 꺼내어 쓰기 시작했다.

유일하게 남은 초등학생 시절의 사진. 새끼 예술가와 악동 사이를 오락가락하던 꿈 많은 소년이었다.

초등학생 김명곤

밤새도록 볼펜을 찾았을 그 아이는 내가 쓰는 볼펜을 보자마자 "이 도둑놈, 내 볼펜 내놔!" 하고 소리쳤다. 훔친다는 생각은 추호도 없이 조금만 더 쓰고 돌려주려던 나는 '도둑놈'이라는 말을 듣는 순간 나도 모르게 "뭐야? 이 볼펜은 내 거야!" 하고 소리쳤다. 그 아이는 어이가 없어서 눈을 부라리며 자기 볼펜이라고 항의했지만, 나도 지지 않고 눈을 부릅뜨며 내 볼펜이라고 주장했다. 그 아이가 거짓말을 한다고 강력하게 외치는 거짓말이 내 입에서 술술 나왔다.

　반 아이들이 모여 누구 말이 맞는지 따져보았으나, 목격자가 없으니 오로지 그 아이와 내 진술로 판단해야 했다. 대다수 아이들은 당연히 반장 편이 됐다. 그 아이는 억장이 무너지는 듯 말도 잇지 못하고 나를 노려봤지만, 나도 지지 않고 노려보며 "나를 도둑놈으로 모함하는 나쁜 놈!"이라고 몰아붙였다. 그러자 내 부하들이 그 아이를 끌고 가며 반장한테 까불지 말라고 위협했다. 그 아이는 기가 죽어 더는 대들지 못했으나, 억울함에 가득 찬 그 눈동자를 나는 지금도 잊을 수 없다.

　이름도 생각나지 않는 학우들이지만, 그들의 두려움과 억울함에 가득 찬 눈동자는 가슴 한구석에 남아 나를 부끄럽게 한다. 혹 그 사건의 당사자나 그 사건을 기억하는 학우들이 있다면 무릎이라도 꿇고 용서를 빌고 싶은 심정이다. 보잘것없는 반장 권력을 휘두르며 '왕따 작전'과 '거짓말 작전'으로 착한 학우들을 괴롭힌 '악동 반장'을 용서해주오!

"정의의 사자, 라이파이가 왔다!"

나는 전주 시내의 중심가인 중앙동에서 태어났지만, 초등학교 들어갈 무렵에는 중심가에서 조금 벗어난 고사동과 태평동에서 살다가 4학년 때는 훨씬 더 벗어난 변두리 진북동에서 살았다. 그 동네에서 8년쯤 살았기 때문에 내 소년 시절의 추억은 그곳을 중심으로 전개되었다.

　시멘트 부대로 만든 야구 글러브를 들고 고무공과 막대기로 야구 하기, 동네 앞 기찻길에 대못을 올려놓았다가 기차가 지나간 뒤 납작해진 대못으로 뾰족칼 만들기, 맑은 물이 흐르던 전주천에서 피라미 잡기와 멱 감기, 각시바위 아래 빨래터에서 놀기, 겨울이면 널빤지에 철사를 끼운 스케이트로 얼음지치기, 딱지치기, 땅따먹기, 칼싸움 등을 하며 동네를 휩쓸고 다녔다.

따사로운 햇살과 함께 버들개지가 하늘거릴 때면 아이들은 배가 고팠다. 해마다 봄바람과 함께 찾아온 보릿고개의 추억이 지금도 가슴 아리다. 배급받은 밀가루로 만든 수제비나 시꺼먼 보리죽으로 끼니를 해결하면 생각나는 것은 기름진 쌀밥에 고기반찬. 그림의 떡만 바라볼 수 없다고 하루 종일 꼬마 친구들과 함께 주변의 논과 밭을 쏘다니며 메뚜기도 잡아 볶아 먹고, 미꾸라지도 구워 먹고, 햇보리 이삭도 불에 그을려 먹어보지만 허기진 뱃속은 채워지지 않았다. 그러나 친구들과 어울려 낚시하러 가거나 산으로 들로 놀러 다닐 때는 마음이 한없이 상쾌했다. 그때의 심정을 적은 시가 있다.

열세 살 봄날

열세 살 봄날엔
구멍 난 '난닝구'
때 절은 반바지에
물이 새는 고무신을 신고서

산으로 강으로
잘도 돌아다녔지

까까중마냥 웃으면서
숲 속으로 들판으로
잘도 쏘다녔지

먼 하늘가에 새가 나르고
바람도 싱그럽게 불어왔지

쉬지 않고 세월은 흘러
봄이 가고 가을이 와
우수수 낙엽 질 때
오솔길에 들어갔지

햇볕도 잃고 강도 잃고
바람도, 꽃도, 소녀도,
까까중마냥 웃던 웃음도 잃고
어두운 오솔길
갈래갈래 찢어진 험악한 길에서
홀로 헤매었지

그런 놀이들과 함께 나는 만화 보는 것을 '무지무지' 좋아했다. 집 근처 허름한 이층집 꼭대기에 만화방이 있었는데, 주인은 얼굴이 창백한 17, 18세 소아마비 청년이었다. 5원에 13권, 10원에 25권을 빌려서 퀴퀴한 냄새 진동하고 쥐 오줌 자국 누렇게 낀 골방 한구석에 쪼그리고 앉아 만화를 보는 순간은 그야말로 황홀했다.

그때 열광하던 김산호 작가의 '라이파이'는 어린 시절 나의 우상이었다. '황금박쥐'나 '배트맨'과 비슷한 공상 과학 만화의 주인공이지만 대단히 한국적으로 창작된 캐릭터다. 가로누운 8자 모양의 검은 테 안경에 'ㄹ'자가 새겨진 반달 모양 두건을 쓰고, 날씬한 몸에 멋진 의상을 입은 라이파이. 태백산맥의 깊은 산속 동굴에 비밀 기지를 두고 윤 박사가 설계한 멋진 비행선 '제비기'를 타고 다니는 라이파이. 제비기를 조종하는 아름다운 제비양과 세계 각국을 돌아다니며 악당과 싸우고, 광선총과 긴 밧줄로 황홀한 모험을 벌이는 라이파이의 이야기에 어린 나는 푹 빠졌다.

나는 라이파이의 모습을 흉내 내어 머리에 두건을 쓰고, 마분지로 만든 검은 테 안경과 보자기로 만든 망토를 쓰고, 아버지가 벽장에 감춰놓은 일본도를 몰래 꺼내들고 외쳤다.

"정의의 사자, 라이파이가 왔다. 칼을 받아라!"

내가 서투른 몸짓으로 칼을 휘두르면 누나들은 기겁하며 도망갔다. 그래도 착한 누나들은 보자기로 내 머리를 정성스럽게 씌워주고, 망토의 매듭을 예쁘게 묶어주었다. 나는 라이파이처럼 하늘을 날고 싶어서 동네 앞개울에 있는 다리에서 뛰어내리기 훈련을 했다. 그러나 하늘을 나는 날은 오지 않고 괜한 발목만 삐어 절뚝거리고 다녔다. 또 하늘에서 제비기에 달린 줄을 타고 내려오는 라이파이의 모습이나, 날씬하고 아름다운 제비양의 모습을 그려서 보여드리면 아버지와 어머니는 "잘 그린다! 멋있다!"며 아낌없이 칭찬을 해주었다. 그 퀴퀴한 만화방은 내게 남루한 현실에서 도피할 수 있는 '비밀의 정원'이었다.

영화배우처럼 잘생긴 시민영화관 '기도' 재갑이 성

또 하나 비밀의 정원이 있었으니 그것은 영화관이다. 부모님과 가깝게
지내는 집안의 형이 시민영화관 입구에서 표 받는 '기도'를 했는데,
'재갑이 성'이라고 부르던 그 형이 내게는 비밀의 정원 열쇠를 쥔 정원
사였다. 그 형은 내가 가면 반갑게 맞으며 소리쳤다.

"명곤이 왔냐? 쬐끔만 기다려봐!"

눈을 깜빡하며 씩 웃는 그 형의 얼굴은 영화배우처럼 잘생겼다. 조
금만 기다리면 어김없이 어두운 영화관에서 가슴 두근거리며 환상 여
행을 할 수 있었다. 어느 때는 친구까지 데려가서 "재갑이 성, 나 왔
어!" 하면 역시 "쬐끔만 기다려봐!"라는 마법의 말끝에 어김없이 영화
관에 들어갈 수 있었으니 어린 내게는 재갑이 형이 최고의 '빽'이었다.

그 형이 일하던 시민영화관에서는 주로 한국 영화를 상영했고, 중앙
동에 있던 공보관에서는 재개봉하는 영화를 5원에 두 편 동시 상영했
다. 할리우드의 서부영화나 전쟁 영화, 로맨스 영화에 맛들인 나는 5원
을 구하기 위해 불철주야 병을 모았다. 동네를 돌아다니며 병이란 병
은 다 모았다가 고물상에 팔아서 30전도 벌고, 50전도 벌어 영화 보고

*'3'자 배지가 뒤집어진 줄도 모를 만큼 사춘기의 방
황과 좌절에 시달리던 중3 소년.*

중학생 김명곤

꿈의 씨앗이 자라다

만화 보는 데 '탕진'했다.

그렇게 방탕한(?) 세월을 보내며 초등학교를 졸업한 뒤 북중학교에 입학했다. 그때는 중학교도 시험을 치르고 들어갔는데, 입학할 때의 성적은 전교 17등으로 상위권이었다. 나는 꿈에 부풀어 신입생 시절을 보냈다. 처음 배우는 영어도 신기하고 재미있었고, 국어나 음악 시간도 설렘으로 맞았다.

그런데 집안 형편이 갈수록 어려워지고, 학비를 내지 못해 담임선생한테 불려 다니기도 하니 철없는 소년의 마음속에 불만이 가득 찼다. 그러다 보니 점점 공부도 하지 않아 2학기에는 성적이 뚝 떨어져 중간에서 오락가락했다. 2, 3학년 때는 집을 나가서 돈을 벌겠다며 가출을 꿈꾸기도 하고, 전주고등학교 1, 2학년 때는 서점에 취직하겠다고 심각하게 고민하기도 했다.

학교에 제출하려고 찍은 사진일 텐데 왜 교복을 벗고 찍었는지 모르겠다.

고등학생 김명곤

그 고민의 탈출구로 나는 학교 도서관을 택했다. 도서관은 청소년이 된 내게 새로운 '비밀의 정원'이었다. 그곳에서 소설과 철학서와 시집을 읽으면서 문학에 대한 꿈을 키웠다. 중학생 때는 2년 동안 교지 편집반에서 치기 어린 문학소년 행세에 맛을 들이고, 고등학교 1, 2학년 때도 교지 편집을 했다.

책 읽기, 글쓰기를 키워준 '고전독서회'

고2 때는 매일 방과 후 도서관으로 달려가 한두 시간씩 세계 고전문학 전집, 현대문학 전집, 한국문학 전집, 철학서 등을 읽고 나서 공부를 했다. 입시 위주의 건조한 학교생활 속에서 책은 내게 '영혼의 산소호흡기'와 같았다.

본격적인 책 읽기는 고2 때 우연히 가입한 '고전독서회'를 통해 시작했다. 이름 그대로 고전을 읽고 일주일에 한 번 토론하는 모임인데, 그 시절에 흔하지 않은 남녀 혼성 서클이었다. 나는 여학생들에게 잘 보이겠다는 허영심과 남보다 잘하겠다는 경쟁심 등이 얽혀서 학교 수업보다 고전독서회 발표 준비에 열을 냈다. 그때《삼국유사》《삼국사기》《논어》《소크라테스의 변명》《플라톤》《대학》《시경》등을 읽었다.

그러던 중 우연히 들른 책방에서《초사楚辭》를 발견했다. '초나라의 노래'라는 뜻이 있는《초사》는 우리나라의 시인 묵객에게 많은 영향을 끼친 고대 중국의 시가집이다. 대표 저자 굴원은 초나라 회왕의 충신으로 고결하고 강직한 성품 때문에 간신들의 참소를 받아 유배되었는데, 울분과 비통함 속에 시를 쓰며 지내다가 자살로 생을 마감한 비운의 시인이다. 그의 회한에 가득 찬 삶과 우울하면서도 낭만적인 시에 매료되어 교내 백일장에 독후감을 응모했다가 최우수상을 받고, 그 글이 교지에도 실렸다. 나중에 안 일이지만 독후감 심사를 하던 국어 선생님들이 고등학생이 그런 책을 읽었다는 것 자체가 대단하다고 전교생이 모인 아침 조회 때 낭독하게 했다. 조회 시간에 학생들은 지루해서 혼났을 것이다.

(초사)

'1970. 8. 12. 문화서점'이란 메모가 남아 있는 250원짜리 책. 40여 년 동안 내
서가를 떠나지 않은 재산 목록 1호다.

나는 《초사》 중에서도 굴원이 강가를 서성이다가 어부를 만나 대화
를 나누는 〈어부사〉를 좋아했다. 독후감을 쓰던 그때는 굴원의 말만
눈에 들어왔지만, 지금은 어부의 말도 눈에 들어올 만큼 인생이 복잡
해졌다.

"세상이 온통 흐려져 있는데
나 혼자만이 맑고 깨끗하였고
사람들 모두 이욕에 취했는데
나 혼자만 맑은 정신이었기에
그만 이렇게 쫓긴 몸이 되었다네."

어부가 이 말 듣고 선뜻 일러주네.

"성인은 사물에 걸리는 일이 없어

세상을 잘도 옮아가던데

세상 사람 모두 다 흐려 있거든

어째서 자네도 진흙을 흙탕물 쳐

그 물결을 드높이 날리지 않고

사람마다 이욕에 취해 있거든

어째서 자네도 술 찌꺼기를 씹고

밑술이나 슬슬 들이마시지 않고

그리 깊이 생각하고 고결한 걸 세워서

그 몸을 이 지경에 이르게 하였는가."

이 말을 들은 굴원은 "머리를 감은 사람은 관의 먼지를 털어서 쓰고, 몸을 씻은 사람은 옷의 먼지를 털어서 입는다고 했는데 어찌 청결한 나의 몸에 더럽고 구질구질한 것을 받을 수 있겠는가? 차라리 강에 빠져 물고기의 밥이 될지언정 내 몸을 더럽히고 싶지 않다"고 대답한다. 그러자 어부는 유명한 노래를 부르고 사라진다.

창랑의 물이 맑으면滄浪之水淸兮

나의 갓끈을 씻으면 되고可以濯吾纓

창랑의 물이 흐리면滄浪之水濁兮

나의 발을 씻으면 되지可以濯吾足

이 시들을 통해 드러나는 세상과 타협할 줄 모르는 시인의 순수함, 조국에 대한 뜨거운 사랑, 불의와 간계에 대한 분노, 시적인 낭만과 환상과 열정, 우울과 울분이 깊은 예술적 기질 등은 강렬한 인상을 남기며 머릿속에 각인되었다. 순수한 사람은 오탁한 세상과 불화하여 상처받게 마련이고, 끝까지 자기의 순수를 지키기란 죽음만큼이나 어렵다. 그러나 굴원의 말에 따르다 보면 현실감 없는 이상주의자나 소영웅주의로 낙인찍히기 십상이고, 어부의 말에 따르는 지혜로움도 자칫하면 보신주의나 기회주의로 흐르기 쉽다.

그 문제가 괴롭힐 때마다 나는 아버지가 귀에 못이 박히게 들려주신 김일손 어르신의 '탁영濯纓'이란 호가 바로 '갓끈을 씻다可以濯吾纓'라는 《초사》의 한 구절에서 따온 것이라는 사실에 놀라곤 한다. 왠지 그 어르신과 나의 정신적 동질감이 핏줄을 타고 흐르는 느낌이었다.

112

내 가슴에 불을 지른 스승

박시중 선생님

위대한 선생님은 가슴에 불을 지른다

영국의 철학자이며 수학자인 앨프레드 화이트헤드는 이런 말을 했다.

"보통 선생님은 지껄인다. 좋은 선생님은 잘 가르친다. 훌륭한 선생님은 스스로 해 보인다. 위대한 선생님은 가슴에 불을 지른다."

'내 가슴에 불을 지른' 위대한 스승은 여러 분이지만, 그중 고등학생 때 불을 지른 분이 박시중 선생이다. 안타깝게도 너무 일찍 세상을 떠나셨지만, 그분이 지른 불은 아직 내 가슴에서 꺼지지 않고 있다. 고등학교 2학년 때인 1970년 여름, 후덕하게 잘생긴 얼굴에 체구가 뚱뚱한 박시중 선생이 어느 여학교에서 부임해왔다. 선생은 국어와 한문 과목을 담당했는데, 나는 한문 시간에 선생을 처음 만났다.

첫 수업 시간에 선생은 한문 교과서에 실린 딱딱한 한문은 참고만 하고, 지금부터 당신이 좋아하는 한문을 가르치겠다고 선언했다. 그 뒤로 선생은 중국 최고의 시인 이태백이나 두보의 시, 《십팔사략》이란 역사책에 나오는 중국의 영웅과 지략가와 현자의 무용담, 소동파의

〈적벽부〉, 이황 선생의 〈퇴계문〉 등 최고의 문장을 멋진 글씨와 해박한 한문학 지식과 역사 지식을 섞어가며 가르쳤다.

문학 지망생이고 고전과 한문학에 목말라하던 나는 선생의 수업에 푹 빠졌다. 2학년이 지나 고3이 되어서도 선생의 수업을 빠뜨리지 않고 들었다. 다른 학생들은 한문이나 국어 시간을 이용해서 영어나 수학 공부를 하던 시절에, 나는 오히려 다른 과목 수업을 빼먹고 선생의 한문과 국어 수업을 몰래 들었을 만큼 탐닉했다.

서울로 올라와서 대학 입학시험을 치른 날 밤, 친척 집 골방에 엎드려서 박시중 선생에게 길고 긴 편지를 썼다. 그때까지 선생과 개인적인 면담을 하거나 애기 한 번 나눈 적 없이 혼자 존경하고 있었기에 나를 소개하는 글로 서두를 시작했다. 암울하고 힘들고 입시 공부에 숨 막히던 고등학생 시절에 선생의 수업은 영혼의 숨통을 틔우는 귀중한 시간이었다는 내용과, 3학년 때 이황의 〈퇴계문〉 전편만 배웠는데 후편도 읽어봤으면 좋겠다는 글로 편지를 마무리했다.

그러자 선생도 멋진 달필로 쓴 장문의 편지를 보내주었다. 지금도 그 편지를 소중하게 보관하고 있다. 내 가슴에 불을 지른 스승에게서 받은 유일한 편지이기에 앞부분을 소개한다.

보내준 편지 참으로 반갑게 받아보았네.

무료하던 차에 자네 편지는 무기력한 나에게 생기를 고취해주었네. 바로 답신을 내려던 것이 이렇게 지연되어 미안하네. 통근하느라고 그리 되었으니 양해 있기를 바라네.

내가 어찌 명곤 군을 기억 못 할 것인가? 언젠가 독후감 써낸 것을 검토하다가 자네《초사》독후감을 보고 어찌나 흐뭇했는지. 그래 전교생에 시범적으로 낭독하여주도록 했지. "觀鳳一羽에 知五色之具"(봉의 깃 하나를 보면 다섯 색깔 갖춘 것을 알 수 있다~지은이)라는 말도 있듯이 한 가지를 미루어 여러 가지를 짐작했네.

자네 독서력이나 감상력이 뛰어난 것보다 허영과 물욕의 와중에서 인간을 상실해가는 판국에 자네의 정심수학正心修學 하는 마음의 자세가 출중함을 느끼었네. 학문하는 사람의 태도로서 저 굴원이 말한 바 "擧世皆濁에 我獨淸이요, 衆人皆醉에 我獨醒"(세상이 온통 흐려져 있는데 나 혼자만 맑고 깨끗하였고, 사람들 모두 이욕에 취했는데 나 혼자만 맑은 정신이었네~지은이)과 같은 의연한 자세가 확립되어야 가히 후일이 기대되는 큰 인물이 될 줄로 아네.

물질에 눌려 패기조차 잃은 속물들은 마땅히 타기해야 하네. 자네는 명석한데다 시종始終을 분명히 하려는 학구적인 천성이 구비되었으니 꼭 대성할 것으로 기대된 바가 크네. 〈퇴계문〉을 후반만 써 보내니 많이 음미해보도록……

이 내용과 함께 상당한 분량의 〈퇴계문〉 후편을 친필로 보내주었다. 대학 1학년 여름방학 때 청주 한 병을 사들고 댁으로 찾아가니 무척 반가워하셨다. 나와 함께 청주를 거나하게 마신 뒤에 "자네가 대학생이 되었으니 이젠 이런 책을 읽어야 하네"라며 한문학 고전이 가득 찬 책장에서 《순자》를 꺼내어 읽으며 즐거운 시간을 보냈다.

나중에 들으니 선생께서 수업 시간이면 꼭 내가 보낸 편지를 후배들에게 읽어주며 내 얘기를 했다고 한다. 그 뒤로 가끔씩 뵈러 가면 고전을 좋아하는 학생이 없어서 가르치는 재미가 없다고 쓸쓸해하다가, 몇 년 뒤에 지병이 도져서 젊은 나이에 돌아가시고 말았다.

난 지금도 박시중 선생이 보내준 편지와 칠판에 적어준 한시를 적은

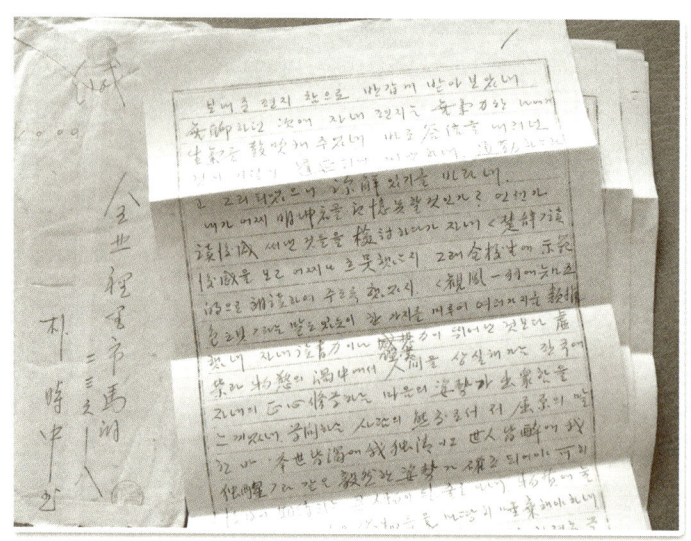

박시중 선생 편지

존경하는 스승에게서 받은 친필은 엄청난 화력으로 내 가슴에 불을 질렀다. 난
아직도 그 불씨를 간직하고 있다.

노트를 간직하고 있다. 다른 노트는 다 버렸어도 그 노트에는 내 가슴
에 타오르던 문학과 예술에 대한 열정이 담겨 있기에 버릴 수 없었다.

선생의 기대처럼 학문의 길로 가지 못하고 연극의 길로 들어섰지만,
내가 예술을 하면서도 전통과 판소리와 고전의 아름다움에 심취한 것
은 예민하고 열정적이던 고등학생 시절, 내 가슴속에 고전 사랑의 불
을 질러준 박시중 선생 은덕이다.

새벽 4시 30분 기상, 도시락 두 개

서울 사대 독어교육과에 입학하다

고3이 돼서야 대학 갈 생각을……

중국 시인과 영웅의 현란한 이야기가 펼쳐지는 한문 수업 외에 나를 매혹한 과목은 시와 소설과 수필 등의 향기를 맡을 수 있는 국어, 서구 철학서의 편린을 엿볼 수 있는 국민윤리 등이다.

그러다 2학년 때 시작된 독일어 수업은 그동안 내가 갈구하던 서구 문학의 꿈을 충족하는 즐거운 시간이었다. 나는 자유분방한 독어 선생님이 풍기는 문학적·철학적 분위기에 빠져들었다. 슈베르트의 〈겨울 나그네〉, '로렐라이의 전설', 헤르만 헤세 등은 문학을 지망하는 청년의 가슴을 벅차게 만들었다. 3학년 때 열심히 읽은 입시 준비용 《독문학 문장 독본》에 나오는 예술서와 철학서의 단문들은 내가 독문학을 선택하게 만든 결정적인 계기가 되었다.

고2 때는 대학 갈 형편이 되지 않는 집안 사정 때문에 공부할 의욕이 떨어졌다. 중·하위권에서 맴돌며 문학서를 보거나, 울적한 마음을 달래려고 산으로 강으로 쏘다니는 데 열중했다. 하지만 고3이 되니까 죽어도 대학에 가겠다는, 그것도 서울대학교에 가겠다는 결심이 섰다. 3학년 초에 아버지께 서울대 시험 보겠다고 상의를 드렸더니 근심스러운 표정으로 한숨을 내쉬며 말씀했다.

"서울에서 대학 다니려면 학비도 내야 하고, 하숙비도 있어야 한다. 아버지가 도저히 가르칠 능력이 없는데, 전북대에서 장학생으로 다니면 어떻겠냐?"

"서울대가 전국에서 학비가 제일 싸니 학비나 하숙비는 아르바이트로 해결하겠습니다. 첫 등록금하고 하숙비만 마련해주세요."

"그럼 무슨 과에 가고 싶으냐?"

"독문학을 전공하면서 영문학과 국문학, 중국문학도 공부해서 작가가 되고 싶어요."

그러자 아버지는 더 깊은 한숨을 내쉬며 말씀했다.

"학문을 하고 작가가 되려면 책도 많이 사고 유학도 가야 하는데, 그걸 어떻게 감당하겠냐?"

"아버지 걱정 마세요. 제가 다 알아서 할게요."

"정말 꼭 서울로 가고 싶냐?"

"예, 서울에 가서 제 꿈을 이루고 싶어요!"

내 확고한 꿈과 결심을 들은 아버지는 고개를 끄덕이며 동의해주었다. 그 뒤 본격적으로 입시 공부를 시작했다. 그런데 방탕한(?) 생활이 내 발목을 붙잡았다. 친한 친구 몇 명은 대학 진학에 뜻이 없이 방황하고 있었고, 나 또한 그런 처지라 그들과 놀러 다니거나 술을 마시며 지내던 터였다.

출세를 위해 우정을 배신(?)하다

친구들과 만나는 횟수를 줄이니 수시로 집에 찾아와 나를 불러냈다. 고3이 학기 초 몇 달을 그렇게 지내니 성적이 오를 리 없었다. 나는 친구들에게 대학 입학할 때까지 당분간 만나지 말자고 제안했다. 몇 명은 수긍했지만 한 친구는 출세를 위해 우정을 배신하느냐고 농담하며 계속 만나러 왔다. 참다못한 나는 크게 화를 내며 대학에 입학할 때까지 절대 만나지 않겠다고 선언하고, 찾아와도 쌀쌀맞게 대했다. 원망스러운 눈으로 바라보는 친구의 눈동자가 가슴 아팠지만, 나는 흔들리는 마음을 추스르고 도서관으로 향했다.

나는 감격에 떨며 답안을 작성했다. 그렇게 기쁜 마음으로, 그렇게 쉽게 수학 문제를 풀기는 초등학교와 중·고등학교 통틀어 12년 만에 처음이었다.

그러나 한참 뒤처진 성적이 금방 오를 리 없었다. 조금씩 오르기는 했지만 1학기가 끝나갈 무렵에도 서울대 입학할 성적에 한참 못 미쳤다. 그 무렵 전주고등학교는 서울대 입학생을 매년 80~100명 배출했다. 그러니 성적을 전교 50등 안으로 올리면 합격권에 든다고 할 수 있었다. 서울 법대나 상대와 같이 경쟁이 치열한 단과대는 전교 10~20등에 드는 학생들만 지망할 수 있었지만, 나는 법대나 상대는 관심조차 없었다. 오직 문리대 독문학과나 사대 독어교육과에 가고 싶었다. 그런데 그곳에 갈 성적이 여간해서 나오지 않았다.

성적 불량의 원흉은 '수학'이었다. 나는 중학생, 아니 초등학생 때부터 수학을 싫어했다. 과학이나 물리 과목도 싫어했지만 때때로 좋아하는 부분도 있었다. 그래서 공식을 외우고 억지로 문제집을 풀다 보니 조금씩 성적이 올라갔다. 내가 좋아하는 국어, 영어, 독어, 국사, 세계사, 사회 성적은 빠른 속도로 올라갔지만, 수학은 아무리 해도 나아지지 않았다. 1, 2학년 때 워낙 수학 공부를 안 했으니 기초가 부실해서 고3 과정에 배우는 개념과 공식 등을 이해할 수 없었다. 다른 과목 성적이 올라간 덕에 2학기 무렵에는 중·상위권으로 진입했는데, 그놈의 수학 때문에 원하는 성적이 죽어라 나오지 않았다. 그래도 꿈을 위해서는 수학을 포기할 수 없었다. 가슴이 답답하고 머리가 지끈거려도 끙끙대며 복습을 하고 《수학의 정석》을 풀었다.

학교에서는 두 달마다 한 번씩 모의고사를 보면 학생들을 분발시키기 위해 과목별로 전교 1~20등 학생 이름을 쓴 '방榜'을 강당 입구에 붙였다. 방에 이름이 오른 학생들은 친구의 부러움과 선생님의 칭찬을 한 몸에 받고 어깨를 으쓱거리며 자랑스러워했다. 3학년 1학기까지는 한 번도 내 이름이 방에 올라본 적이 없었다. 나는 2학기가 시작되자 반드시 방에 이름을 올리겠다는 결심을 하고 새벽 4시 30분에 일어나 아침 공부를 한 다음, 도시락 두 개를 들고 학교에 갔다. 점심 도시락 먹고 수업이 끝나면 도서관으로 달려가 저녁 도시락을 먹고 밤늦게까지 공부했다. 그렇게 몇 달을 보내는 동안 드디어 내 이름도 방에 몇 번 올라갔다. 그러나 국어나 국사같이 내가 좋아하는 과목이었기 때문에 수학에 대한 두려움과 불안감은 가시지 않았다.

시험 날이 다가오자 나는 닷새 전쯤 서울로 올라가 외삼촌 댁에 머무르면서 마지막 총정리를 했다. 하루 종일 방 안을 뒹굴면서 모든 과목의 종합 예상 문제집을 훑어봤다. 시험 날, 용두동의 서울 사대 캠퍼스에서 시험을 치렀다. 몇 과목 답안을 만족스럽게 작성한 뒤 문제의 수학 시험 시간이 되었다. 문제지를 나눠줄 때부터 가슴이 답답하고 머리가 아팠다. 그런데 문제지를 들여다본 순간, 이게 웬일인가? 전체 일곱 문제 중 외삼촌 댁에서 뒹굴며 훑어본 문제가 두 문제나 나온 것이다. 숫자 등이 약간 변형되기는 했지만 기본은 같은 문제라서 해법이 줄줄이 떠올랐다. 나는 감격에 떨며 답안을 작성했다. 그렇게 기쁜 마음으로, 그렇게 쉽게 수학 문제를 풀기는 초등학교와 중·고등학교 통틀어 12년 만에 처음이었다.

시험을 끝내고 나오니 아버지와 막내 이모가 교문 앞에서 기다렸다. 어땠느냐는 이모의 질문에 힘찬 목소리로 "합격했어요!" 하고 대답했다. 이모가 예쁜 미소를 지으며 "아이 자식, 건방지네" 했다. 아버지도 내 말을 듣고 반신반의하셨지만 나는 내심 자신만만했다. 그 자신감은 '수학'에서 나왔다. 학창 시절 내내 나를 주눅 들게 하고 스트레스를 주던 수학이 대학 입시에서 최고의 수훈을 세울 줄 누가 알았으랴! 실력보다 행운으로 얻은 수학 점수, 입학의 부끄러운 비밀이지만 내 인생의 회전목마를 타게 해준 고마운 점수다.

꿈의
회전목마를 타다 ──────

엉겁결에 연극배우가 되다

동가식서가숙 그리고 알바, 알바……

근대화의 열망이 온 나라를 휩쓸던 1971년 초, 전라도 촌놈이 가슴 벅찬 꿈을 안고 고향을 떠났다. 그 무렵에 처음 생긴 멋진 고속버스를 타고 예쁜 안내원 아가씨가 나눠주는 사탕을 먹으며 서울로 올라온 나는 세계문학을 두루 섭렵해 최고의 시인이나 소설가가 되겠다는 야심을 품고 대학의 문에 들어섰다.

그러나 나의 꿈은 현실의 벽에 부딪혀 표류하기 시작했다. 약속대로 첫 등록금과 첫 달 하숙비는 아버지가 몇몇 친척에게 기부(?)를 받아 해결해주었다. 한 달 뒤부터 나는 스스로 학비와 숙식을 해결해야 했는데, 숙식은 주로 친구와 선배들을 통해 해결했다. 당시 서울대 1학년이 다닌 교양과정부는 지금의 노원구 공릉동 골짜기에 있었다. 허허벌판에 대학 건물이 덩그렇게 들어서고, 길 양쪽 주변에 하숙집이 죽 늘어섰다.

시골에서 올라온 동창은 대부분 하숙했기 때문에 '오늘은 이 집, 내

일은 저 집'으로 하숙집을 순방했다. 밤에 살짝 들어가서 친구와 함께 자고, 맘씨 좋은 하숙집 아줌마가 한 공기 더 얹어주는 아침밥을 먹거나 친구 밥을 나눠 먹었다. 그중 마음씨 착한 동창과 선배 몇 명의 하숙집은 내 지정 숙소가 되는 통에 어지간히 시달렸을 것이다. 서울대 근처 하숙집 순방이 끝나면 연대, 고대, 한양대 등 얼굴 아는 친구가 있는 곳에 찾아가서 하룻밤 신세를 졌다.

독어과 친구들

순수하고 착한 문학도들. 교수로, 교사로, 기업인으로, 공무원으로, 종교인으로 다양한 길을 가고 있다. 지금까지 1년에 네 번씩 만나 우정을 나누는 독어과 친구들은 다른 과 친구들에게 부러움의 대상이다.

그다음에는 끊임없이 아르바이트를 했다. 시간제 그룹 지도도 하고, 개인 지도도 하고, 입주해서 가르치기도 했다. 그러나 과외 체질이 아닌지 한두 달만 지나면 도살장에 끌려가는 소처럼 가기 싫어지니 돈을 제대로 벌 리 없었다. 어쨌든 걸리는 대로 쉴 새 없이 아르바이트를 했고, 방학 때는 책 외판원도 해봤지만 역시 체질이 아니었다. 그래도 성적 불량 학생이 학생과장 교수께 졸라서 특별 장학금을 두 번이나 타냈으니, 지독히 내성적이던 골샌님이 서울 와서 참 뻔뻔스러워지고 용감해졌다. 하루하루 연명하기 위해 서울을 누비고 다니는 동안 학문과 작가 수업은 뒷전으로 물러앉고, 그 자리를 우연히 만난 연극이 메웠다.

연극배우가 된 사연, "너 이리 나와봐"

첫사랑의 기억을 영원히 잊을 수 없듯, 첫 무대의 추억은 죽는 날까지 내 가슴속에서 지워지지 않을 것이다. 나는 대학 2학년 때 연극과 첫사랑에 빠졌다. 지금은 사라진 교양과정부에서 1학년을 보낸 뒤, 역시 지금은 사라진 청량리 근처 용두동의 서울 사대 캠퍼스에 다니던 2학년 어느 봄날이었다. 수업을 끝내고 밖으로 나가려는데 독어과 친구 박범훈이 다가와서 넌지시 물었다.

"연극 연습하러 가는데 구경 안 갈래?"

"연극? 넌 뭐 하는데?"

"나? 무대감독이야!"

"무대감독?"

처음 듣는 그 말이 근사해서 사대 소극장으로 따라갔다. 어두컴컴한 소극장의 귀퉁이 의자에 앉아 난생처음 연극 연습하는 걸 구경하고 있었다. 배우 한 사람이 나오지 않았다고 화를 내던 뚱뚱한 연출 선배가 나를 보더니 "너 이리 나와봐!" 하며 손가락으로 나를 가리켰다. 깜짝 놀라서 무대로 올라가니까 대뜸 대본을 주면서 "여기, 이 대사 읽어봐!" 하는 것이다. 몇 마디 되지 않는 대사를 더듬더듬 읽는 동안 내 얼굴은 새빨갛게 물들었고, 이마와 콧잔등에는 땀방울이 송골송골 맺혔다. 그런데 선배가 "너 내일부터 계속 나와!" 하는 게 아닌가. 나는 그렇게 엉뚱하고도 싱거운 사연으로 배우가 되었다.

그 작품은 〈선우교수댁〉이었다. 큰아들은 전투경찰이고 둘째 아들은 데모하는 학생인 선우 교수 집안의 갈등을 그린 희곡인데, 김근태 전 보건복지부 장관의 형님인 국어과 김국태 선배가 직접 쓰고 연출한 작품이다. 나는 둘째 아들을 데려다가 심문하는 정보과장 역을 맡았다. 박정희 대통령에게 무조건 충성하고, 데모하는 학생을 빨갱이에게 '세뇌'된 세상 물정 모르는 불쌍한 어린애 취급하는 유능한(?) 경찰공무원이었다.

그날부터 나는 수업이 끝나면 연습실로 달려갔다. 어느 때는 수업이 끝나기도 전에 달려갔다. 그곳에는 소주와 라면과 친구와 술고래 선배와 예쁜 여학생이 있었다. 당시 연극반에는 사대의 미인이 다 모여, 다른 단과대 연극반의 부러움을 한 몸에 받았다. 나는 연극을 통해 내 껍질이 하나하나 벗겨지는 쾌감을 맛보았다. 연습할 때의 순수한 열정, 진지함, 때로는 싸움까지 벌일 만큼 치열한 토론, 어깨동무하고 소주를 마시는 순박함에서 예술 공동체의 일원이 된 자부심을 느꼈고, 그속에서 한없이 편안하고 자유로웠다. 그런데 그 연극이 대학 시위를 다루고, 박정희 정권의 장기 집권을 위한 유신 체제에 비판적인 내용을 담았다는 이유로 학교에서 공연 허가가 나지 않았다. '열혈 청년'이던 우리는 학교 밖에서 공연을 강행하기로 뜻을 모았다.

지금은 없어진 신촌의 이화여대 앞에 있는 기독교회관을 빌려 분장을 하며 공연을 준비할 때였다. 갑자기 경찰이 들이닥쳐 건물 셔터를 내리더니, 무대장치를 마구 부수기 시작했다. 여배우들이 비명을 지르고, 남자 배우들은 몸으로 막으며 전투경찰과 실랑이를 벌였다. 나는 전투경찰이나 형사들보다 계급이 높은 정보과장이었지만 아무도 내 지휘를 받으려 하지 않았다. 마침내 전투경찰들은 무대를 모두 철거하고 연출 선배와 연극반 회장을 잡아갔다. 배우들은 분장을 지우지도 못하고 건물에 갇혀, 영문도 모른 채 웅성거리며 서 있는 학우들에게 창문에서 소리쳐 설명해야 했다.

"전투경찰…… 무대 부수고…… 셔터 내려서 못 나가…… 공연 못 해…… 미안해!"

때마침 비까지 부슬부슬 내려 한층 처연한 분위기를 자아냈다. 나의 첫무대는 이렇게 불발로 그치고 말았다. 마치 결혼으로 맺어지지 못한 첫사랑처럼. 그러나 서슬 퍼런 군부독재 아래서 불발로 끝난 첫무대 때문에 나는 연극과 불같은 사랑에 빠졌다.

연극반에 뛰어든 초년병 시절, 연극에 대한 나의 열정은 참으로 무모하고 위험한 것이었다. 밤샘 연습과 공연과 연극 공부가 세상에서 유일하게 가치 있는 일이었고, 그 외 모든 것은 관심 밖으로 사라졌다. 그와 함께 생활은 무질서하고 방탕해졌다. 매일같이 술과 담배에 절어 지내면서 예술적 영감에 가득 찬 천재인 양 행세하고, 세속적인 모든 것을 경멸하며, 교만과 자만심으로 뭉친 허세 덩어리가 되어갔다.

나는 엄청난 식욕으로 연극과 관련된 모든 것을 허겁지겁 먹어 치웠다. 연극반에서 배우는 것은 물론이고 헌책방을 찾아다니며 희곡이란 희곡은 모조리 주워오고, 연극영화과가 있는 대학교 강의실이나 도서관을 기웃거리며 도둑 공부를 하고, 여름이 되자 아예 연극반에서 지내기 시작했다. 연습이 끝나고 반원들이 집으로 돌아가면 나 혼자 연극반에 널린 의상을 뒤집어쓰고 학교를 돌아다니며 연습했다. 어느 때는 혼자 남은 내가 마음에 걸린 친구 박범훈, 국어과 나수영 선배 등 연극반원들이 소주병을 들고 학교 담 넘어 다시 찾아와 광란의 술판을 벌이기도 했다.

아침이면 컴컴한 연습실 문을 열고 연극반 회장 이창주 선배, 나와 듀엣으로 멋지게 이중창을 부른 독어과 친구 장해경, 기타를 치면서 포크송을 함께 부르던 독어과 친구 송성호·강달호·공수영 등이 도시락을 놓고 갔다. 남의 도시락을 반쯤 먹고 어슬렁거리며 연극반을 나와 수돗가에서 세수하고, 꾸벅꾸벅 졸며 수업을 듣다가 점심시간이면 독어과 친구들이 한 숟갈씩 얹어주는 밥을 배부르게 먹었다. 그러다가 오후가 되면 눈이 반짝반짝해지면서 밤늦게까지 연극 연습이나 연극과 관련된 일에 미쳐서 돌아다녔다. 그렇게 가을까지 학교에서 살았다. 이따금 수위 아저씨가 밤에 순찰을 돌다가 연극반 창 너머로 손전등을 비추고 소리쳤다.

"짜식, 또 자네. 내일도 자면 쫓아낼 거다!"

"쫓겨나면 잘 데 없어요!"

그러면 맘씨 좋은 수위 아저씨는 껄껄 웃으며 돌아갔다.

첫 무대 〈안도라〉의 주인공이 되다

2학년 때는 1년 내내 연습만 하고 막은 올리지 못했다. 박정희 정권의 독재에 반대하는 시위로 학교가 휴교와 폐교를 반복했기 때문이다. 그러다가 3학년이 된 1973년 5월, 드디어 정식으로 무대에 섰다. 초년병 딱지를 떼고 연극반 회장이 되어 스위스 출신의 현대 극작가 막스 프리슈의 〈안도라Andorra〉를 독어과 김학천 선배의 연출로 올렸다. 방송국 강제 통폐합으로 사라진 동아방송의 PD로 일하던 김학천 선배는 나중에 해직되어 고생하던 끝에 EBS 사장도 하고, 지금도 방송계의 원로로 존경받는 분이다.

나는 연극반 회장에 기획, 제작, 주연, 조연출까지 그야말로 '북 치고 장구 치며' 미친 듯이 연습했다. 내가 맡은 주인공 안드리는 유럽의 작은 마을 안도라에 사는 유대인 소년이다. 히틀러의 지배를 암시하는 검은 나라 군대가 진군하자, 마을은 유대인을 색출하고 처단하는 검은 군대의 지배를 받는다. 안드리와 어려서부터 알고 지내던 마을 사람들은 검은 군대의 손에 처단되는 안드리의 죽음에 직간접으로 동의하고, 저마다 자신은 죄가 없음을 관객에게 항변하는 서사극의 구조로 진행되는 연극이다.

그런데 연습하는 동안 몇 가지 남모르는 고민에 빠졌다. 주인공이 겪는 일상생활의 에피소드에 상상력이 잘 발동하지 않는 것이었다. 안드리가 자신이 일하는 레스토랑에서 동전을 넣고 '뮤직 박스' 옆에 서서 춤을 추며 노래에 심취하는 장면이 있는데, 나는 뮤직 박스를 본 적이 없을 뿐만 아니라 그 노래를 들어본 적도 없으니 느낌이 와 닿지 않았다. 또 사랑하는 소녀를 동네 군인이 희롱하자 그 군인과 싸우는 장면에서 연출 선배가 〈지상에서 영원으로〉에 나오는 명배우 몽고메리 클리프트처럼 해보라는데, 그 영화나 배우를 본 적도 없는 촌놈인 나로서는 막막한 주문이었다.

게다가 나와 사랑하는 여주인공의 이름이 'Barblin'인데 그 이름을 어떻게 불러야 맞는지 알 수가 없었다. '빠르블린'인지 '바르쁠린'인지 '바르블린~'인지 '바~르블린'인지 도저히 자신이 없었다. 독일 유학을 다녀온 교수들께 물어보았지만 그분들도 정확하게 모르겠다고 했다. 결국 적당히 내 식으로 불렀는데 아마도 전라도 억양이 섞인 '바르쁠린~'이 아니었나 싶다.

'바르쁠린~' 역을 맡은 홍충옥은 나보다 먼저 1학년 때부터 연기를 했고, 미모와 재능이 돋보이는 여학생이었다. 새하얀 얼굴에 검은 머리를 휘날리며 걷는 그녀의 모습만 보아도 가슴이 떨렸다. 연기할 때는 연기와 현실을 혼동하기도 했다. 하지만 당시 나는 연기할 때 말고는 그녀와 둘만의 시간을 한 번도 보내지 못할 만큼 '숙맥'이었다.

마지막 리허설을 끝낸 뒤 분장을 마치고 거울을 보는 순간, 나는 깜짝 놀랐다. 콧대를 세운 금발 소년이 거울 속에 있었는데, 나는 연습하는 내내 안드리가 금발 소년이라곤 상상도 못 한 것이다. 거울 속의 소년을 보면서 검은 머리에 전라도 촌놈인 내가 과연 유럽인이나 미국인이나 러시아인 역할을 한다는 게 어떤 의미와 한계가 있는지 커다란 의문에 휩싸였다.

드디어 막이 올랐다. 난생처음 무대에 서니 초긴장 상태였다. 어떻게 연기했는지 생각도 나지 않는 상태로 두어 시간이 흐르고 막이 내렸다. 밖에서 박수 소리가 들리자 모두 무대로 나가 인사를 했다. 몇몇

*〈안도라〉 공연 후 연극반원들과 기념 촬영을 했다. 홍충옥, 김정자, 박계순, 박
제홍, 윤인근, 조항용…… 사진 상태가 좋지 않아 그리운 모습들이 잘 안 보이
는 게 아쉽다.*

친한 친구와 여학생이 무대에 올라와 꽃다발을 주고 내려갔다. 잠시
후 박수와 환호가 사라지고 다시 막이 내렸다.

　연극반원들이 무대 뒤로 사라지고, 나는 텅 빈 무대에 혼자 서 있었
다. 그때 갑자기 가슴속에서 뜨거운 기운이 치솟더니 눈물이 뚝뚝 떨
어지기 시작했다. 멈추려 해보았지만 걷잡을 수 없이 흘러내렸다. 1년
동안 막을 올리지도 못한 채 연습만 하면서 무대에 대한 갈증에 허덕

이던 일, 연습하면서 반원들과 때로는 싸우고 때로는 껴안으며 뒹굴던 일, 혼자서 연기 고민에 빠져 밤새워 서성이던 일, 극도의 긴장 속에서 밥도 제대로 먹지 못하던 일, 연습에 불참하는 반원들을 찾아다니며 연습 참여를 간청하던 일, 예산이 모자라 대의원들에게 예산을 구걸하던 일…… 그 모든 일들이 파노라마처럼 머릿속을 스치는 동안 나는 한 손에 꽃다발을 든 채 눈물을 흘리며 서 있었다.

그때 분장을 지우다가 내가 보이지 않자 연극반원들이 무대로 찾으러 왔다. 그들은 내가 우는 걸 보고 놀라서 "야, 너 왜 울어?" 어쩌고 하다가 한 명 두 명씩 울기 시작하더니 모두 껴안고 우는 통에 무대가 눈물바다가 되었다. 그때 부둥켜안고 울던 박제홍, 윤인근, 조항용 등 연극반원 몇 명은 나와 함께 극단 아리랑을 창단한 연극 동지가 되었다.

질풍노도의 청춘 시절

병과 우울과 시와 판소리

불쑥 찾아온 병마, 죽음의 그림자

낭만적이고 예술적인 분위기에서 치기만만한 연극의 수업 시대를 보내다 보니 〈안도라〉 공연을 끝낸 3학년 말에 덜컥 병에 걸리고 말았다. 가을쯤부터 열이 나고 가끔 기침도 했지만, 감기려니 하고 그냥 넘겼다. 그런데 겨울에 독어과 친구들과 여행을 하고 돌아오는 버스에서 기침을 심하게 하는 나를 보고 장해경이 "우리 삼촌이 보건소에 있는데 함께 가서 엑스레이 찍어볼래?" 하는 것이다.

검사 결과 '활동성 중등증', 즉 2기 결핵으로 판명이 났다. 바로 휴학계를 내고 고향에 내려갔다. 그때까지 집에는 "아르바이트도 열심히 하고 공부도 열심히 하며 지내고 있으니 아무 염려 마십시오"와 같은 거짓 편지만 보내던 터라, 연극하다가 결핵에 걸렸다는 것을 아신 부모님은 깜짝 놀라 근심에 잠겼다.

마침 아버지가 취직해서 약값과 보신에 필요한 고기 정도는 살 수 있는 형편이라 천만다행이었다. 오랜만에 남편이 번 돈으로 살림을 꾸려갈 수 있게 된 어머니는 전주의 동쪽 야산인 기린봉 중턱의 셋집 텃밭에 상추를 심고, 강아지 한 마리와 토끼를 기르면서 아침에 출근했다가 저녁에 돌아오는 아버지를 기다리며 행복하게 지내던 중이었다. 어머니는 병구완에 정성을 기울였다. 약값이나 보신에 적잖은 돈이 들 텐데 조금도 내색하지 않고 병든 아기 새를 보살피는 어미 새처럼 정성을 다했다.

객혈과 숨찬 느낌, 식은땀, 주사약, 약병으로 가득 찬 방에서 나는 날개 꺾인 새처럼 외로웠다. 땀에 전 이불에 누워 한철을 보내는 나의 하루하루는 미열과 피로감으로 힘겹게 지나갔다. 봄이 되어 친구와 함께 들과 강으로 놀러 다닐 때도 나는 가슴에 품은 죽음의 균을 의식해야 하는 우울한 청춘이었다.

장자가 깨우친 도리, 예술 하며 도통하자!

고통스럽고 고독하며 길고 긴 투병의 날이 이어졌다. 그 무렵 유일한 위안은 산책이었다. 나는 야트막한 구릉이 있는 다가공원에 가서 가람 이병기의 〈시름〉이라는 시비를 바라보며 한참 앉았다가 오곤 했다.

이대로 괴로운 숨지고 이어가랴 하니
좁은 가슴속에 나날이 돋는 시름
회도는 실꾸리같이 엉기기만 하여라

구절구절 내 심정을 어쩌면 그토록 잘 표현했는지, 감탄하면서 시름의 나날을 보내는 동안 어느덧 여름이 되었다. 나는 피로와 권태와 우울증 때문에 웃음을 잃고 정처 없이 거리를 헤매기도 하고, 하루 종일 시골의 호숫가에 앉았다가 오곤 했다. 그리고 열에 들떠 밤마다 시를 끼적거렸다. 여름 석 달간 300편에 가까운 시를 일기처럼 써내며 불면의 밤을 보냈다. 내가 선택한 불면 치료법은 틈틈이 설익은 희곡이나 소설이나 수필을 끼적거리고, 여학생이나 친구들에게 편지를 쓰고, 노트에 이태백이나 두보의 시 혹은 《시경》《초사》《고문진보》《채근담》《장자》의 글귀를 하염없이 적는 것이었다. 그중 《장자》〈양생주편〉에 나오는 백정과 문혜왕의 대화는 풀리지 않는 화두를 던져주었다.

어느 백정이 문혜왕을 위해 소를 잡은 일이 있었다. 그의 손이 닿자마자 어깨를 기대거나 무릎으로 누르는 곳에서 살과 뼈가 발라져 그대로 후드득 떨어졌다. 칼질이 얼마나 절묘한지 어느 것 하나 음률에 들어맞지 않는 것이 없고, 몸짓 또한 멋진 춤과 같았다. 문혜왕이 감탄하며 "아아, 훌륭하다. 어찌 재주가 그런 경지에 이를 수 있는가?"라고 묻자, 백정이 칼을 놓고 대답했다.

"내가 좋아하는 것은 '도道'로 '재주'보다 앞서는 것입니다. 처음 제가 소를 잡을 때는 보이는 게 소뿐이었습니다. 그러나 3년이 지나자 소만 보이는 일이 없어졌습니다. 요즘 저는 마음으로 소를 만나지, 눈으로 보지 않습니다. 감각의 작용은 멈추고, 마음이 움직이고 싶은 대로 움직일 따름입니다. 자연의 이치에 따라 큰 틈을 쪼개고 큰 구멍에 칼을 찌릅니다. 소의 본디 결에 따라 칼을 쓰므로 힘줄이나 질긴 근육에 부닥뜨리는 일이 없습니다. 하물며 큰 뼈에 칼이 부딪히는 일이 있겠습니까?

훌륭한 백정은 1년에 한 번 칼을 바꾸는데, 이는 살을 자르기 때문입니다. 보통 백정은 한 달에 한 번씩 칼을 바꾸는데, 그들의 칼이 뼈에 닿기 때문입죠. 이 칼은 19년 됐고, 그동안 내가 잡은 소는 수천 마리가 넘습니다. 그러나 보십시오, 제 칼날은 숫돌에 막 갈아 내온 것 같지 않습니까? 소 뼈마디엔 커다란 틈이 있고 칼날은 얇습니다. 두께가 없는 얇은 것을 틈이 있는 곳에 넣기 때문에 칼을 아무리 휘둘러도 여유가 있게 마련입니다. 그래서 19년이 지났지만 이 칼날은 방금 숫돌에 갈아놓은 것과 같습니다.

그렇다 해도 뼈와 살이 엉긴 곳을 만날 때면 어려움을 느낍니다. 그런 때면 조심조심 경계하면서 눈은 그곳을 노려보고, 동작을 늦추고, 칼을 미세하게 움직이지요. 그러다 보면 어느 순간 후드득 뼈와 살이 떨어져 마치 흙이 땅에 쌓이듯 수북하게 쌓입니다. 그러면 칼을 들고 서서 만족스럽게 주위를 한번 둘러본 다음, 칼을 깨끗하게 닦아 잘 간수해둡니다.”

“오, 훌륭하구나! 나는 백정의 말을 듣고 양생養生, 즉 삶을 기르는 방법을 터득했노라.” 문혜왕이 말했다.

장자가 백정의 입을 빌려 깨우치고자 한 것은 무엇일까? 훌륭한 백정은 1년에 한 번, 보통 백정은 한 달에 한 번 칼을 간다는데, 나는 하루에 한 번, 아니 수십 번씩 마음의 칼을 갈아야 하는 엉터리 백정 아닌가. 도를 체득한 백정도 살과 뼈가 엉긴 곳에서는 경계하며 미세한 곳까지 마음을 쓴다는데, 도 근처에는 가지도 못한 주제에 욕망에 눈이 어두워 무리하게 허둥대고 덤벙대다가 엉기고 꼬인 나의 삶 아닌가.

장자의 글은 무슨 일이든 혼신의 힘으로 정성을 다하면 어느 순간 도통하는 경지에 이른다는 희망을 주는 글 아닌가. ‘일 따로 도 따로’가 아니라는 걸 깨우치는 글 아닌가. 예술 하며 도통하자! 예술 하는 것과 도 닦는 것을 하나로 여기며 나의 일에 정성을 다하자! 그러다 보면 어느 순간 마음의 눈이 활짝 열려 삶의 주인이 되는 기쁨을 누릴 수 있지 않겠는가.

내 인생의 변곡점, 판소리를 만나다

쉽게 풀지 못할 화두와 씨름하고 병과 죽음에 대한 공포와 싸우기도 하며 우울한 여름을 보내던 중, 나는 또다시 새로운 인생의 회전목마를 타게 되었다. 고등학생 시절의 문학 친구이며, 교련 수업 거부를 실천한 끝에 고등학교 중퇴자가 되었으며, 검정고시로 전북대 영문과에 입학한 귀재이며, 온갖 기이한 지식과 잡학의 대가로서 나의 방랑과 굶주림의 동반자였던 친구 박영훈의 김제 집에 놀러 갔다.

그런데 친구가 김제국악원에서 판소리를 배우고 있으니 함께 가보자고 하는 게 아닌가. 나는 그때까지 판소리를 직접 들어본 적이 없었다. 김제국악원은 활 쏘는 '사정射亭'의 한쪽 구석에 있는 한옥 별관을 빌려 썼다. 매미 소리 요란한 활터에 들어서니 어디선가 북 치는 소리와 어린 소녀들의 노랫소리가 들려왔다.

노랫소리를 따라 안으로 들어가니 고목 옆 아담하게 세워진 정자 안에 하얀 모시 한복을 곱게 차려입은 중년 부인이 초등학생으로 보이는 소녀 3~4명을 앉혀놓고 판소리를 가르치고 있었다. 부인은 갸름한 얼굴에 오똑한 코와 선이 분명한 입술이 젊은 시절에는 대단한 미인이었을 것으로 짐작되었다. 그런데 얼굴빛이 거무스레하고 차갑고 침울한 표정이 병을 앓거나 마음속에 고통을 느끼는 사람처럼 보였다. 소녀들은 〈심청가〉 중에서 심 봉사가 부인을 잃고 슬피 우는 대목을 부르고 있었다.

아이고 여보 마누라
날 버리고 어디 가오
마누라는 나를 잊고
북망산천 들어가
송죽으로 울을 삼고
두견이 벗이 되어
나를 잊고 누웠으니
내 신세를 어이 하리

친구와 나는 정자 한구석에 걸터앉아 열심히 듣고 있었다. 그때 갑자기 부인이 북채로 북 머리를 딱딱 두드렸다. 그러자 소녀들의 노랫소리가 뚝 그치고 부인의 입에서 느닷없이 욕설이 튀어나왔다.

"이년들아, 그것도 소리라고 부르고 자빠졌냐? 니년들 소리 듣고 우는 놈이 있으면 개아들 놈이다. 가서 더 연습하고 와!"

나는 깜짝 놀라 그 부인의 얼굴을 바라보았다. 한복을 곱게 차려입은 부인의 입에서 그런 욕이 튀어나오리라고는 상상도 못 한 터라 나는 어리벙벙하고 당황했다. 소녀들이 정자 아래로 내려가자 친구가 정자 안으로 올라가더니 북 앞에 앉았다. 순간 부인의 얼굴에 짜증스러운 표정이 스치고, 소녀들은 정자 아래서 재미난 표정으로 정자 안을 바라보았다. 소녀들 역시 혀를 날름 내밀고 금세 시시덕거리는 걸로 보아 부인의 욕설에 놀란 사람은 나뿐인 듯싶었다. 친구는 〈춘향가〉 중에서 월매와 이몽룡이 상봉하는 대목을 배우기 시작했다.

거 뉘가 날 찾나
거 뉘가 날 찾아
날 찾을 이가 없건마는
거 뉘가 날 찾아
남원 사십팔 면 중에
나의 소문을 못 들었나
내 딸 어린 춘향이를
옥중에다가 넣어두고
명재경각命在頃刻이 되었는데
늙은 나를 누가 찾어

친구는 문외한인 내가 듣기에도 엉망진창으로 불렀다. 정자 아래 있던 소녀들이 기다렸다는 듯이 깔깔거리고, 부인은 얼굴을 더 찡그리며 북채로 북 머리를 딱딱 쳤다. 나는 또 욕설이 튀어나오나 하고 기다렸지만 욕은 나오지 않고, 부인은 '명랑'이라고 쓰인 약상자에서 약봉지를 꺼내더니 가루를 입에 탈탈 털어넣고 물을 마셨다. 아스피린 대신 명랑이나 뇌신이 두통약으로 널리 쓰이던 때라, 나는 소리를 가르치다 보니 스트레스가 쌓여 두통에 시달리는 것으로 짐작했다.

친구는 부인이 가르쳐준 대목을 자꾸 틀려서 "남원 사십팔 면 중에"라는 대목을 48번쯤 반복했다. 부인의 표정은 더욱 일그러지고, 친구는 얼굴이 벌겋게 달아오르고 땀을 뻘뻘 흘렸다. 30분쯤 친구와 씨름

하던 부인은 참다못해 "오늘 수업은 이것으로 마칩시다!" 하고는 다시
명랑 한 봉지를 입에 털어넣고 물을 마셨다. 나는 그녀가 두통약으로
명랑을 선택한 것이 참으로 현명하게 느껴졌다. 음치인 친구의 노래를
듣는 동안 나도 가슴이 답답해지고 머리가 지끈지끈 아파서 '명랑하
게' 기분을 전환하지 않으면 견딜 수 없을 지경이 되었기 때문이다.

　늙은 할아버지가 주전자에 물을 가지고 오다가 친구의 모습을 보더
니 허허거리고 웃었다. 친구는 부인에게 공손하게 인사를 하고 정자에
서 내려왔다. 헤어질 때 부인의 입가에 얼핏 미소가 스치는 듯했으나
이내 사라지고, 검은 얼굴에 차가운 표정으로 변하고 말았다.

판소리를 듣고 또 듣고

나는 친구와 술집에 앉아서 그 부인에 대한 이야기를 나눴다. 이름은
박보화. 짐작한 대로 젊었을 때 창극계에서 미모와 소리로 한몫하던
명창인데, 사랑의 상처 때문에 아편중독이 되어 활동을 중단하고 시골
의 소리 선생으로 눌러앉았다고 한다. 그 무렵 많은 국악인이 아편중
독으로 병을 앓거나 패가망신했는데, 그녀는 다행히 중단에 성공했다
는 것이다. 그러나 아편중독의 후유증으로 카페인 성분이 있는 명랑이
나 뇌신을 아편 대신 먹는다고 했다. 나는 낭만적인 상상이 아편중독
이라는 무서운 현실로 중단된 것이 안타까웠으나, 그 때문에 부인에
대한 궁금증은 더욱 커졌다.

　나는 다음 날에도 친구를 따라 국악원에 갔다. 그런데 그날따라 국

악원의 분위기가 이상했다. 소녀들은 고목 밑에 쭈그리고 앉았고, 부인은 한옥의 방에서 나타나지 않았다. 친구가 할아버지에게 사연을 물어보았다.

"오늘 아침 저 꼬마 애들 소리를 가르치는디, 활 쏘던 활량이 와서 아침부터 재수 없게 '아이고아이고' 우는 소리를 헌다고 지랄을 허고 갔어. 저 사람 성질에 당장 대들고 싸웠겠지만, 우리가 이 활터한티 신세를 지는 형편이라 말 한 마디 못 허고 속병이 나서 드러누웠다네."

할아버지는 한숨을 쉬어가며 설명했다. 친구와 나는 그길로 국악원에서 나와 막걸리 집 탁자에 앉았다. 그날 우리는 정신을 잃도록 술을 마시고, 김제읍의 밤거리를 비틀거리며 "남원 사십팔 면 중에"를 480번쯤 불렀다.

나는 전주 시내의 레코드 가게를 돌아다니며 판소리가 실린 레코드를 여러 장 샀다. 그리고 몇 달 동안 방에 틀어박혀 판소리를 수백, 수천 번 들었다.

다음 날 오후 늦게 국악원에 가니 부인은 아무 일도 없었다는 듯이 하얀 한복을 깨끗하게 차려입고 소녀들을 가르치고 있었다. 그때 하얀 두루마기를 입고 중절모를 쓴 중년 사내가 부채를 들고 정자에 오더니, 이웃인 정읍국악원에 새로 부임한 국악 강사라고 자기소개를 했다. 부인은 그를 올라오게 한 뒤 참으로 우아하게 절을 했다. 얼굴을 붉히며 수줍고 교태 부리는 몸짓에 살짝 미소를 짓는 부인의 모습에서 나는 애들에게 상욕을 하던 흔적을 도저히 발견할 수 없었다.

"부인의 명성을 듣고 오래전부터 꼭 한 번 소리를 한 수 배우고 싶었습니다."

"과찬의 말씀입니다. 보잘것없는 실력이에요. 오히려 선생님께 한 수 배우고 싶습니다."

"겸손의 말씀을 다하십니다. 저는 소리라고 어디 내놓을 수도 없는 실력인데, 국악원에서 잘 봐주어 오게 된 것입니다. 제 귀를 좀 틔워주십시오."

"오히려 귀를 어지럽힐까 걱정됩니다. 그럼 한 수씩 주고받기로 하지요. 손님으로 오셨으니 제가 먼저 대접을 하지요."

이렇듯 정중하고 은근한 말이 오고 가더니 사내가 장구를 잡았다. 그러자 부인은 한쪽 무릎을 세우고 곧게 앉더니 노래를 부르기 시작했다. 맑고 고우면서도 어딘가 슬픈 가락이 부인의 입에서 흘러나왔다. 나중에 안 사실이지만 그 노래는 시조와 같이 짧은 노랫말을 길고 우아한 가락에 얹어서 부르는 '가곡'인데, 실력 있는 소리꾼이 아니면 함부로 부를 수 없는 어렵고 격조 높은 노래다. 노을이 지기 시작하는 정자에 앉아 노래를 부르는 부인의 표정은 참으로 아름다웠다. 나는 그녀의 차가우면서도 매혹적인 얼굴과, 그 얼굴에 서린 삶의 그늘을 넋을 잃고 바라보았다. 나와 함께 친구도, 소녀들도, 할아버지도 모두 숨죽이고 들었다.

부인이 노래를 끝내자 사내는 격찬을 한 다음 가부좌를 틀고 곧게 앉았다. 그러자 이번에는 부인이 장구를 잡았다. 나는 또다시 장구를 치는 부인의 모습을 취한 듯이 바라보았다. 사내는 노래를 끝낸 뒤에 부인과 정중한 인사를 나누고 돌아갔다. 나는 사내를 배웅하는 부인의 눈이 아쉬움으로 흐려지는 것을 보았다.

그날 저녁 나는 친구와 헤어져 집으로 돌아왔다. 말 한 마디 나누지 못했지만, 여류 명창의 모습이 뇌리에 깊이 새겨졌다. 다음 날 전주 시내의 레코드 가게를 돌아다니며 판소리가 실린 레코드를 여러 장 샀다. 그리고 몇 달 동안 방에 틀어박혀 판소리를 수백, 수천 번 들었다.

　이듬해 여름방학 때 벼르고 별러서 영훈의 집에 다시 갔다. 국악원에 가자는 나의 말에 친구는 가봐야 박보화 명창은 없다고 했다. 간암으로 사망했다는 것이다. 나는 허탈한 기분으로 친구와 함께 국악원에 가보았다.

　정자에서는 여전히 북소리와 소녀들의 노랫소리가 들려왔다. 가까이 가보니 낯선 남자가 북 앞에 앉아 소녀들을 가르치고 있었다. 나는 또다시 친구와 밤새도록 술을 마시고, 거리를 비틀거리며 고래고래 소리를 질러댔다.

　판소리에 대해 아무것도 모르던 시절, 여류 명창의 차갑고 그늘진 검은 얼굴과 맑고 고우면서도 구슬픈 목소리, 수많은 사연을 간직한 듯 보이는 눈, 상스러운 욕설, 쓸쓸하고 적막한 정자의 분위기, 노을, 고목, 소녀들의 웃음소리…… 그 모든 추억은 영화의 한 장면처럼 내 가슴속에 남아 있다.

지리산 상선암에서 다시 태어나다

장고항 바닷가와 지리산 상선암의 기이한 인연

갈매기처럼 사라진 청춘과 사랑

여름이 지나고 가을바람이 불자 나는 훌쩍 집을 떠났다. 약값을 마련하기도 힘겨운 부모님의 짐이 되는 자신을 도저히 용서할 수 없었기 때문이다. 부모님께는 친구가 치료에 도움을 준다니 걱정 마시라 해놓고, 충남 당진읍에 있는 고교 후배 이정우의 하숙집에 무작정 찾아갔다.

정우는 나보다 1년 후배인 문학청년으로 중·고등학생 시절에 시집을 두 권 냈을 만큼 '문명文名'을 떨쳤으나, 너무 조숙했던 탓인지 고교 졸업과 함께 문학을 접고 당진교육청에 취직했다. 정우는 내게 판소리를 알게 해준 박영훈, 고전독서회 박영배와 함께 풋내기 문학소년 4인방으로 기행과 악행을 한 공범이기 때문에 갑작스럽고 무리한 방문도 용인되는 사이였다.

그 무렵 나는 인생에 도망자 같은 의식이 있어, 내 마음의 풍경과 쓸쓸하기 짝이 없는 당진읍의 가을 풍경은 잘 어울렸다. 나는 정우의 하숙방을 뒹굴며 《도덕경》이나 《장자》를 노트에 옮겨 적다가 심심해지면

버스를 타고 바닷가에 나갔다. 그곳에는 갈대와 폐선과 허름한 주막집과 늙은 어부들이 있어 적막한 가을 바다의 분위기를 자아냈다. 나는 하루 종일 바다를 서성이기도 하고, 피곤해지면 모래톱에 앉아 하염없이 바다와 구름과 갈매기를 바라보다가 돌아왔다.

그 바닷가의 이름을 잊었다가 30년 만에 되찾은 것은 행운이다. 2007년 12월 어느 날, 드라마 〈대왕세종〉을 촬영할 때였다. 태안의 〈장길산〉 세트장에서 촬영이 끝나고 서해안고속도로를 타고 돌아오는 길에 불현듯 당진에 들르고 싶어 차를 돌렸다. 당진교육청 근처를 돌아다니며 추억의 하숙집을 찾다가 포기하고, 가까운 바닷가를 물어물어 찾아가다가 '장고항'이란 이정표를 보았다. 그러자 가슴속 어딘가에서 '장고항, 장고항, 장고항……'이란 울림이 퍼지며 하루 종일 먼 바다를 바라보던 병약한 청년의 모습이 떠올랐다.

나는 두근거리는 가슴으로 장고항에 차를 대고 바닷가를 거닐었다. 대형 횟집과 신식 건물과 방파제가 늘어서서 바닷가 풍경은 변했지만, 바다는 변함없이 그곳에 있었다. 바다가 보이는 근처 식당에서 소주를 마시며 한동안 겨울 바다와 갈매기를 바라보다가 돌아왔다.

죽으러 찾아간 지리산 상선암에서 다시 살다

두 달쯤 당진의 가을 바다를 서성이던 나는 겨울이 되자 또다시 정우의 하숙집을 훌쩍 떠났다. 정우에게 차비 몇 푼을 얻어 무작정 지리산으로 갔다. 그때의 심정은 죽을 때 죽더라도 지리산 '상선암'에서 죽겠

상선암에서 건강이 좋아지자 지리산 여기저기를 다니며 산사람 생활을 했다.
눈 쌓인 노고단을 등정하던 모습.

다는 생각뿐이었다. 상선암은 지리산 자락인 구례읍 부근에 있는 천은
사의 부속 암자인데, 고등학교 2학년 때 고전독서회에서 여름 수련회
를 갔던 곳이다. 폐허가 된 절간 마당에 모닥불을 피워놓고 여학생들
과 밤새도록 노래 부르고, 구들장이 깨진 방에 누워 구멍 난 기와지붕
위로 반짝반짝 빛나는 별을 바라보며 하룻밤을 지새우던 추억이 너무
나 그리워 무작정 찾아 나선 것이다.

　옷가지와 책 몇 권이 든 가방을 들고 천은사에서 내린 다음, 눈 쌓인
지리산 중턱에 자리 잡은 상선암까지 그야말로 죽을힘을 다해 기어올

랐다. 말끔하게 단장이 된 암자까지 숨이 턱에 차서 간신히 다다른 나는 툇마루에 앉는 순간 기절하고 말았다. 얼마 뒤에 깨어보니 따뜻한 방 안에 이불까지 덮고 누워 있었다. 머리맡에 두 청년이 앉았다가 내가 눈을 뜨자 한 청년이 급히 물그릇을 주며 "이거 꿀물이니 드쇼!" 했다. 꿀물을 먹고 나니 다른 청년이 "몸을 바로 누워보쇼!" 하면서 온몸을 여기저기 지압해주었다. 꿀물을 준 우종오는 벌을 치는 청년이고, 지압을 해준 홍의식은 중국 무술의 고단자다. 종오는 상선암 근처에 벌통을 풀어놓았고, 홍형은 무술 수련한다고 암자에 묵고 있었다.

암자는 스님 대신 중년의 보살이 관리했는데, 김씨라 불리는 '불목하니' 영감이 나무도 하고 청소도 하고 불도 때며 잔일을 도맡았다. 그들은 내 사정을 듣고 따뜻하게 거둬주었다. 마침 보살의 아들이 고등학교 시험을 볼 때라 가끔씩 공부를 가르치며 공짜로 몇 달 동안 맛있는 절밥을 먹었다.

나는 소림권, 무당권, 태극권, 팔괘장, 내공, 외공, 단전호흡, 장풍 등 중국 무술의 현란한 세계를 알려주는 홍형의 말에 푹 빠졌다. 그 전부터 무협 소설과 영화에 심취한 터라 말솜씨 좋은 홍형이 들려주는 무술과 관련된 경험과 온갖 무술가나 도사들의 이야기에 도취했다. 또 그가 스승의 비밀 금고에서 훔쳐내어 몰래 베꼈다며 비밀스럽게 보여주는 〈내공비급〉을 베끼며 언젠가 나도 장풍을 날리는 무림의 고수가 되겠다는 허황한 꿈을 키웠다. 암자의 골방에서 가부좌를 틀고 호흡을 하고 향을 피웠으며, 밤에는 암자 마당에서 홍형이 가르쳐주는 소림권의 기초 동작을 익혔다.

산중의 판소리 명인, 단소 명인

그곳에서 판소리와 기이한 인연이 이어졌다. 처자도 없이 상선암에서 홀로 지내는 김씨 할아버지가 북도 잘 치고, 젊은 시절 판소리를 했다는 것이다. 김제국악원에서 판소리를 들은 뒤 자나 깨나 판소리에 심취하던 내게는 귀가 번쩍 뜨이는 소식이었다. 할아버지께 판소리 좀 가르쳐달라고 했더니 저녁 먹고 자기 방으로 오라고 해서 우리 셋은 할아버지 방에 모였다. 할아버지 방에는 이부자리 한 채와 옷 몇 가지, 낡은 북 말고는 아무것도 없었다.

"젊은 사람들이 구식 노래는 배워서 뭐 할라고 그려."

말은 그렇게 하면서도 할아버지는 중모리 북장단도 가르쳐주고, 〈심청가〉 한 대목도 가르쳐주었다. 맑은 공기에 따뜻한 절밥을 배부르게 먹고, 벌꿀과 로열젤리도 가끔씩 얻어먹고, 친구들과 더덕을 캔다고 산에 오르기도 하고, 단전호흡과 기공으로 운동을 하니 몸이 점점 좋아졌다. 처음 오를 때는 죽을힘을 다해 기어온 산길을 나중에는 천은사에서 상선암까지 단숨에 오르내렸다. 우리는 산길을 오르내리며 고래고래 판소리를 불러댔다.

그러던 중 구례읍에 단소의 명인이 있다는 소문을 듣고 지체 없이 그분을 찾아 나섰다. 읍내에서 한 시간 정도 떨어진 산길을 물어물어 절골에 사는 김무규 명인을 만나러 갔다. 옛날에는 고대광실이었을 퇴락한 기와집에 사는 그분은 단소와 북과 거문고의 명인이었다. 호리호리하고 깐깐하게 생긴 명인은 꿀 한 통을 드리며 단소를 배우러 왔다는 '산 청년'들에게 퉁명스럽게 첫마디를 꺼냈다.

"이 어려운 걸 뭐 하러 배우려 하는가?"

그러면서도 먼 길을 걸어온 정성이 갸륵했는지 다음에 한 번 더 찾아오라고 했다. 며칠 지나 다시 찾아가니 집 뒤 대나무 숲에서 대를 잘라 만든 단소 세 자루를 건네며 기초부터 자상하게 가르쳐주었다.

아쉽게도 몇 달 뒤 복학해서 그분에게 단소를 몇 번 배우지 못하고 서울로 올라갔다. 그러나 인연은 끊어지지 않아 나중에 어느 잡지에 그분을 소개하는 인터뷰 기사도 쓰고, 〈서편제〉 촬영할 때 인간문화재가 된 그분을 임권택 감독에게 소개해서 절골의 퇴락한 기와집과 대숲을 멋지게 촬영하고, 새하얀 한복을 입고 거문고를 타는 그분의 모습도 영상에 담을 수 있었다. 영화가 개봉하고 얼마 뒤에 돌아가셨으니 아마 〈서편제〉가 그분의 마지막 연주를 담은 필름일 것이다.

판소리에 대해 아무것도 모르던 시절에 김제국악원의 박보화 명창, 지리산 상선암의 불목하니 김씨와 구례의 김무규 명인이 차례로 내 인생에 등장하더니, 마침내 이듬해 겨울 박초월 명창과 만남으로 이어졌다. 상상도 하지 않은 판소리와 나의 인연이 마치 어느 사람이 섬세하게 연출해 한 장면 한 장면 이어지듯 내 인생의 무대에 펼쳐진 것이다. 난 지금도 그 기이한 인연이 신기하고 감사하다.

판소리 명창 박초월을 만나다

어머니 같은 스승, 생각하면 눈물이 먼저……

친구가 대신 내준 한 달 수업료 6000원

1975년 3월, 상선암을 떠나 복학했다. 바로 전해에 서울대 종합캠퍼스가 관악산으로 이전했기 때문에 산자락에 갓 세워진 살풍경한 건물을 1년간 다녀야 했다. 종합캠퍼스가 생기니 단과대학별로 나뉘어 있던 연극회가 모여 서울대 총연극회도 생겼다. 나는 초대 회장이 되어 실컷 추스른 몸을 다시 망가뜨리기 시작했다.

김학천 선배를 모셔 스위스의 현대 극작가 프리드리히 뒤렌마트의 〈고장〉을 공연하고, 내가 쓴 엉터리 대본을 가지고 연습하다가 중단되기도 하면서 어수선한 5학년을 보내던 초겨울이다. 군대 갔다가 휴가 나온 박영훈과 함께 종로 거리를 걸어갈 때였다. 딱히 갈 곳이 없던 우리는 단성사 맞은편 피카디리극장 앞을 지나 비원 쪽으로 터덜터덜 걷고 있었다. 조금 가다가 친구가 내 손을 꽉 잡으며 길가에 멈춰 서더니 간판 하나를 가리켰다.

'박초월 국악전습소'.

우리는 약속이나 한 듯 건물 4층으로 올라갔다. 문 앞에서 잠시 안의 동정을 살펴보니 북소리와 여자들의 노랫소리가 들려왔다. 내 가슴은 쿵쿵 뛰기 시작했다. 친구가 먼저 기세 좋게 문을 열고 들어갔고, 나는 주춤거리며 뒤따라갔다. 어린 소녀들과 나이 든 처녀들이 소리 공부를 하다가 일제히 소리를 멈추고 우리를 쳐다봤다. 넉살 좋은 영훈은 김제국악원에서 판소리를 몇 달 배웠다는 둥 너스레를 떨었다. 그러자 키가 크고 풍채가 좋은 중년 남자 한 분이 북을 차고 앉으면서 "소리를 배웠다니 한번 들어보자"고 했다. 나중에 알고 보니 그는 당대 최고의 조상현 명창이었다.

친구는 박보화 명창에게 배운 단가 한 대목을 불렀다. 노래가 끝나니 소파에 앉아 있던 할머니가 쉰 목소리로 하하 웃었고 소녀들도 킥킥거렸다. 음치가 박치까지 겸했으니 그럴 만도 했다. 소파에 앉아서 웃던 할머니가 나를 가리키며 "저 사람도 소리 한번 들어보자"고 했다. 나는 얼굴을 붉히며 "저는 저 친구가 배우는 걸 구경만 해서 한 마디도 부를 줄 모릅니다" 했다. 그러자 "소리를 배우러 왔다니 오늘부터 배워보시게" 하면서 직접 북 앞에 앉는 것이다.

박초월 명창과 나의 만남은 그렇게 시작되었다. 박초월 명창은 김소희·박녹주 명창과 함께 한국 여류 판소리계를 대표한 분이다. 특히 〈춘향가〉 중 '암행어사 내려오는 대목' '춘향모 상봉 대목' '옥중 상봉 대목' 등은 아무도 따라올 수 없는 연기와 소리로 유명하다. 박 명창은 1967년 〈수궁가〉로 중요무형문화재로 지정된 뒤 박귀희 명창과 함께 민속예술원을 세웠고, 한국국악협회 초대 이사장을 지내기도 한 판소리의 거목이다.

나는 그날부터 하루도 빠지지 않고 학원에 다녔고, 영훈이는 한 달 수업료 6000원을 대신 내주고 군대로 돌아갔다. 한 달 뒤 수업료 낼 돈이 없어서 학원에 다니지 못하겠다고 하자, 선생이 웃으며 그냥 다니라고 했다.

"자네는 서울대학교 학생이잖여!"

선생이 말씀하신 학원비 면제 이유다. 게다가 자취방도 없이 여기저기 기숙하며 보내던 내 딱한 사정을 아신 선생은 크리스마스가 되자 목도리와 장갑을 선물로 주며, 잠자리가 마땅찮으면 학원에서 자라고 했다. 오갈 데 없던 나는 며칠 뒤부터 학원에서 잠자리를 해결했다.

박초월 선생님과 교환 수업?

1970년대 대학가는 서구의 히피 문화가 휩쓸었다. 장발에 청바지와 통기타, 미니스커트가 유행했다. 그런 문화적 분위기에 살던 내가 미쳐도 한참 미치고, 바뀌어도 너무 바뀌었다. 졸업반 학생이 학교는 가지 않고 판소리 학원에서 먹고 잤다. 아침 일찍 선생이 싸들고 오는 밥을 얻어먹은 뒤 하루 종일 전화 받고, 노래 가사 써주고, 원생들 판소리 배울 때 같이 배우고, 원생들이 돌아가면 걸레질하고 소파에서 잠을 청했다. 참으로 괴상하지만 무척 행복한 나날이었다.

밤에 잠이 오지 않으면 학원 창문 밖 정면으로 마주 보이는 단성사의 화려한 영화 간판과 네온사인을 하염없이 바라보았는데, 15년쯤 뒤에 내가 시나리오를 쓰고 주연한 〈서편제〉의 간판이 그곳에 걸릴 줄 어찌 상상이나 했겠는가. 그러다가 선생의 외아들 완용이가 고등학교 시험에 떨어지자 아예 은평구 불광동에 있는 선생 댁에 가정교사로 들어갔다. 나는 아들의 공부를 가르쳐주고, 선생은 내게 노래를 가르쳐주는 교환 수업(?)이 시작되었다.

선생은 새벽 5시면 불광산에 오르는 게 첫 일과였다. 그때 선생 댁에는 전남 순천에서 가야금과 판소리를 배우러 올라온 예쁜 초등학생 문혜란이 있어서 함께 가곤 했다. 우리는 산에 올라 선생을 따라서 발성 연습을 한 다음 시조로 목을 풀기도 하고, 전날 낮에 배운 대목 중에서 잘 안 되는 부분을 반복해서 연습하고 교정받기도 했다. 그렇게 한참하고 나면 기분이 상쾌해지고 몸도 가벼워져서 즐거운 마음으로 내려왔다.

선생은 정이 많은 성격이어서 좋아하는 사람에게는 무한정 정을 쏟았다. 그중에서도 내게 쏟은 정은 각별했다. 마치 아들에게 하듯 먹을 것 입을 것 모두 챙겨주고, 내가 외출할 때면 용돈까지 주었다. 소리 공부도 어찌나 극성스럽게 시키는지 다른 제자들이 질투했을 정도다. 제자 중에 대학을 나온 '선비'가 있다는 게 자랑스러운지 공연하러 가거나 방송국에 가거나 국악인 모임이 있을 때면 꼭 나를 데려가서 인사를 시켰다. 선생의 사랑 덕분에 나는 평생 판소리에 몸담아온 예술가의 겉과 속을 속속들이 알게 되었다. 책이나 이론적인 가르침을 통해서는 깨달을 수 없는, 몸에서 몸으로 전해지는 광대의 삶에 대해서도 조금씩 눈을 떴다.

선생은 제자들이 술 마시거나 담배 피우는 걸 극도로 싫어했다. 물론 성대를 보호하기 위함이기도 했지만, 오랜 무대 생활 경험으로 광대에게는 무엇보다 절제가 생명이라는 것을 알았기 때문이다. 옛날에 함께 판소리를 하던 사람들 중에 술이나 아편으로 폐인이 된 사람이 많다는 얘기를 하면서 술·담배에 절어 있으면 절대 명창이 될 수 없다고 했다. 이성 관계에도 매우 엄격한 편이었다.

"사내는 계집 조심하고, 계집은 사내 조심해야 해."

옛날 선생들은 제자가 방탕한 행동을 하면 여지없이 파문했다는 말씀도 종종 했다. 오랫동안 혼자 사느라 그랬는지 평상시 몸가짐도 무척 까다롭고 가리는 게 많아, 사람을 가려서 사귀는 편이었고 약속 시간을 철저하게 지켰다.

"초월이, 소리 한마디 해봐"

선생은 고향이 남원군 운봉면인데, 전라도 쪽에서 공연 초청이 오면 다른 때보다 유난히 신경이 예민해지고 가기 싫어했다. 그 이유를 물으니 서울에서는 인간문화재로 '선생님' 대접을 받는데, 고향에 가면 술자리에서 "초월이, 소리 한마디 해봐!" 하는 노인들의 무례함에 속이 상하다는 말씀이었다. 소리꾼이 술 몇 잔 얻어먹거나 돈 몇 푼에 팔려서 취객의 흥을 돋우는 것은 옛날 얘기지 지금은 그런 시대가 아니라며, 제자들이 술자리나 잔칫집에서 노래 부르는 걸 아주 싫어했다.

나 역시 술자리에서 소리하는 일을 조심스럽게 여겼지만, 지금껏 그 가르침을 제대로 지키기란 참 어려웠다. 〈서편제〉 이후 여러 모임이나 술자리에서 소리 한마디 청하는 경우가 많아 곤혹스러운 일을 당한 적이 한두 번이 아니다. 노래를 청하기 위해서는 최소한의 분위기와 예의가 필요한 법인데, 사람들이 너무나 쉽게 소리 한마디를 요구할 때마다 기분 상하지 않게 거절하느라 진땀을 뺐다. 나 같은 아마추어가 그럴진대 국악에 몸담고 정진하는 소리꾼들은 그런 일을 얼마나 많이 겪겠는가.

아직도 많은 사람들이 성악가에게 오페라 아리아를 청하기보다 판소리 명창에게 소리 한마디 청하는 걸 쉽게 생각한다. 한술 더 떠서 민요나 판소리나 우리 춤은 술자리에서 해야 맛이 난다고 서슴없이 말하는 분도 많다. 기생 점고를 통해 국악인을 희롱하는 변학도의 풍류 취향이 있는 사회 지도층 인사도 종종 눈에 띈다. 이런 시대착오적인 풍류객이 종종 예술가에게 상처를 준다.

어느 국악 콩쿠르에서 입상한 젊은 여자 명창은 입상 축하 회식 자리에서 또다시 판소리를 청하고, 술 시중을 들게 하는 주최사 사장의 추태에 수치심을 느끼며 눈물을 흘렸다고 한다. 국악을 하는 여성뿐만 아니라 여가수나 여배우를 술자리의 여흥을 돋우는 도우미나 하룻밤 잠자리 시중을 드는 고급 화류계 여성처럼 함부로 대하는 남성을 보면 분노가 치민다.

선생은 그렇게 엄격하고 철저한 성격이니 공연에 대해서는 두말할 나위가 없었다. 당뇨병으로 고생한 지 10년도 넘어 평상시에도 건강을 위해 세심하게 신경을 쓰는 편이었지만, 공연 날짜가 확정되면 그날부터 집 안은 초긴장 상태에 들어간다. 보약을 달여 먹거나 끼니때마다 몸의 기운을 돋우는 음식을 정성스럽게 들고, 사람과 만나는 일도 줄이고, 등산할 때 체조를 하는 것은 물론 발성 연습도 더욱 공들였다. 또 될 수 있으면 집안일에 신경을 덜 쓰고 오로지 공연에 정신을 집중

했다. 허약한 건강 상태를 극복하고 무대에서 최상의 판소리를 부르려는 선생의 눈물겨운 노력을 보면서 나는 종종 숙연한 느낌을 받았다.

박초월 명창에게 판소리를 배우는 동안, 내게는 새로운 음악 세계를 탐험하는 행복과 함께 힘겨운 시련이 시작되었다. 오페라를 좋아하지 않았다면 판소리의 창법을 더 빨리 익힐 수 있었을 텐데, 노래만 하려면 자동적으로 움직이는 클래식 발성기관 때문에 호되게 고생했다. 그 시기에는 발성법은 물론 그동안 내가 쌓아온 음악에 대한 감각의 대수술을 받아야 했기 때문에 탐험에 따른 고통치고는 혹독한 시련을 겪었다. 나를 가장 괴롭힌 것은 오페라와 판소리의 음악성을 비교하는 문제였다. 나는 판소리가 우리 것이기 때문이 아니라 음악적으로 나를 끌어당겼기에 좋아했다. 그 음악적 깊이와 표현력은 오페라와 견주어 손색이 없다고 생각했다. 그것은 내가 판소리를 공부하면 할수록 타당한 생각으로 굳어졌다.

그러나 판소리를 둘러싼 외적 여건은 그런 생각을 증명하기에는 너무나 초라한 게 현실이었다. 판소리를 하는 성악가의 절대 부족, 그 성악가들이 활동할 수 있는 무대 공간의 열악함, 성악가를 좋아하는 팬들의 고령화와 절대적 감소 추세, 새로운 판소리를 작곡할 수 있는 작가와 작곡가와 연출가의 빈곤함, 음반화에 필수적인 전문 기획자와 녹음기사의 부족…… 이 모든 조건에서 판소리는 오페라와 경쟁하기 척박한 환경에서 악전고투하고 있었다. 그 악전고투는 아직도 끝나지 않았다. 오페라나 서양음악을 몰랐다면 하지 않았을 고민으로 나는 오랫동안 끙끙대며 가슴앓이했다.

첫날밤도 치르지 않고 권번으로 도망친 소녀

선생은 해가 지날수록 적적하고 쓸쓸해했다. 당뇨병 증세가 심해지고 건강이 나빠지자 아예 학원을 폐쇄했다. 집으로 찾아오는 제자들만 가르치니 제자 기다리고 가르치는 것이 하루 일과가 되었다. 공연 요청도 갈수록 줄어 자신이 사람들에게서 잊히는 것이 아닌가 하는 두려움에 무척 초조해했다.

나는 기초적인 민요와 단가를 배운 뒤 〈흥보가〉〈수궁가〉를 공부했다. 소리 공부에 대한 의욕은 대단했지만 연극 일에 쫓겨서 가는 날보다 못 가는 날이 많아졌다.

그 무렵 선생은 남원군 운봉 땅에서 살던 어린 시절 이야기를 종종 들려주었다. 열두세 살 때 동네에 판소리를 가르치는 소리방이 있었는데, 본명이 삼순인 소녀는 그 앞을 오다가다 들으면서 소리에 미쳤다. 어느 날 잠꼬대로 판소리를 흥얼거렸는데, 깜짝 놀라 잠에서 깬 아버지한테 몽둥이로 흠씬 얻어맞았다.

집안에 기생이 나올까 걱정이 태산이던 아버지는 서둘러 딸을 시집보냈다. 열네 살에 동네 부잣집 아들한테 시집간 소녀는 첫날밤도 치르지 않고 도망쳐 남원 권번에 들어갔다. 남원에서 소리를 배우고 일본에 레코드를 취입하러 갔다가 부산으로 돌아오는데, 남편이 부산 항구에 딱 기다리고 있었다. '나는 죽었구나!' 하고 벌벌 떠는데 남편이 뜻밖의 제안을 하는 것이 아닌가.

"당신이 그렇게 소리에 미쳐 사니 내가 이해해주겠다. 대신 나의 아내로 살아다오."

그렇게 해서 다시 정식으로 혼인을 했다. 그 뒤 열여섯 살에 소녀명창대회에서 1등을 했는데 이듬해 임신을 했다. 고민하다가 아이를 지웠다. "내가 지금 명창이 되어야 하는데 애를 키우다간 명창이 될 수 없다"는 게 그 이유였다.

1933년 조선성악연구회에 들어가서 이화중선 같은 명창과 함께 대표적인 여류 명창으로 이름을 떨치다가, 여성창극단이 생겼을 때 전국을 돌며 뛰어난 노래와 연기로 수많은 사람들을 웃기고 울리던 그 시절의 이야기는 들으면 들을수록 재미있고 때로는 눈물겨웠다. 사랑과 미움, 만남과 헤어짐, 화려함과 비참함, 방랑과 배고픔 등 온갖 사연이 소용돌이친 전성기의 영광은 늙으면 늙을수록, 주위가 적막해질수록 더욱더 빛을 발하며 선생의 가슴속을 비추는 듯했다.

그 무렵 선생은 시시각각 다가오는 죽음의 그림자에 결사적으로 항거하고 있었다. 고적한 방 안에서 가쁜 숨을 쉬며 떨리는 손으로 화장을 하고, 언제 올지 모르는 제자를 하염없이 기다렸다. 그러다가 내가 가면 이를 악물고 북을 치며 소리를 가르쳐주었다. 나는 힘들어하는 모습이 안쓰러워 공부하는 시간을 한 시간에서 30분으로 줄이고, 어느 때는 혼자서 북을 치고 노래 부르거나 이야기만 나누다 선생 댁을 나섰다. 그러면 선생은 굳이 문밖에 나와 내 모습이 사라질 때까지 쓸쓸하게 서 있었다. 그 모습이 등에 박혀 내 걸음은 무겁기만 했지만, 집에는 어머니가 일찍 돌아가신 뒤 병환이 깊어가는 아버지가 계시니 발길을 돌리지 않을 수 없었다.

"사귀던 여자하고 헤어진 게지?"

한번은 연극 공연이 끝나고 출연료를 받았는데, 그 돈으로는 도저히 쌀값과 아버지의 약값을 마련할 길이 없어 한숨을 쉬면서도 습관적으로 선생 댁에 공부하러 갔다. 그날 마침 〈흥보가〉 중에서 흥보 부인이 '가난타령'을 하면서 우는 대목을 배웠다.

가난이야 가난이야
원수 놈의 가난이야
잘 살고 못 살기는
삼신 제왕이 마련을 했나
나는 세상에 태어나서
불우 행사 한 일 없이
밤낮 주야로 벌었어도
삼순구식三旬九食을
면할 수가 없네

구슬픈 진양조의 가락을 부르던 중 나도 모르게 눈물이 나오더니, 그만 노래를 다 부르지 못하고 펑펑 울고 말았다. 선생이 깜짝 놀라 물었다.
"이 사람이 왜 이러나? 어디 몸이 아픈가, 집안에 우환이 있는가?"
그래도 내가 대답하지 않고 울기만 하자 눈물을 글썽이며 곰곰 생각하시더니, 틀림없이 그 때문이라는 듯 조용히 물었다.
"사귀던 여자하고 헤어진 게지?"

나는 그런 쪽으로 결론을 내린 선생의 말씀이 뜻밖이라 웃지도, 울지도 못할 처지가 되었다. 마침내 나는 눈물을 그치고 거짓말로 둘러대기 시작했다.

"출판사 하는 친구에게 꾸어준 돈이 있는데, 친구가 망해서 그 돈을 못 받게 되었어요."

나는 그때까지 연극을 하면서 친구와 함께 출판사를 차려 돈을 잘 번다고 선생님을 속였기 때문에 솔직한 사정을 도저히 얘기할 수 없었

박초월 명창과

어느 날 선생이 잡지에 쓸 사진을 찍기 위해 나에게 한복을 입히고 병풍을 친 뒤 북을 잡고 앉게 했다. 새내기 제자였던 내가 대명창의 고수로 출연(?)했다.

다. 내 얘기를 들은 선생은 금세 눈물을 뚝뚝 흘리더니 서랍에서 5만 원을 꺼내어 내 손에 꼭 쥐여주었다. 그 돈으로 아버지께 약을 사드릴 수 있었지만, 지금도 '가난타령' 대목만 하려면 그때 일이 눈에 선해 가슴이 아프다.

이렇듯 정 많고 눈물 많은 분이었기에 말년의 쓸쓸함을 누구보다 견디기 어려워했다. 그래서 건강이 허락하지 않는 걸 알면서도 1년에 몇 차례 있는 공연 요청을 한 번도 거절한 적이 없다. 당뇨병이 점점 악화되어 체중이 줄고 기억력이 떨어지고 목소리가 잠기는데도, 다른 국악인을 만나면 건강이 좋아졌다고 웃으며 말씀했다. 그 웃음 뒤의 슬픔, 짙은 화장 뒤의 주름살, 무대에서 받는 갈채 뒤에 오는 기력 쇠진과 허탈을 모두 아는 나는 선생님의 웃음이 밝으면 밝을수록 불안했다. 그 불안은 점점 사실로 나타났다.

어떤 공연이었는지 생각나지 않지만 〈수궁가〉를 하던 중에 느닷없이 〈흥보가〉 가사가 튀어나오더니, 중간에 가사를 잊어버리고 한참을 헤매다가 제자들이 무대 뒤에서 가사를 일러준 덕에 간신히 한 대목을 때우고 나온 적이 있다. 그때 선생의 처참한 표정은 내 가슴을 사정없이 후비며 파고들었다.

한번은 공연을 끝내고 나오더니 부리나케 집으로 가자고 했다. 나중에 알고 보니 배에 힘을 쓰다가 자신도 모르게 설사가 나온 것이었다. 그때 선생은 당뇨병의 말기 증세인 만성 설사에 시달리고 있었다. 나는 선생이 공연을 준비하기 위해 얼마나 눈물겨운 노력을 했는지 알기에, 그 노력이 모두 허사가 된 것을 느낀 선생의 참담한 심정을 생각하고 남몰래 울었다.

그러던 어느 날 영화 촬영을 마치고 새벽에 집으로 왔을 때, 아버지를 돌보며 함께 살던 화숙 누이에게서 박초월 선생이 돌아가셨다는 전화가 왔다는 전갈을 받았다. 깜짝 놀라 허둥지둥 달려가니 조통달·남해성·김수연·김경숙 명창 등 수많은 제자와 일가친척, 국악인들의 통곡 소리가 가득했다.

"개똥밭에 굴러도 이승이 낫다"며 그토록 이승의 삶에 애착을 보인 선생님! 예순여섯이란 '젊은' 나이에 죽음을 기다리는 자신을 몹시 안타까워한 선생님! 지금쯤 이승의 어느 허공을 떠돌고 계실까?

아, 한창기 사장님

"표 남으면 저 주실 수 있는지……"

연극의 '연' 자도 모르던 촌놈이 친구 따라 연습실에 구경 갔다가 '연극의 덫'에 걸려들어 인생의 회전목마를 타게 될 줄 어찌 알았겠는가. 그좋은 대학 시절, 나는 미팅 한 번 제대로 못 해본 채 퀴퀴한 냄새나는서울 사대 연극반과 소극장에서 뒹굴며 보냈다. 그때 나의 유일한 취미는 걸신들린 사람처럼 연극을 보러 다니는 것이었다. 카페 떼아뜨르, 삼일로 창고극장, 실험소극장, 민예소극장, 드라마센터, 시민회관별관, 명동국립극장 등이 내 '단골 놀이터'였다. 그중에서도 명동국립극장은 위치 좋고, 교통 좋고, 무대 좋고, 전통과 역사를 자랑하는 무대예술의 메카 같은 곳이어서 더욱 기를 쓰고 다녔다.

티켓 살 돈이 없던 나는 무작정 극장으로 가서 공연이 시작될 때까지 매표소 앞을 서성이다가, 약속한 사람이 나오지 않아 표가 남은 사람에게 슬며시 다가가 표를 구걸했다. 이상하게도 한두 명은 꼭 그런사람이 있어서 공연을 보지 못하고 돌아간 적은 거의 없었다. 국립극

164

단의 〈꽃상여〉, 극단 가교의 〈철부지들〉 같은 작품이 보여준 빼어난 연기 앙상블이 아직도 인상에 남는다. 그때 내 가슴을 설레게 한 젊은 배우들은 어느덧 원로 배우가 되었다.

나는 첫 공연으로 막스 프리슈의 작품을 함으로써 독일 희곡에 눈뜨기 시작했다. 막스 프리슈, 프리드리히 뒤렌마트, 베르톨트 브레히트, 페터 바이스, 페터 한트케 등 현대 작가의 작품을 난독하고, 괴테와 실러, 잉게보르크 바흐만, 볼프강 보르헤르트 등 수많은 작품을 허겁지겁 읽어 치우면서 독문학 자체보다 그 희곡을 형상화하는 무대 위의 세계에 탐닉했다. 4학년 때 진행된 〈파우스트〉 강독은 괴테가 60년 동안 탐구한 독일의 전설과 설화, 서구의 고전문학을 찬미하는 시간이었다. 그러나 나는 연극과 희곡 문학에 탐닉했고, 우리 문화의 정체성에 대해 심각하게 번민하던 때라 일방적인 찬미에서 벗어났다.

"김명곤 씨, 졸업하면 뭐 할 거예요?" "왜요?" "취직 준비도 해야 하지 않아요?" "글쎄요." "미래에 대한 꿈이 있어요?" "괴테의 〈파우스트〉 같은 '불후의 명작'을 쓰는 거예요." "꿈 깨요!"

3학년 때 우연히 만난 판소리를 통해 한국의 설화와 민요, 민속, 한문학, 국문학 등에 심취한 나는 괴테의 작품 자제보다 독일의 전통 예술과 설화를 세계적 문학으로 승화시킨 그의 탐구 방법에 대한 인식 때문에 나의 고민에 확신이 있었다. 그것을 통해 우리 전통을 현대화하고 재창조하는 예술가의 길을 가리라 작정했다. 그러다 보니 수업에 들어가는 날보다 들어가지 않는 날이 많아 독어과에서 꼴찌로 졸업할 지경에 이르렀다.

한번은 '독일 희곡 강독' 수업에 들어갔는데, 동서고금의 문학과 철학에 박학다식한 이동승 교수가 갑자기 "명곤이, 노트 좀 보자!"고 하셨다. 책값이 없어 교재도 없이 수업을 듣는 처지니 노트 정리가 제대로 됐을 리 만무하다. "이놈아, 아무리 연극을 해도 그렇지, 적을 것은 좀 적어라!" 하면서 요즘 무슨 작품을 연습하느냐고 물었다. 헤럴드 핀터의 〈방〉이라는 작품을 연습한다고 했더니, 그날은 독일 희곡 수업 대신 영국의 현대 희곡 작가 헤럴드 핀터에 대해 열강하셨다.

　연극반 지도교수이자 다정다감한 젊은 신사였던 체육과 임번장 교수는 당신이 입던 낡은 양복이나 넥타이 등을 의상으로 쓰라고 가져오시기도 했다. 내가 낙제하지 않고 졸업할 수 있었던 것은 오로지 젊음의 열정과 낭만을 이해하고 사랑해준 교수님들의 은덕이다. 나는 졸업한 뒤에도 낙제하는 꿈을 자주 꾸었다. 수업에 거의 들어가지 않은 교련이 F학점이기 때문에 졸업이 안 된다는 통보를 받는 꿈인데, 그 꿈을 하도 여러 번 꾸어 나중에는 내가 정말 교련을 F학점 받았다는 착각에 빠졌을 정도다. 성적표를 확인해보니 D학점인지라 한시름 놓았던 기억이 있다.

　연극에 미쳐 지내던 어느 날, 한 여학생이 차 한잔하자고 했다. 가무잡잡한 얼굴, 날씬한 몸매에 조금 차가운 듯한 표정이 매력적인 그녀는 내가 몹시 그리워했지만, 변변한 데이트 한 번 제대로 못 해본 사이였다. 그 여학생이 먼저 차 한잔하자고 하니 한편으로는 기쁘고 한편으로는 겁이 났다. 교내 다방인 '다빈'에 마주 앉아 차를 주문한 그녀가 물었다.

　"김명곤 씨, 졸업하면 뭐 할 거예요?"

"왜요?"

그 무렵, 남학생과 여학생은 존댓말을 썼다.

"취직 준비도 해야 하지 않아요?"

"글쎄요."

"미래에 대한 꿈이 있어요?"

"음…… 꿈이 있기는 한데……"

"뭐예요?"

"괴테의 〈파우스트〉 같은 '불후의 명작'을 쓰는 거예요."

"꿈 깨요!"

그녀는 아마 순수한 호의로 차를 사면서까지 내 미래를 물어봤을 것이다. 하지만 그녀의 눈에 비친 나는 장래성이라고는 눈곱만큼도 없는 한심한 몽상가였으리라.

내 인생의 행운,《뿌리깊은 나무》를 만나다

대학을 졸업하고 몇 달 지났을 무렵, 입대하여 전주로 내려갔다. 그때 처음 생긴 '기동타격대원'으로 35사단에 출퇴근하며 하루 종일 훈련만 받는 방위 근무를 했다. 그마나 결핵 치료 중인 병증이 인정되어 넉 달 뒤 제대했다.

제대하고 몇 달 뒤인 1977년 3월, 나는 연극에 빠져서 '한심한 몽상가'로 허우적거리고 있었다. 그러면서도 장남이란 책임감 때문에 연극을 직업으로 삼을 생각은 하지 못하고 열심히 취직자리를 알아보다가,

우연히 신문에서 《뿌리깊은 나무》 잡지사의 기자 공모 광고를 보았다. 마침 몇 달 전 서점에서 산 《뿌리깊은 나무》의 우리 문화에 대한 애정 어린 탐색이 내 취향과 딱 들어맞아서 애독자로 지내던 터라, 주저하지 않고 서류를 접수했다.

며칠 전 예전에 쓰던 노트를 정리하다가 노트 사이에서 낡은 종이 몇 장을 발견했다. 응시 서류에 첨부한 자기소개서 초고였다. 낙서장처럼 지저분했지만 까마득히 잊고 있던 글을 보니 무척 반가웠다. 정서해서 보낸 최종 원고는 사라졌지만, 기억을 더듬어 초고를 정리해봤다. 내 청춘의 '구직'에 대한 꿈과 열망을 엿볼 수 있는 글이라 부끄러움을 무릅쓰고 기록으로 남긴다. 마지막 문장 이후는 생각나지 않아 미완으로 둔다.

바람이 많고 황폐한 땅에 나무가 한 그루 자라는데, 아직 줄기는 가늘고 가지는 연약하나 뿌리가 깊어 가히 앞날의 무성한 결실을 기대할 수 있습니다. 강물이 샘에서 시작하듯 나무 또한 그 뿌리에서 모든 것이 시작하며, 새벽빛이 맑으면 그날의 태양이 밝고 샘이 깊으면 강물이 마르지 않듯이, 나무 또한 뿌리가 깊을수록 땅 위의 수확이 풍성합니다.

그러나 뿌리는 땅속에 있어 그 깊이를 알 수 없고 다만 그 솟아나온 가지나 잎을 보아 뿌리의 깊이를 측량할 수밖에 없는 게 사람의 한계인지라, 사람들은 치밀하게 따지고 재고 시험해보나 결국 얻는 건 그릇된 판단과 뒤바뀐 지식, 그리고 오해입니다. 물론 나무는 바람과 추위를 이기고 우람한 모습을 드러낼 테지만 그 전에 나무에게 필요한 건 단 한 명이라도 좋으니 자기 뿌리의 깊이를 알아주는 사람입니다. 그리고 그의 따뜻한 보살핌입니다. 그것으로 나무는 더 빨리, 더 높이 자랍니다.

옛말에 천리마를 구하려는 사람은 천리마의 뼈를 천 냥에 샀다 했습니다. 또 큰 인물을 얻으려는 어떤 사람은 닭 소리만 잘 내는 사람도 밑에 두어 후히 대접했다 했습니다. 저는 감히 천리마나 큰 인물이라고 자만하지 못하나, 천리마의 뼈나 닭 소리를 내는 사람이 되어 천리마나 큰 인물을 끌어들이는 전초의 한몫을 할 수 있다 생각합니다. 그리고 저의 뿌리가 다른 나무보다 깊다고 믿고 보살펴주는 사람이 있다면 그를 위해 온 힘을 다해 성장할 준비도 되어 있습니다.

《뿌리깊은 나무》사에서 추구하는 많은 것들에 대해 저는 존경과 대결의 자세로 지켜보았습니다. 존경이란 제가 어려서부터 간직하고 키워온 많은 꿈을 그곳에서 저보다 먼저, 그것도 감탄할 만하게 눈앞에 펼쳐냈다는 데 대한 존경이고, 대결이란 눈앞에 펼쳐진 것들을 주의 깊게 관찰하여 허점을 찾아내려는, 그리하여 제 꿈에 대한 반성의 거름으로 삼고 새로운 꿈을 만들어내려는 마음 상태를 말합니다.

제가 그동안 공부한 것은 독어과 출신답지 않게 한국학에 관한 것이었습니다. 저는 문화의 모든 형태와 본질, 특히 한국 문화의 원형을 찾으려고 참으로 잡다한 것들을 공부했고 약간의 결실도 얻었습니다. 그 대신 상식과 어학 실력은 남보다 뒤지게 되었습니다. 이것은 구직의 문턱에 있는 사람에게 치명적인 결점이지만, 저의 약점을 솔직히 밝히는 것은 저의 장점이 결점을 충분히 보완할 수 있다는 자신이 있어서입니다. 그리고《뿌리깊은 나무》사의 이념과 그 사업 내용이 제가 참으로 하려 한 것, 하고 싶은 것들이어서 제 능력이 미치는 한 온 힘을 다해 결점을 복구할 결심이 섰기 때문입니다.

저는 중·고등학생 때는 주로 문학 방면에서 활동했고, 대학교에 들어와서는 방송과 연극 활동을 하면서 한국학에 몰두하여 예술, 종교, 철학 등 여리 가지를 조금씩 공부했습니다.

그러나 제가 기쁨으로 삼는 것은 이러한 개개의 지식과 활동보다 공부한 모든 것을 종합하여 새로운 형태를 창조하는 것입니다……

이 자기소개서를 보내고 서류 심사에 합격한 나는 수백 명 중 두 명을 뽑는 입사의 좁은 관문을 통과해서 연세대 불문과를 졸업한 재원 김인숙과 함께 대망의 '첫 직장'에 다니게 되었다.

윤구병 편집장을 비롯해서 김형윤, 박종만, 강창민, 설호정, 김영옥 등 뛰어난 기자들이 모여 있던 잡지사인지라 동료나 선배들과도 즐겁게 지냈고, 취재하고 글 쓰는 기자의 일도 무척 재미있었다. 다만 내가 싫어한 일이 하나 있었으니, 그것은 필자들이 보낸 원고를 뜯어고치는 일이었다.

《뿌리깊은 나무》 기자 시절 연구병이 도저 우울한 직장 생활을 하던 내 모습을 동료 기자가 찍어줬다.

《뿌리깊은 나무》의 '글 뜯어고치기'는 필자들 사이에서 악명이 높았다. 한글 전용, 가로쓰기, 지식인 언어와 민중 언어의 조화, 국어의 얼개와 어휘 탐구를 통한 편집과 교열이 남의 글을 마음대로 뜯어고치는 '당당한 이유'였다. 그러나 당대 이름난 문장가들의 글이 형체를 알아볼 수 없을 정도로 뜯어고쳐져서 재조립되다 보니 그런 일을 처음 당하는 필자들은 노발대발하며 원고를 집어 던지기도 했다. 그래도 정성을 다해서 설명하면 대개는 누그러져서 포기했다. 글을 다듬어가는 동안 문장 공부도 많이 하고 글에 대한 무서움도 알았지만, 기본적으로 내 글을 쓰는 시간보다 남의 글을 다듬는 시간이 많다 보니 일 자체에 대한 의욕은 많이 감소되었다.

뿌리깊은 나무 판소리 감상회

그 대신 회사에 대한 애정과 일에 대한 의욕을 북돋운 멋진 프로그램이 있었다. '뿌리깊은 나무 판소리 감상회'가 그것이다. 70명쯤 앉을 수 있는 1층 회의실을 임시 공연장으로 만들고 일주일에 한 번씩 명창을 초청해, 〈춘향가〉〈심청가〉〈흥보가〉〈수궁가〉〈적벽가〉 완창을 무료로 감상하는 공연이었다. 완창이 대부분 3~4시간씩 걸리기 때문에 한 작품을 2회나 3, 4회에 나누어서 진행했다.

그 무렵 박초월, 박동진, 조상현, 정권진, 성우향, 오정숙 같은 명창의 소리를 완창으로 들을 수 있는 기회는 많지 않았다. 소리북도 김명환, 김득수, 김동준 등 당대 최고의 고수들이 쳤으니 귀하디귀한 소리

판이었다. 나는 특별한 일이 없는 한 그 감상회에 빠지지 않았다.

그중 박녹주 명창이 출연한 소리판은 지금도 잊을 수 없는 무대로 기억에 남는다. 그때 80세가 넘은 나이로 병마와 싸우던 노명창은 제자 명창의 완창 무대에 격려사를 하기 위해 제자들의 부축을 받고 무대로 올라왔다.

"내가 소리를 한 지 60년이 되어가는데, 이제 조금 귀가 뚫리려 하니까 숨도 차고 곧 골로 갑니다" 하더니 지팡이를 짚고 앞줄에 앉은 노인들을 죽 바라보면서 농담을 했다. "내가 어려서 소리할 때 자주 오시던 저분들도 이제 나와 함께 골로 가게 생겼네요." 그러자 앞에 앉은 노인 몇 분이 "얼씨구!" 하고 소리쳤다. "지금 내가 숨도 차고 목도 안 나오고 해서 소리를 하러 나온 건 아니지마는, 우리 제자 길을 닦아주기 위해서 잠깐 단가 한마디 하고 내려갑니다." 관객의 박수와 함께 노명창의 노래가 시작되었다.

백발이 섧고 섧다
백발이 섧고 섧네
나도 어제 청춘이더니
오늘 백발 한심하다

노명창은 가만히 서서 조용조용 노래를 부르다가 중간에 부채를 좍 펼쳤다. 그러자 "얼씨구!" "좋다!" 하는 추임새로 객석이 들썩거렸다. 노명창은 목이 메는 듯 노래를 다 마치지 않고 중간에 퇴장했다. 그녀가 퇴장하고 한참이 지나도록 객석의 박수와 함성이 요란했다. 노래 부르던 명창도, 그 노래를 듣던 올드 팬도 모두 눈물을 흘리며 청춘의 추억과 노년의 외로움과 다가오는 죽음에 대한 회한에 잠겨 어쩔 줄 모르는 듯했다. 젊은 나 역시 알 수 없는 뜨거운 감정이 가슴속에서 차올라 눈물을 흘렸다. 조명도 없고 병풍도 없는 그야말로 초라하고 벌거벗은 무대에서, 불편하기 짝이 없는 철제 의자에 앉은 관객과 예술가가 한마음이 되어 인생과 영혼으로 교감하는 예술의 현장은 나에게 진한 감동으로 다가왔다.

그때 감상한 명창들의 소리와 소리판을 끌어가는 솜씨는 연극 지망생이던 나에게 오랫동안 소중한 자양분이 되었다. 1974년부터 1978년까지 약 100회 동안 계속된 판소리 감상회는 한창기 사장이 아니면 생각해낼 수 없는, 참으로 획기적이고 대담한 기획이었다. 그 감상회를 바탕으로 〈브리태니커 판소리 전집〉 〈뿌리깊은 나무 판소리 다섯 마당〉 〈뿌리깊은 나무 산조 전집〉 〈뿌리깊은 나무 슬픈 소리〉 등 주옥같은 음반이 만들어진 것 또한 그분의 탁월한 안목과 기획력 덕분이라고 본다.

"광대 노릇하려고 글을 배신하다니!"

한창기 사장은 내가 박초월 명창에게 판소리를 배운다는 것을 안 모양이다. 한번은 '숨어 사는 외톨박이' 칼럼을 맡아 평생 상여 소리꾼으로 살아온 분을 취재하고 회사에 돌아왔는데, 한 사장이 편집실에 들러 상여 소리꾼에 대해 이것저것 물어보다가 갑자기 "소리를 배운다니 상여 소리도 할 줄 아나?" 했다.

"할 줄 알죠."

"한번 해보게."

한창 판소리에 열이 오른 새끼 광대였던 나는 말이 떨어지기 무섭게 책상을 두드리며 〈심청가〉 중 곽씨 부인 상여 나가는 대목을 불렀다.

어너 어허너

어이 가리 넘차 너화너

북망산이 머다더니

건너 앞산이 북망이로구나

어너 어허너

어이 가리 넘차 너화너

느닷없는 소리판에 동료 기자들과 한 사장이 박수를 치며 무척 즐거워했다. 그런데 직장 생활을 하는 중 나에게 병이 생겼다. 뼛속 깊이 스며든 '연극병' 때문에 도저히 견딜 수 없는 상태가 된 것이다. 마치 철창에 갇힌 맹수처럼 사무실이 답답해서 미칠 것 같고, 우울증에 걸리고, 불면증에 소화 장애가 오고, 연극과 판소리에 대한 갈증으로 가슴속에 불길이 활활 타올랐다.

결국 나는 1년 만에 회사를 그만두었다. 한 사장은 사직서를 들고 찾아간 내게 농담처럼 "광대 노릇하려고 글을 배신하다니!" 했다. 연극병이 깊은 나의 귀에는 서운해서 한 말인지, 격려차 한 말인지 잘 구별되지 않았다. 아마 격려보다는 서운한 심정을 토로한 말이 아니었나 싶다. 나는 잠시 배화여고 독어 교사를 하다가 그 노릇도 그만두고 연극에 전념했는데, 그 결단의 후유증으로 오랫동안 생계의 위협에 시달렸다. 기아선상(?)에서 헤매던 그 무렵 나를 구해준 것은 《뿌리깊은 나무》와 인연이었다.

여기저기서 번역도 하고 칼럼도 쓰며 연명하던 내게 객원 기자 노릇이 주어졌다. '한국의 발견' 시리즈 중 《전라북도》편을 맡아 2년쯤 연명했고, '뿌리깊은 나무 민중 자서전' 중 임실의 장구 명인 신기남의 구술을 채록한 《어떻게 허면 똑똑헌 제자 한 놈 두고 죽을꼬?》와 가야금 산조의 명인 함동정월의 구술을 채록한 《물을 건너봐야 알고, 사람은 겪어봐야 알거든》편을 집필하며 연명했다. 다행히 그 일이 끝날 무렵부터는 배우로서 조금씩 출연료를 받은 덕분에 굶주림은 면했다.

그 뒤로 한참 동안 연극과 영화 일로 분주히 보내느라 자주 뵙지 못하다가 《뿌리깊은 나무》가 전두환 정권에 의해 폐간된 뒤 《샘이깊은 물》을 출판하던 회사에 인사차 찾아갔을 때의 일이다. 한 사장님이 내가 입은 양복을 이리저리 살펴보더니 배우를 하려면 양복 입는 법을 알아야 한다면서 '아메리칸 스타일'과 '유러피언 스타일' 양복이 어떻게 다른지 그림을 그려가며 설명해주었다. 나한테는 아메리칸 스타일이 어울릴 것 같으니 미국에 가거든 꼭 '브룩스브라더스' 매장에서 양복을 사 입으라고도 했다. 아직까지 브룩스브라더스 양복을 입어보지 못했지만, 그 자상한 가르침을 언젠가 실천할 생각이다.

그 뒤로도 한 사장은 배우 노릇을 하기엔 너무 한심한 나의 의상 감각을 심히 염려해주고, 찾아갈 때마다 세계 각국의 옷맵시와 관련된 지식을 전수하곤 했다. 〈서편제〉에서 내가 입고 나온 한복이 맘에 들지 않는다며 손바느질로 한복을 만드는 여성에게 주문하여 정갈하게 지은 무명 한복 한 벌을 선사해주고, 한복 입는 법을 세세하게 설명해준 적도 있다. 종종 집사람과 함께 아이들을 데리고 인사하러 가면 당신이 아끼던 넥타이나 구두를 선물해주기도 하고, 어린 딸을 무릎에 앉혀놓고 우리말을 가르치기도 했다.

《뿌리깊은 나무》직원으로 일한 것은 1년밖에 안 되지만, 한창기 사장과 나의 인연은 돌아가실 때까지 이어졌다. 그것은 아마도 한 사장이 추구하던 우리말과 전통문화에 대한 사랑에 나도 함께 심취했고, 그런 일을 예술 현장에서 실천해온 내 삶의 궤적과 맞물렸기 때문이 아닌가 싶다. 좀더 살아 계셨다면 내가 하고자 하는 일들에 놀라운 식견으로 조언과 비판을 아끼지 않았을 텐데, 이승에 안 계시니 아쉽고 그립다.

판소리 부르는 독일어 선생님

배화여고 철부지들과 연극하며 지낸 사연

방학을 이용해 연극하려는 '불량교사'

내가 《뿌리깊은 나무》에 취직하자 온 가족이 무척 기뻐했다. 취직 초기
에는 중앙대학교 근처 흑석동에 번듯한 자취방을 얻어 착한 여동생이
오빠의 밥을 해주며 지내다가, 얼마 뒤 부모님까지 전주의 집을 떠나
서울로 올라왔다. 아들 하나 믿고 답십리 근처 용답동으로 이사한 부
모님과 함께 온 가족의 본격적인 서울 생활이 시작되었다.

그런데 1년 만에 직장을 그만두었으니 얼마나 실망했을까? 부모님
께 걱정 마시라고 한 뒤, 다른 직장을 급히 알아봤다. 다행히 서울 사
대 졸업생은 1순위로 채용될 때라, 금세 배화여고 독어 교사로 취직이
되었다. 그러나 훌륭한 교사가 되려고 간 것이 아니라, 수업이 일찍 끝
나고 방학도 있어 그 시간에 연극을 하려는 속셈이었으니 배화여고로
서는 불량(?) 교사를 채용한 셈이다.

대망의 배화여고 첫 수업 날이 왔다. 유서 깊고 아름다운 교정을 지
나 1학년 신입생의 독일어 수업에 들어가니, 교실을 가득 메운 소녀들

이 흥미진진한 눈으로 머리는 덥수룩하고 검은 폴라에 허름한 회색 양복을 입은 나를 쳐다보았다. 그 눈동자를 보는 순간, 나도 모르게 흥분하여 참으로 엉뚱한 수업을 하고 말았다.

"여러분, 독일어를 왜 배우느냐?"

(묵묵부답)

"우리말을 잘하려고 배우는 것이다."

(무슨 소리?)

"우리말을 잘하려면 어떻게 해야 하느냐?"

(국어 선생인가?)

"우리 음악을 잘 알아야 한다."

(이번엔 음악 선생?)

"우리 음악을 잘 알려면 어떻게 해야 하느냐?"

(묵묵부답)

"판소리를 알아야 한다."

(뭔 소리?)

"여러분, 〈춘향가〉를 아느냐?"

(웬 고리타분?)

"판소리 〈춘향가〉 중에 '사랑가'라고 있는데 아느냐?"

(사랑…… 뭐?)

"내가 그 한 대목을 불러보겠다."

(와! 어쨌든 공부 안 하잖아……)

사랑 사랑 내 사랑이야

어허 둥둥 내 사랑이지

178

이리 보아도 내 사랑

저리 보아도 내 사랑

그러자 학생들의 박수가 요란하게 터졌다.

"자, 그러면 독일어를 해보겠다. 데어 데스 뎀 덴……"

"싫어욧! 판소리 더 들려주세요!"

불량 교사 김명곤

독일어는 가르치지 않고 시와 연극과 예술 얘기를 하는 불량 교사를 어느 여학
생이 몰래 찍은 뒤 선생님 책상 위에 살짝 가져다놓았다.

그 뒤 판소리하는 독일어 선생의 인기는 하늘을 찔렀다. 나는 골치 아픈 독일어 문법은 뒤로하고, 슈베르트의 '보리수'나 하이네의 시에 곡을 붙인 '로렐라이'를 가르치기도 하고, 〈황태자의 첫사랑〉 이야기나 노래를 들려주기도 했다. 물론 판소리도 간간이 불러주었다. 음악이나 문학이나 예술에 관한 이야기는 나도 좋아하고 소녀들도 좋아해서 문법 공부하다가 조금만 지루하면 이야기해달라고 졸라대는 소녀들의 청을 거절하지 못하고 여러 가지 이야기로 수업 시간을 채웠다.

더구나 스물여덟 살 풋풋한(?) 총각 선생이었으니 독일어 시간은 소녀들의 들뜬 수군거림과 묘한 눈짓과 웃음소리와 뭔지 모르는 긴장과 열기로 가득 찼다. 나중에 들으니 독어반 학생들이 하도 독어 선생 애길 하니까 불어반 학생들이 도대체 어떤 사람이기에 그러나 싶어서 몰래 내 수업을 듣기도 했다고 한다.

교장 선생님의 위험한 선택, 고양이에게 생선을 맡기다

어느 날 인자한 여성 교육자인 안효식 교장이 나를 부르더니, 결코 해서는 안 될 말씀을 하고 말았다.

"김 선생님, 대학 때 연극반 하셨다면서요?"

"아니, 그걸 어떻게 아셨습니까?"

"내가 알아보니까 사대에서 유명하시던데요?"

"아이구, 뭐…… 그저……"

"우리 학교가 이번에 개교 80주년이 되었거든요."

"예……"

"연극반을 만들어서 기념 공연을 올려볼까 하는데, 김 선생님이 지도를 맡아주시겠어요?"

"아, 예! 예!"

고양이에게 생선을 맡기다니…… 교장 선생은 참으로 위험한(?) 선택을 한 것이다. 나는 신이 나서 톰 존스 원작의 뮤지컬 〈철부지들〉을 공연작으로 선정하고 연극반 모집 공고를 냈다. 그런데 놀라워라! 1000명이 넘는 전교생 가운데 무려 200여 명이 지원했다. 동료 교사들과 숙의 끝에 1학년과 3학년을 제외하니 100명쯤 남았다. 국어, 음악, 무용 선생을 심사위원으로 삼아 1, 2, 3차 오디션 끝에 20명 가까운 배우와 스태프를 선발했다.

〈철부지들〉은 이웃에 살며 서로 사랑하는 소년 소녀가 오해로 사랑에 금이 가고, 소년은 세상을 방랑한 끝에 사랑을 되찾는다는 내용이다. 소극장용 뮤지컬로 히트한 뒤 수십 년간 브로드웨이 인기 뮤지컬로 이름을 날렸고, 주제가 '기억해봐요Try to Remember'는 젊은이들 사이에서 널리 사랑받았다.

그 뒤 나는 독일어 교사인지, 연극 교사인지 모를 정도로 연극반 학생들과 공연을 준비하는 데 전심전력을 기울였다. 방학 때도 학교에 나와 연극 연습을 하는 동안 사건도 많고, 우여곡절도 많았다. 가을이 되어 '전국고등학교연극경연대회'에 나가 우수상을 받은 뒤, 드디어 개교 80주년 기념일에 학교 강당에서 막을 올렸다. 공연이 끝나자 우레와 같은 박수 소리, 꽃다발, 친구들의 감격 어린 찬사, 교장 선생의 눈물 어린 포옹과 동료 교사들의 칭찬이 쏟아졌다. 연극반 소녀들은 팔짝팔짝 뛰고 눈물을 흘리며 좋아했다.

배화여고 철부지들

불량 교사의 꾐에 빠져 공부는 안 하고 연극 연습으로 날을 새우던 철부지들.
다른 소녀들의 부러움과 시샘의 눈길 속에 학교 정원에 모였다.

그런데 나는 감격과 눈물과 꽃다발에 묻힌 무대를 바라보며 학교를 그만둘 결심을 굳히고 있었다. 교사가 아니라 배우로서 무대에 서고 싶은 욕망을 억누를 수 없었기 때문이다. 그 욕망은 교사 극단 '상황'과 인연으로 이어지고, 2년 뒤 두 번째 직장 배화여고와 작별했다. 그리워라! 그때 추억의 소녀들은 어느덧 중년의 엄마가 되었을 것이다.

총각 선생님에게 반한 여고생

교사와 제자의 사랑 이야기

내 머리 뒤에서 후광이 비쳤다고?

아내와 나는 배화여고에서 만났다. 나는 스물여덟 살 총각 선생으로, 아내는 고1 여학생으로. 내가 허름한 회색 양복에 후줄근한 바지를 입고 첫 수업을 하는 순간, 아내는 한눈에 반했다고 한다. 내 부스스한 머리 뒤에서 은빛 햇살이 퍼지는 걸 봤다는데 '믿거나 말거나'다. 어쨌거나 나는 일주일에 두 번씩 교단에서 "아 베 체 데, 데어 데스 뎀 덴"과 '보리수'와 '로렐라이'와 〈황태자의 첫사랑〉을 가르쳤고, 수많은 경쟁자들 속에서 말없이 나를 바라보던 소녀는 설레는 가슴으로 독일어 수업을 기다리고, 내 모습을 보려고 교정을 서성였으며, 밤마다 나의 꿈을 꾸었다고 한다.

아내의 고향은 전남 고흥군의 산골 마을. 장인어른은 나처럼 판소리를 좋아하고 북도 치는 멋쟁이였다. 3남 2녀의 둘째 딸로 태어난 아내는 아담한 키에 고운 얼굴, 잘 웃고 명랑하면서도 수줍음이 많은 소녀였다. 초등학생 시절에 온 가족이 서울로 올라와 구로구 고척동에서

184

철물 공장을 하며 살다가 구로동, 독산동으로 이사하는 동안 점점 재산이 불어 고등학생 때는 커다란 연립주택의 주인집 딸로 유복한 생활을 하고 있었다.

대부분 학창 시절의 추억으로 끝나는 선생님 짝사랑이 아내에게는 추억으로 끝나지 않았다. 아내는 밤마다 나의 이야기가 담뿍 담긴 일기를 쓰고, 나와 결혼해서 아기를 낳고 내가 부르는 판소리를 듣고 시골에서 채소를 키우며 오순도순 사는 꿈을 꾸었다고 한다. 내가 학교를 떠나자 아내는 사흘 밤낮을 울었다는데 이것도 '믿거나 말거나'다.

그 뒤 내가 어느 극단에서 연극을 한다는 소문이 돌자, 대학생이 된 제자는 매일같이 신문의 문화면을 뒤적이기 시작했다. 내가 연극을 할 때마다 아담하고 고운 제자가 찾아와 꽃다발을 주고 사라졌다. 처음에는 수십 명 제자 중의 한 사람이다가, 1년 뒤에는 열 명 중의 한 사람이다가, 2년 뒤에는 몇 명 중의 한 사람이다가, 3년 뒤에는 한 사람의 제자가 되었다. 아내는 신문의 문화면을 읽으며 언제 할지 모르는 나의

연애 시절

결혼 전 부산에 사는 누이동생 집으로 놀러 갔을 때 광안리 바닷가에서 찍은 사진. 순진한 소녀는 미래에 닥쳐올 삶의 풍랑은 짐작도 하지 못한 채 가난한 연극배우와 거니는 바닷가 산책이 마냥 행복한 모양이다.

공연을 하염없이 기다리다가, 공연 보러 가기 전날에는 흥분하고 들떠서 잠을 설치다가, 공연하는 동안 내 얼굴만 바라보다가, 공연이 끝나면 잠깐 만나 몇 마디 나누고 돌아가선, 베개를 꼭 끌어안고 미소를 지으며 잤다고 한다.

극장 역시 나의 옷차림처럼 허름하고 후줄근하고 비좁았다. 그곳에서 나는 전혀 딴사람이 되었다. 소리 지르고, 깔깔거리며 웃고, 노래를 부르다가, 슬픈 목소리로 넋두리하다가, 다시 춤을 추기도 했다.

1년이 지나고 2년이 지나고 3년이 지났다. 우리는 1년에 한 번이나 두 번, 세 번쯤 만났다. 그러는 동안 스승과 제자였던 남녀는 사제와 연인 사이의 감정이 뒤섞인 묘한 만남을 한동안 계속했다. 아내는 내가 아버지와 단둘이 삼송리에 살 때도 몇 번 찾아왔고, 고대 앞 길가의 자취방에서 동료들과 함께 극단 '아리랑' 창단을 모의할 때도 가끔 찾아왔다.

어두컴컴하고 퀴퀴한 냄새가 진동하고, 때에 전 이불이 널린 연습실 겸 침실에 찾아와 얼굴 한 번 찡그리지 않고 청소도 해주고 콩나물국도 끓여주는 제자에게 나는 점점 마음이 기울기 시작했다. 한 사람은 환상 속에서 꿈을 키우고, 한 사람은 어둠 속에서 무명 배우의 고달픈 세월을 보내는 동안 소녀는 어느덧 대학을 졸업했다. 졸업 선물을 해줄 수도, 저녁을 사줄 수도 없을 만큼 가난하던 나는 소녀가 데리고 간 경양식 집에서 침울하게 맥주만 들이켰다.

"전 거지 아내가 되고 싶어요"

이런저런 얘기 끝에 결혼 얘기가 나왔다. 나는 그 무렵에 결핵을 앓았고, 영화나 연극을 하기는 했어도 수입이 형편없던 터라 결혼에 도통 자신이 없었다. '나는 방탕한 사람이다, 미래는 비참할 것이다, 나를 잊고 좋은 남자를 만나 행복하게 살아야 한다' 등등 두서없이 떠들어대는 내 말을 한참 동안 듣고 있던 소녀가 기다렸다는 듯 입을 열어 조용조용 얘기했다.

"왕을 사랑하면 왕비가 되고, 거지를 사랑하면 거지 아내가 되는 거예요. 전 거지 아내가 되고 싶어요."

가난에 시달리고 예술에 시달리고 고독에 시달리던 나에게 그 말은 샘물과도 같은 활력을 주었다. 그날 이후 나는 군소리 집어치우고 장인어른과 장모님, 아내의 형제자매를 차례로 만났다.

결국 내가 서른다섯 살, 아내가 스물다섯 살 때인 1986년 10월 26일에 무형문화재 전수회관에서 결혼식을 올렸다. 가난하고 초라한 결혼식이지만 많은 연극 동료와 친구들이 노래 부르고, 춤추고, 나를 들쳐메고 발바닥도 때리며 떠들썩하고 즐겁게 축하해주었다. 신혼여행은 제주도로 갔는데 극단 아리랑 창단 작품 〈아리랑〉의 제주 초청 공연이 잡히자 거기에 맞춰 결혼식 날짜를 잡은 터라, 신혼여행 대신 공연 여행을 했다.

게다가 첫날밤을 멋지게 보낸답시고 병약한 신랑이 목욕탕에서 신부를 안고 나오다가 미끄러져서 욕조 모서리에 허리를 부딪히는 불상사가 발생했다. 아내는 나를 데리고 매일같이 한의원에 가서 침 맞고 찜질하는 걸 도와주었다. 허리에 복대를 두르고 간신히 공연을 한 뒤

결혼식

작고하신 사진작가 김수남씨가 찍어준 결혼식 사진. 민주화 운동의 존경 받는
지도자 성래운 선생님의 주례로 조상현 명창이 이사장으로 재직하던 무형문화
재 전수회관에서 식을 올렸다.

여관에 돌아오면 아내가 뜨거운 수건으로 찜질을 해주었다. 그 바람에 신혼여행이 내게는 '투병 여행', 아내에게는 '간병 여행'이 되었으니 우리의 결혼은 출발부터 심상치 않았다.

내가 가난한 줄은 알았지만 형편이 그 정도인 줄 몰랐던 아내는 식을 올리기까지 여러 번 놀라고 울기도 했다. 그러나 식을 올리고 이내 거지 아내가 되어 친정에 가서 반찬도 얻어오고 옷가지도 집어왔다.

딸이 태어나고 아들이 태어나는 출산과 양육의 세월 동안 나는 정말 열심히 일했다. 그러나 생활은 뜻대로 나아지지 않고 언제나 불안하기만 했다. 짜증과 싸움과 눈물과 고함과 화해가 얽히고설킨 정상적인(?) 결혼 생활이 본격적인 궤도에 올랐다. 결혼하고 5년쯤 지난 어느 날의 대화 한 토막.

"참 이상해요."

"뭐가?"

"당신은 아침부터 밤까지 쉴 새 없이 일하고, 하루도 쉬지 않고 노력하는데 왜 늘 생활에 쫓기고 불안하기만 하지요?"

"줄 타는 광대가 줄 위를 걸어가다가 발을 한 번 잘못 디디면 천 길 벼랑 아래로 떨어져서 목숨을 잃고 말아. 나는 그런 줄 위를 걷고 있지. 그리고 당신도, 아기도, 우리 모두 그런 운명의 줄 위를 걷고 있어. 정도는 조금씩 다를지 몰라도 불안하기는 마찬가지야."

"당신은 세상을 너무 어렵게 살려고 해요."

"그게 내 특기야. 당신, 그런 나를 좋아했잖아?"

"그때는 철부지 소녀였지만 지금은 살림을 하는 주부예요. 현실은 꿈을 자꾸 퇴색시켜요."

"현실이 퇴색시키는 게 아니라 당신의 마음이 퇴색된 거야. 내게는 아직도 꿈이 있어. 그 꿈은 날이 갈수록 빛나고 커지지. 당신도 함께 나눠 갖자고."

"당신은 그 꿈만 먹고 배가 부를지 몰라도 아이들이나 나는 그렇지 않아요. 나는 당신이 다른 배우들처럼 가난하고 비참한 말년을 보낼까 봐 걱정이에요."

"나는 가난하고 비참한 생활을 할지 모른다는 걱정보다 좋은 작품 한 편 남기지 못한 채, 이 시대의 삶에 대해 아무런 의미도 깨닫지 못한 채 허망하게 죽어갈까 봐 걱정이야."

"어쨌든 아이들하고 나는 당신이 타는 줄 위에서 불안에 떨 거예요."

"그 불안에서 벗어나는 길은 열심히 줄 위를 걸어서 건너편 절벽에 도착하는 방법뿐이야. 목숨을 내놓고 자기가 하는 일에 몰두해서 신념을 가지고 걸어가는 것! 나는 지금 온 힘을 다해 걸어가고 있으니 당신도 뒤에서 신념을 가지고 따라와야지, 불안하다고 줄을 흔들면 우리 식구 다 떨어지고 말아. 여보, 나와 함께 신념을 가지고 걷자고."

아내 덕에 내가 '사람'이 됐다

아내는 때로는 나의 언변에 속아, 때로는 소녀 시절의 환상에 속아 불안하고 힘겨운 결혼 생활을 꾸려왔다. 이제는 중년의 주부가 되어 때로는 어머니처럼, 때로는 누이처럼 변덕쟁이 남편을 돌보고 아리와 종민 두 아이들과 씨름하며 하루하루 바쁘게 보내고 있다.

나는 결혼하기까지 어둡고 거칠게 살았다. 언제나 그랬던 건 아니지만 전체적으로는 파리한 청색의 분위기로 채색된 세월이었다. 그러다가 결혼한 뒤 점점 밝고 명랑하고 부드러운 삶을 체험했다. 전체적으로는 환한 분홍빛 분위기로 채색된 삶이 아닐까 싶다.

그건 오로지 아내의 은덕이다. 아내는 나와 정반대 기질을 타고나서 구김살이 없고 따뜻하고 명랑하다. 물론 우리도 살아오면서 말 못 할 고통과 시련을 겪었고, 서로 실망하고 상처도 주고, 의견 충돌로 밤새워 싸우기도 했다. 그런데 아내는 내가 그토록 가슴 아프게 하고 소리 지르면 화가 나서 한 달쯤 말도 하지 않거나 집을 나가버릴 것 같은데, 다음 날이면 흔연하게 나를 대한다. 사소한 문제로 싸운 다음에는 몇 시간도 지나지 않아 다 잊어버리고 깔깔 웃는다.

나는 도저히 이해하지 못하는 성격이지만, 그런 아내와 살면서 나의 못된 성격이 많이 교정됐다. 남을 배려하고 뒤끝 없고 의심할 줄 모르며 조금 어리숙하고 대범한 O형이 예민하고 세심하고 잘 삐치고 이기적인 A형을 만나 잘도 부대끼며 살아준 덕에 나도 많이 '사람이 됐다'.

내게 새 생명을 준 사람, 아내

내 인생의 자문위원들

무당이 되어야 할지 심각하게 고민했다

나는 20대부터 30대 중반까지 병과 싸우느라 몸과 영혼이 엄청 시달렸다. 《뿌리깊은 나무》에 근무할 무렵, 내가 결핵과 가위눌리는 꿈에 시달리는 것을 알던 지리산 친구 홍형의 소개로 신촌에서 무당을 만난 적이 있다.

'동자보살'이란 간판이 걸린 골목의 한옥에 들어가 초와 향과 무신도와 방울과 칼과 쌀이 가득 찬 방 안에서 중년의 무녀와 마주 앉았다. 동자신이 씐 무녀가 어린아이 목소리로 우리 집안의 어릴 때 죽은 조상, 객사한 조상, 자살한 조상의 이런저런 얘기를 늘어놓았다. 그와 함께 "하루에도 열두 번씩 기와집을 지었다가 부수니 직장은 금방 때려치울 팔자고, 신기가 온몸에 절어서 신을 받지 않으면 평생 병도 안 낫고 일찍 죽을 것이고, 할아버지 대감 신령이 붓과 벼루를 들고 뒤에 서 계시니 철학을 공부해서 나하고 동업하면 돈방석에 앉을 거야"라고 예언했다.

그 말에 충격을 받은 나는 무당이 될지 심각하게 고민한 끝에, 집에서 자주 굿을 하고 무당들하고 친분이 두터운 박초월 선생에게 조심스럽게 의논했다. 그러자 선생은 빙긋이 웃으며 "판소리하는 거나 신 받는 거나 같은 일이니께 걱정허들 말고 소리 공부나 열심히 하소" 하는 것이다. 그 뒤로 신 받는 일은 포기했지만, 그 무녀와 인연은 이어져 무속의 세계에 관심을 쏟기 시작했다. 그리고 그녀의 예언대로 직장을 때려치우고 병과 싸우며 살다 보니 잠만 자면 어지러운 꿈에 오랫동안 시달렸다. 지금도 선명하게 생각나는 꿈 중에 판소리와 관련되어 세 편이 시리즈로 상영된 꿈이 있다.

1편 : 달빛 교교한 밤길을 혼자서 걸어가는데 어디선가 신비한 판소리 가락이 들려와 가까이 가보니 아름다운 정자에 하얀 두루마기를 입은 노인 세 명이 앉아서 노래 부르는 모습을 멀리서 본다.
2편 : 1편과 똑같은 장면이 펼쳐진 뒤, 노인들의 노래에 끌려 정자 아래 도착한다.
3편 : 1, 2편과 똑같은 장면이 펼쳐진 뒤, 정자에 올라가서 수염이 하얗게 난 멋진 노인에게 노래를 한 소절쯤 배우다가 깨어난다.

똑같은 배경과 등장인물로 이어진 이 꿈은 내가 판소리에 미쳤을 무렵, 몇 년에 걸쳐 꾸었다. 띄엄띄엄 꾸었지만 아주 선명하게 생각나는 꿈이고, 3편에 이어 노인들에게 신비한 가락을 전수하는 4편을 이제나 저제나 기다렸지만 지금까지 소식이 없어 유난히 기억에 남는다. 아마도 내가 명창이 되지 못하고 〈서편제〉 수준에서 판소리와 인연이 맺어지리라는 예감을 준 꿈이 아닌가 싶다.

이따금 방문 앞에 시커먼 그림자가 나타나는 꿈도 꿨다. 저승사자인지 뭔지 알 수 없지만 그 그림자가 나타나기만 하면 온몸이 마비되고, 떨리기도 하고, 꿈속에서도 목이 졸려 죽을힘을 다해 깨어나곤 했다. 그런 때면 이부자리에 땀이 흥건하고, 얼굴은 창백하게 질렸다. 잠이 들면 다시 그 꿈이 찾아올까 두려워 밤을 꼬박 새우곤 했다. 꿈이라기보다 가위눌리는 증세였을 텐데, 그 증세가 오기 전의 음산한 분위기나 검은 옷의 그림자가 뇌리에 깊이 박혀 그 꿈을 꿀 기미가 보이면 가위 증세가 시작되기도 전에 벌떡 깨어 일어나기도 했다. 그렇다고 그 증세가 무당이 된 사람들처럼 실신하거나 착란을 일으키거나 빙의가 될 정도로 심하지는 않아, 나는 예술로 신기를 풀어내겠다는 생각으로 견뎠다.

그래도 몸이나 영혼이 견딜 수 없을 정도로 시달릴 때면 가끔 무당을 만났다. 그들이 전해주는 내 인생에 대한 신탁(공수)을 들어보겠다는 생각도 있었지만, 한편으로는 그들이 지녀온 샤머니즘이나 전통 예술에 관심이 지대했기 때문이다. 나는 편견 없이 그들을 만났고, 그들도 나를 자기 종족(?)의 일원으로 취급해주었다. 그러는 동안 나는 인생의 자문위원(?)을 여럿 만났다. 결혼하기 전 10여 년은 만나는 무당마다 신이나 무병 얘기를 하더니, 결혼하고 병이 나은 뒤에는 그 얘기가 감쪽같이 사라졌다는 점이 신기하다.

15년 병마를 물리쳐준 아내

결핵과 싸우는 동안 나는 양의의 치료에 의지하지 않고, 여러 한의사와 돌팔이 도사와 특수 비방을 내세운 무면허 약사들의 치료를 받았다. 양약을 먹으면 토하고 구역질이 나고 몸이 견디지 못할 정도로 거부반응을 일으켜 도저히 먹을 수 없었기 때문이다. 그렇지 않아도 어려운 집안 형편에 가장 노릇을 해야 할 장남이 병에 시달리니 내 병은 온 가족의 걱정거리였다. 부모님은 물론이고 누이들도 결핵에 좋다는 음식이나 약을 챙겨주느라 무척 마음을 썼다.

아내는 오랜 투병 생활로 체력이 약해진 나를 군소리 한 마디 없이 돌봐주었다. 내가 지금 건강하고 활기 있게 중년을 보내는 것은 오로지 아내 덕이다.

나는 단전호흡도 해보고, 요가도 해보고, 약침 요법도 해보고, 엉터리 도사가 지어준 차력약도 먹어보고, 침과 뜸과 한약과 홍삼 등 수많은 치료법을 내 몸에 실험했다. 물론 조금씩 효험을 봤지만 근본적인 치료는 되지 않았다. 신경 쓰면 좋아졌다가 조금만 과로하거나 무리하면 다시 나빠졌다. 오랫동안 투병하며 지내다 보니 웬만한 의사는 우습게 아는 골치 아픈 환자였다. 미열과 식은땀, 객혈은 내 청춘의 동반자였다.

그렇게 15년을 끌어오던 결핵이 결혼 2년 만에 말끔히 나은 것은 내 인생을 새롭게 바꾼 신비한 사건이었다. 아내는 결혼한 다음 날부터 양의와 한의를 찾아다니며 몸에 좋다는 약과 음식을 구해서 먹이고, 효험이 있다는 곳은 어디든 끌고 다녔다. 심지어 예수의 은총으로 병을 낫게 해준다는 기도사에게도 끌고 갔다. 나 역시 결혼 생활을 하고 아이도 낳으려면 병을 고쳐야겠다고 굳은 결심을 하고, 아내가 시키는 대로 병원에 다니고 양약과 한약을 먹고 기도원에도 다녔다.

2년쯤 지나 예약한 날에 병원에 가서 엑스레이와 균 검사를 했다. 그런데 오호라! 놀랍게도 완치가 되었다는 것이다. 엑스레이는 물론 모든 검사에서 균이 검출되지 않으니 의사는 치료를 열심히 했다며 기뻐했다.

아, 그때의 기쁨이란! 15년 동안 따라다닌 지긋지긋한 병마가 사라졌다. 드디어 나도 '건강한' '정상적인' 인간이 된 것이다! 아내와 나는 눈물을 글썽이며 끌어안았다. 그건 정말 이해할 수 없는 기적과도 같은 일이었다. 나는 병과 관련해 도움을 주고 마음을 써준 부모, 형제, 누이들, 장모님, 친구, 친지, 양의, 한의, 도사, 스님, 무면허 약사, 기도사 모든 분들에게 감사했다. 그중 마음속으로 가장 많이 감사를 바친 사람은 아내다. 지금도 나는 아내의 헌신적인 간호와 사랑이 내 생명을 구해준 가장 큰 기적이라고 생각한다.

결핵이 나은 뒤에는 간염에 걸려 2년간 투병했고, 장기간 항생제를 복용한 후유증으로 위염과 장염으로도 한동안 고생했으나 모두 '격퇴' 했다. 그 뒤로도 아내는 오랜 투병 생활로 체력이 약해진 나를 군소리 한 마디 없이 돌봐주었다. 내가 지금 건강하고 활기 있게 중년을 보내는 것은 오로지 아내 덕이다.

할머니 광산 김씨, 어머니 홍봉임, 아내 정선옥. 아버지를 키우고, 나와 형제들을 키웠으며, 나를 살려내고 내 아이들을 키운 우리 집안의 수호천사들이다. 이 여성들의 아름다운 헌신을 나는 잊지 않을 것이다.

꿈의
퉁수쟁이가 되다

탐미적 예술가에서
민중 문화 운동의 현장으로

남민전 사건으로 해산된 극단 '상황'과 〈장사의 꿈〉

진보적 교사 극단 '상황'과 만나다

배화여고에서 학생들과 〈철부지들〉 공연을 끝내고 얼마 뒤, 교사 극단 '상황'에서 연극을 하자는 제안이 들어왔다. 나는 이근삼 작, 이민 연출의 〈아벨만 이야기〉라는 작품에 출연하면서 극단 상황과 관계를 맺기 시작했다.

극단 상황은 1976년에 창단되어 1회 이인석 작, 이민 연출 〈빼앗긴 들에도 봄은 오는가〉, 2회 노경식 작, 이민 연출 〈소작의 땅〉, 3회 이용찬 작, 이민 연출 〈3중 인격〉을 공연하고 4회 공연을 준비하고 있었다. 단원들은 대부분 연극과 문학 등 문화적 소양이 풍부하고, 교육에 대한 열정이 가득한 젊은 교사들이었다. 극단 상황의 연출가이자 대표 '이민'은 김문수와 함께 민중당 활동을 하다가 3당 합당 때 정치적 입장을 180도 바꾼, 한나라당의 대표적 정치인 이재오다.

〈아벨만 이야기〉 공연 기사에 내 이름이 실린 다음 날, 교장 선생이 나를 불렀다. 교장실에 들어서니 인자한 교장이 웬일인지 얼굴을 찡그리고 눈물을 글썽이며 나무랐다.

"김 선생님, 연극하신다면서요?"

"예!"

"왜 나한테 알리지도 않고 연극에 출연하세요?"

"아, 그런 걸 말씀드려야 하는지 몰랐습니다."

"이거 심각한 문제예요!"

"교사가 연극하는 게 그토록 심각한 문제인가요?"

"연극이 아니라 이 단체가 문제예요."

"어떤 문제인가요?"

교장은 손수건으로 눈물을 닦으며 대답했다.

"불온 단체예요!"

잠시 침묵이 흐른 뒤 내가 말했다.

"그럼, 교사를 그만두고 연극하겠습니다."

"정말이세요?"

"예!"

교장은 내 손을 잡으며 후임도 정하지 않고 당장 그만두면 어떻게 하느냐고 했다.

"그럼 어떻게 하지요?"

"1년만 더 있어주세요."

"교장 선생님, 괜찮으시겠습니까?"

"내가 힘들어도 우리 학교는 김 선생님이 필요해요."

"그럼 정교사가 아닌 강사로 일하겠습니다."

"고마워요!"

나는 그 뒤 강사로 근무하며 극단 상황의 5회 공연인 김언호 작 〈뻐꾹 뻑 뻐꾹〉에 참여할 수 있었다. 전란이 휩쓸고 지나간 장터를 유랑하는 거지 일가의 몰락을 그린 작품에서, 나는 주인공 뻐꾸기 영감으로 출연하며 연출과 각색, 편곡, 지도 등 전체적인 진행을 책임졌다.

그런데 연습을 하면서 이민 대표와 나 사이에 의견 대립이 자주 일어났다. 작품은 나에게 전적으로 일임한 터라 별 이견이 없었지만, 극단의 활동 방향에 대한 이 대표의 의견에 내가 심각한 이의를 제기한 것이다. 그 무렵 이 대표는 지나치게 친북적인 견해를 펴면서, 연극이 민주화 운동의 전위 선전대가 되어야 한다고 주장했다. 나는 그 견해에 강하게 반대하며 연극의 예술적 독자성을 고집하는 주장으로 맞섰다. 어느 날은 연습을 중단하고 밤늦도록 둘이 토론을 벌이기도 했다.

공연을 끝내고 다음 작품을 준비하던 중 '남민전 사건'이 터지면서 이민 대표와 장미경, 임기묵 등 핵심 교사 몇몇이 구속되고 극단이 해산되는 사건이 발생했다. 남민전(남조선민족해방전선)은 반 유신 민주화와 반제 민족해방운동을 목표로 조직한 비밀단체로, 1979년 연루자 84명이 검거되면서 남민전 사건은 유신 말기 최대 공안 사건으로 기록되었다. 옥중에서 죽어간 남민전 이재문 대표와 형장의 이슬로 사라진 신향식 외에 수학자 안재구, 시인 김남주, 이수일 전 전교조 위원장, 홍세화 등과 함께 이민 대표도 깊숙이 관여한 사건이다.

드디어 찬바람 부는 민중의 거리에 서다

나는 이민 대표의 정치적 입장에 동의하지 않았기 때문에 남민전과는 관계가 없었다. 그러나 극단이 해산되고, 함께 연극하던 성실한 교사들이 구속되는 사건으로 큰 충격을 받았다.

이 대표가 구속되고 얼마 뒤, 극단의 기획자로 일하던 임기묵 선생이 나를 찾아왔다. 감옥에서 고생하는 이 대표에게 영치금이라도 넣어줄 수 있게 연극 한 편을 공연하자는 제안이었다. 나는 정치적 입장은 달랐지만 그들을 감옥에 넣은 독재 정권에 분노하고 있었기 때문에 흔쾌히 동의했다.

후배 무용실을 빌려서 연습하던 중 임기묵 선생이 심각한 얼굴로 연습실에 들렀다. 공연을 준비한다는 정보가 새어나가는 바람에 자신도 수배를 받아 잠시 몸을 피해야겠으니 연습을 중단해달라는 것이었다. 결국 연습은 중단되었지만 그 사건을 계기로 나는 예술과 사회의 관계에 심각한 고뇌에 빠졌다. 그러면서 순수 지향적이고 탐미적인 나의 예술 세계에 변화가 오기 시작했다. 나는 서서히 어두컴컴하고 비좁은 골방에서 드넓은 바깥세상으로 눈을 돌렸다. 그러나 바깥세상의 빛을 감당하기에 나의 시력은 형편없이 약해진 상태였다.

나는 산소 부족과 어지럼증과 운동 부족에 시달리면서도 바깥세상의 일에 관심을 가지고 하나하나 깨쳐나갔다. 걸음마를 배우는 아기처럼 '자의식의 골방'에서 기어 나와 세찬 바람이 부는 거리를 한 발 한 발 걸었다. 그 거리에는 부자와 거지, 사장과 노동자, 독재자와 투사, 군인과 시인, 창녀와 포주가 득시글거렸고, 술 냄새와 똥오줌 냄새와 최루탄 냄새와 피비린내 같은 온갖 삶의 악취가 바람을 타고 풍겨왔다. 나는 내 하얀 손을 부끄러워하고, 내 허약한 발을 수치스러워하며 정처 없이 거리를 걸어 다녔다. 그리고 이민 대표가 본명 이재오로 돌아가 보수적 우익 정치인으로 성장해갈 때, 나는 그와 반대편 입장이 되었다.

극단 상황이 해산되고, 나는 연극에 본격적으로 뛰어들었다. 문화 운동의 초기 열풍이 대학가를 중심으로 불어닥치기 시작한 때라 탈춤, 민요, 풍물, 굿, 판소리 등 전통 연희가 공연되는 곳이면 어디든 쫓아 다녔고, 새로운 예술운동의 다양한 시도에 직간접으로 열심히 참여했다. 유신 체제의 억압적인 분위기와 혹독한 검열, 노동과 민중 현장의 폭발적인 항거 등 사회·정치적 상황은 젊은이들의 피를 끓게 했다. 젊고 진보적인 예술가들은 연극을 통한 사회변혁과 전통 예술의 재창조라는 기치 아래 '마당극 운동'에 뛰어들었다.

문화 운동의 태두 백기완 선생님을 필두로 하여 김지하·황석영 선배와 채희완, 임진택, 장선우, 김민기, 김영동, 이애주, 박인배, 유인택, 김봉준, 류인열, 김경란 등 초창기 민중 문화 운동을 이끈 선후배들과 어울리며 나는 점점 민중예술의 세계에 깊이 천착했다. 대학 탈춤반 출신들이 모여 만든 놀이패 '한두레'와 함께 공연을 하고, 연극반 출신들이 모여 만든 '연우무대'의 연습실에서 밤새워 연습하고 공연을 했다.

황해도 장산곶에서 전해오는 신화를 소재로 외세에 시달리면서도 꿋꿋하게 살아온 민중의 기개를 그린 황석영 작, 이상우 연출 〈장산곶매〉 출연, 집 없는 서민의 생활을 그린 김명곤 외 공동 창작 〈민달팽이〉 출연과 연출, 공해 문제를 다룬 임진택 연출 〈나의 살던 고향은〉 출연, 동학혁명을 다룬 김민기 작·연출 〈멈춰 선 저 상여는 상주도 없다더냐〉 출연 등 때로는 배우로, 때로는 공동 작가나 연출로 쉬지 않고 작품 활동을 했다.

검열과 공연 중지, 동료들의 수배와 도피 등 암울한 시대 상황 속에서 한 작품 한 작품 피를 말려가며 공연하던 시절이다. 1980년 5·18민주화운동이 일어난 뒤 대학가나 운동권 내부에서 급진적인 사상이 쏟아져 나오고 노동 문화 운동, 민중 문화 운동, 통일 문화 운동 등이 대학가를 휩쓸 때라 나 역시 좌충우돌하며 한국 사회를 둘러싼 사회·역사적인 조건에 대해 공부하고 끊임없는 논쟁과 토론으로 밤을 지새웠다. 게다가 주변에서 함께 활동하던 동료들이 수배되고, 잡혀가고, 연극 한 편 올리면 사방팔방에서 문제가 터지고, 흩어져서 숨어 지내다가 다시 비밀리에 만나고, 어떤 문화패는 노동 현장이나 농민 현장으로 떠나기도 하고, 학생들이 고문당해서 죽고 분신해서 죽는, 참으로 살벌하고 험악하기 짝이 없는 시절이었다.

극단 상황의 연출가이자 대표 '이민'은 김문수와 함께 민중당 활동을 하다가 3당 합당 때 정치적 입장을 180도 바꾼, 한나라당의 대표적 정치인 이재오다.

시대의 열병을 앓는 동안 사랑과 고독과 이별과 슬픔에 빠졌던 나의 정서가 반독재와 반외세와 자주와 통일과 노동의 해방을 외치는 정서로 바뀌었다. 조명을 받으며 정교하고 섬세하게 인물의 성격과 심리를 표현하던 연기 방식이 횃불 아래서 거칠고 힘 있게 인물의 사회성과 계급성을 표현하는 방식으로 바뀌었다. 하나하나 작품을 할 때마다 나는 빈민 문제, 공해 문제, 농민 문제, 분단 문제에 조금씩 눈을 떠갔다. 예술 한다는 미명 아래 낭만과 방탕과 퇴폐에 젖어 지내는 생활은 무섭게 비판받았다. 예술가는 구름 위에 사는 신선 같은 족속이 아니라, 땅을 파고 일하는 민중의 입과 귀가 되어 그들의 삶을 풍요롭게 하는 데 기여해야 했다.

나는 또다시 내 껍질이 하나하나 벗겨지는 쾌감을 맛보았다. 아니 그것은 쾌감이라기보다 해방감이었다. 처음에는 나를 구속하고 짓누르던 민중이라는 존재가 차츰 나를 해방하고, 나에게 힘을 주고 자유를 주었다. 나는 온 힘을 다해 그 기쁨을 표현했다. 나의 연기는 밀폐된 내면의 연기에서 힘차게 바깥으로 나와 생기와 역동성을 띠었다.

어릴 때 내 별명은 방 안에서 퉁소 부는 아이라는 뜻의 '방 안 퉁수'(퉁수는 퉁소의 전라도 사투리)였다. 그러던 내가 어느덧 '바깥 퉁수'가 된 것이다. 나는 오랫동안 민중의 바다에서 퉁소를 불었다. 그러던 내게 아무도 모르는 고민이 찾아왔다. 나의 연기나 작품이 점점 나를 즐겁게 해주지 않았다. 방 안 퉁수 시절 나는 오로지 나 자신을 즐겁게 하기 위해 연극을 했다. 바깥 퉁수 시절 나는 민중을 즐겁게 하기 위해 연극을 했다.

처음에는 그 일이 나를 즐겁게 해주었다. 그런데 비슷한 작업이 반복되면서 점점 즐거움을 잃어갔다. 나 자신뿐만 아니라 관객도 차츰 싫증을 느끼는 것 같았다. 그 이유를 곰곰 생각한 결과, 나의 '바깥 퉁수'가 단조롭고 변화 없고 깊이가 부족하기 때문이란 걸 깨달았다. 그 결점을 메우려면 '방 안'에서 피나는 수련이 반드시 필요하다는 것도 깨달았다. 그리고 그 수련은 자신만 즐기기 위한 것이 아니고, 반드시 바깥에서 쓰이기 위한 것이어야 한다는 점도 깨달았다.

파고다공원을 연습실로 삼고

1981년 봄, 황석영 작가의 단편소설 〈장사의 꿈〉을 각색해서 공연해보자는 제안이 왔다. 임진택이 연출하고, 한두레 출신 배우 임명구와 내가 하는 2인극을 만들자는 것이었다. 세 명이 의기투합해서 모였는데, 연습장도 없고 제작비도 없으니 파고다공원에서 줄거리를 만들고 대사를 써나가기 시작했다.

〈장사의 꿈〉은 가난한 어촌 출신 장사 차일봉이 서울에 올라와 온갖 직업을 전전하다가 몰락하는 이야기다. 키가 크고 탈춤을 잘 추는 임명구가 자신의 이야기를 풀어가는 장사 차일봉 역을 맡고, 나는 12역이 넘는 상대역을 연기했다. 점쟁이 노인, 어부, 포르노 감독, 창녀촌 삐끼, 트럭 운전사, 약장수 등 변두리 소외된 인물들의 대사와 성격을 만들어가는 동안 나는 청계천이나 청량리 등 서울의 변두리를 돌아다니며 수많은 사람을 관찰했다. 곡마단이나 싸구려 약장사 판이 벌어지는 곳도 열심히 찾아다녔다.

〈장사의 꿈〉은 1981년 10월 3, 4일 제주 놀이패 '수눌음' 초청으로 제주에서 초연된 후, 연우무대 기획 공연으로 서울에서 막을 올렸다. 재치 있고 촌철살인의 유머가 장기인 임진택 연출과 어리숙하고 굼뜬 장사 연기에 적역인 임명구, 순식간에 변신하면서 무대를 종횡무진 누빈 나, 음악과 연주를 담당해준 김상철·김현숙·조항용 등 참가자들의 호흡이 잘 맞아 반응은 폭발적이었다. 전국 여기저기서 초청을 받아 그야말로 '유랑 광대' 시절이 시작되었다.

가는 곳마다 웃음과 화제가 만발하고, 열성 팬들이 생겨났다. 그중 국문학자이며 판소리 전문가인 이규호는 술만 취하면 "내가 〈장사의 꿈〉 공연을 보고 김명곤한테 반해 20년간 따라다니는데, 왜 지금까지 그보다 좋은 연기를 못 보여주느냐?"며 자기 인생을 보상하라고 아우성치곤 한다.

가난한 배우들

〈장사의 꿈〉 연습실로 쓰던 파고다공원에서. 필자의 왼쪽 옆이 연출 임진택. 앉아서 대본을 보는 사람이 상대 배우 임명구다.

연기의 핵심은 진실

그 무렵은 내가 배우로서 세상에 알려지고, 약간의 명예와 인기를 얻으면서 배우 예술에 대해 보다 많은 생각을 한 시기다. 처음 연극을 시작할 때는 배우가 유별나고 특이한 존재로 생각됐고, 그런 배우가 되기 위해 온갖 노력을 아끼지 않았다. 그러나 배우 경험이 나름대로 쌓이다 보니 셰익스피어의 말을 실감했다. 셰익스피어는 〈뜻대로 하세요〉라는 희극의 2막 7장에서 다음과 같은 대사를 썼다.

> 제이퀴스　온 세상은 무대고, 모든 여자와 남자는 배우라네.
> 그들은 등장했다가 퇴장하지요.
> 어떤 사람은 일생 동안 7막에 걸쳐 여러 역을 연기한답니다.

배우들은 자기가 맡은 역할을 위해 감성과 지성을 통해서 많은 훈련을 한다. 그 훈련의 기초가 '감정이입'이다. 이 감정이입을 통해 '감정 동화'에 이른다. 그러나 감정이입이나 감정 동화는 아무 때나 잘 일어나지 않는다. 아무나 능숙하게 잘할 수도 없다.

배우의 인생에는 감정이입과 감정 동화를 위한 수많은 갈등이 상존한다. 그런 갈등을 극복하기 위해 가장 필요한 덕목이 '진실'이다. 연기의 최고 경지는 인물의 진실을 몸과 마음으로 표현할 때 도달한다. 흔히 가식적이고 위선적인 태도를 보일 때 '연기하지 말라'고 하는데, 그건 연기가 무엇인지 모르고 쓰는 말이다. 연기의 핵심은 진실이다.

또 배우는 '제1의 자아'와 '제2의 자아' 사이에서 갈등하고 고민하는 존재다. 김명곤이란 제1의 자아가 있고, 내가 햄릿이라는 역할을 한다면 햄릿이 제2의 자아다. 김명곤이 햄릿으로 어떻게 변신해야 하는가? 이것이 배우의 가장 중요한 숙제다. 그 숙제를 풀기 위해 모든 배우는 엄청난 고통의 세월을 보낸다. 셰익스피어는 〈맥베스〉 5막 5장에서 다음과 같이 한탄한다.

맥베스 인생이란 한낱 걸어 다니는 그림자, 가련한 배우.

무대에 서 있을 때는 활개 치고 떠들어대지만, 얼마 안 가서 영영 잊히지 않는가.

바보들의 이야기.

광포와 소란으로 가득하지만 아무런 의미도 없는 이야기.

정말 인생은 바보들의 이야기일까? 광포와 소란으로 가득하지만 아무런 의미도 없는 이야기일까? 이 질문에 대해 나는 맥베스의 말에 동의하지 않는다. 내 인생도 다른 사람들처럼 바보스럽고 광포와 소란으로 가득하지만, 내게 인생은 '의미가 가득 찬 이야기'라는 점이 다르다. 나에게 인생은 '바보스러우면서도 신기한' 이야기다.

흔히 배우를 하겠다는 사람들은 화려함, 조명, 아름다움, 빛, 인기 같은 것을 원한다. 그러나 무대에서 2시간 동안 빛을 받기 위해서는 200시간 혹은 2000시간의 어둠이 필요하다. 연습실이나 극장은 대부분 어두운 곳이다. 그 어둠을 견디지 못하는 사람은 2시간의 빛을 받을 수 없다. 무대의 불이 꺼지면 차가운 현실로 돌아온다. 그 현실은 고통의 시간, 어둠의 시간이기도 하다. 어둠의 시간을 고통스럽게 견디려고 하다가는 어둠에 파묻히고 만다. 어둠을 즐길 줄 알아야 한다. 그리고 어둠 속에서 행복으로 충만해야 한다.

내가 한참 무명 배우로 연습하고 다닐 때 남들은 굶주림과 고통을 참아가며 고생하는 모습이 가련하다고 생각했겠지만, 사실 내 마음은 기쁨으로 충만했다. 나는 공연할 때보다 연습할 때 큰 행복을 느끼며 살았다. 데이트도, 술자리도, 어떤 약속도 연습보다 우선일 수 없었다. 왜냐고? 그 시간이 나에게 제공하는 기쁨에 중독되었으니까. 그 어둠이 주는 행복에 전율할 정도로 도취되었으니까. 현실은 나를 좌절과 절망에 빠뜨리고 고통과 환멸을 주기도 하지만, 인생은 나에게 신비한 이야기로 가득 찬 마술 상자다. 그래서 나는 아직도 꿈을 꾸는 소년처럼 마술 상자의 이야기에 귀 기울인다.

배우에 대한 허영에 찬 모든 기대를 버려라

얼마 전, 배우가 되고 싶어하는 소녀를 만났는데, 그녀와 대화 중 오고 간 내용을 편지글 형식으로 정리해봤다. 소녀의 이름은 가명이다.

유리 양!
배우에 대한 열렬한 꿈과 열정에 찬 유리 양의 얘기, 잘 들었어요. 주위에서 아무리 반대해도 끝까지 배우를 하고 싶다는 강렬한 소망이 유리 양의 마음을 사로잡고 있더군요. 나 역시 처음 연극을 시작할 때는 배우를 신비하고 멋진 존재로 생각했고, 그런 배우가 되기 위해 온갖 노력을 아끼지 않

앉아요. 무대의 빛은 매우 찬란해서 그곳에는 화려한 조명과 박수갈채와 꽃다발과 명성과 부와 인기 같은 것만 존재하는 듯 보였지요.

모든 배우는 무대에 설 때 관객의 갈채와 환호와 사랑을 받기 원하죠. 그런데 관객은 항상 배우를 좋아하지 않는다는 데 문제가 있어요. 권투 선수가 링에서 상대방을 때려눕히면 환호를 받고, 상대방에게 맞아서 링에 드러누우면 비웃음을 당하듯이 무대 역시 링처럼 냉혹한 곳이에요.

돈을 내고 극장에 들어간 관객에게는 그 작품이나 배우에 대해 마음대로 비판하고 욕할 권리가 주어지기 때문에 배우들은 마치 죄인처럼 심판을 받은 끝에 무죄가 되기도 하고, 사형수가 되기도 하고, 거꾸로 영웅이 되기도 하지요. 게다가 관객은 배우의 밥줄이자 생활의 터전이고, 배우는 그들의 사랑과 후원이 없으면 존재할 수 없기 때문에 모두 관객의 사랑과 인기를 얻으려고 피나는 노력을 해요. 그러나 그 노력이 늘 성공하는 건 아니에요.

사람들에게 배우라고 알려지면 인간적인 사랑이나 이해는 구하기 힘들어지죠. 사람들은 그가 무대나 화면에서 보인 그 사람이기를 원하고, 그 역할의 영상이 머릿속에서 쉽게 지워지지 않기 때문에 사생활이나 일상생활에 갖가지 오해와 편견이 작용해 부질없이 사람들의 입방아에 오르내려요. 그래서 배우는 항상 외로움을 느끼고, 그 외로움에 대한 보상으로 무대에 섰을 때 사람들의 마음을 사로잡아 그들의 사랑을 얻으려고 안간힘을 쓰죠. 어느 배우는 관객에게 추파를 던지거나 교태를 부려서 사랑을 얻으려 하고, 어느 배우는 재치와 미모와 뛰어난 연기력으로 사랑을 얻으려 하고, 어느 배우는 순수함과 진실함과 성실함으로 사랑을 얻으려 하죠.

그런데 그 모든 것이 오직 돈과 인기와 사랑을 얻으려는 배우 개인의 목적을 위한 도구로 쓰인다면, 창녀의 화장이나 사기꾼의 번드르르한 말솜씨나 위선자의 그럴싸한 위장술과 다를 게 없어요. 배우의 연기, 곧 예술적인 역량은 반드시 배우 자신의 영혼과 인격을 향상하고, 더 나아가 관객의 삶을 풍부하게 하고, 고통을 위로하고 새로운 삶을 찾아가는 데 도움을 주는 도구로 쓰여야 해요. 이 두 가지 길의 차이는 참으로 미묘하여 얼핏 분간하기 쉽지 않지만 그 결과는 엄청나게 다르죠.

나는 배우 지망생들의 무대에 대한 열렬한 사랑이 아쉬운 짝사랑으로 끝난 경우를 수없이 보았어요. 무대는 마치 두꺼운 성벽에 둘러싸인 성처럼 아무나 문 안으로 들여보내지 않아요. 그래서 수많은 도전자들은 성안에 들어가지도 못하고 밖에서 서성대다가 지쳐서 돌아가죠.

또 배우의 길은 짙은 안개에 싸인 높은 산을 오르는 길과 같아요. 등산길이 처음에는 재미있고 가슴 설레게 하며, 뜨거운 정열에 불타게 하기도 하죠. 하지만 점점 산 위로 올라가다 보면 길을 잃고 헤매기도 하고, 피로와 긴장과도 싸워야 하고, 호흡곤란과 비바람, 절벽, 계곡, 급류, 독충, 무서운 산짐승과도 맞닥뜨려야 해요. 어려움을 뚫고 정상에 올라간 다음에는 위험한 하산길이 있고, 그다음에는 더 높은 다른 봉우리에 도전해야 하는 과제가 기다리고 있어요.

지금 우리나라에서 젊은 여성이 배우를 하겠다는 것은 매우 위험하고 위태로운 결심이에요. 성형수술, 스폰서, 비밀 접대, 악플, 스캔들…… 이런 말들이 주위를 맴돌 거예요. 유리 양이 유혹에 굴복하여 그런 것을 추구하는 배우의 길을 가고 싶어한다면, 나는 말릴 수도 없고 충고할 말도 없어요. 그러나 그대가 참다운 배우의 길을 가고 싶다면, 자신을 들뜨게 하는 주변의 모든 것들을 버리고 자신을 유혹하는 모든 말들을 잊어야 해요. 배우에 대한 허영에 찬 기대를 모두 버릴 때 비로소 예술의 성문에 첫발을 디딜 수 있을 거예요.

그 뒤로도 무대에서 무엇을 성급하게 얻으려고 하지 마세요. 오로지 헌신과 사랑을 바치는 것으로 만족하세요. 그러면 언젠가 그 두꺼운 성문이 활짝 열리는 날이 올 거예요. 예술의 성안에 들어가 아름다운 빛을 받으며, 관객의 사랑과 환호를 받는 배우로 탄생할 날이 올 거예요. 무엇보다 그 빛을 갈채와 부와 명성과 인기로 치장하지 마세요.

마지막으로 세계의 모든 배우들이 연기 수업 시간에 공부하는 《배우 수업》의 지은이고, 러시아의 국민 배우이자 연출가 스타니슬라프스키의 말을 선물로 드릴게요.

"연극은 아름다움을 밑천으로 하거나 출세하기만 바라는 많은 사람들의 마음을 끈다. 그들은 관객의 무지나 비뚤어진 취미, 정실, 갈채, 거짓된 성공, 그 밖에 창조적인 예술과는 아무런 관계가 없는 수단을 사용한다. 우리는 그런 사람들에게 끝까지 엄격한 수단을 취하지 않으면 안 되며, 그들이 교정되지 않는다면 그들을 무대에서 추방해야 한다."

부디 유리 양의 꿈과 열정이 아름다운 결실을 맺기 바랄게요.

연극의 바다를 항해하다

극단 '아리랑' 창단과 이어지는 연극 행진

자취방에서 극단을 창단하다

한창 연극과 영화를 오가며 배우로 활동하던 1985년 겨울, 서울 사대 연극반에서 술 마시고 뒹굴고 싸우고 부둥켜안고 울던 박제홍·윤인근·조항용 등과 그동안 연극을 함께한 선후배 몇몇이 모여 극단 창단을 모의했다. 창단 작품으로 내가 구상하던 2인극 〈아리랑〉을 올리기로 하고, 극단 이름도 '아리랑'으로 정했다.

〈아리랑〉은 떠돌이 배우와 연극 지망생이 만나 나운규의 무성영화 〈아리랑〉을 연극으로 각색하여 연습하는 과정을 그린 2인극이다. 내가 창단사에 밝혔듯이 "한 치 앞을 짐작할 수 없을 만큼 시시각각 변하는 우리의 현실 속에서 예술가는, 연극인은 무엇을 해야 하고 어떻게 살아야 하는가?"라는 숙제를 풀기 위해 일제강점기의 민족 영화에 당시 상황을 접목, 한 시대를 살아가는 광대의 역할을 고민해보고자 쓴 작품이다.

창단 자금이 있었을 리 없다. 사무실 겸 연습실로 용두동 길가 허름

연극 〈아리랑〉

미친 영진과 친구의 만남. 뛰어난 연기를 선보인 박제홍과 함께. 나는 수많은 역으로 변신하며 판을 벌였다.

한 건물 2층의 내 자취방을 쓰기로 하고, 여기저기서 100만 원쯤 빌려 공연 준비에 들어갔다. 내가 광대 김불출, 사대 연극반의 친구 박제홍이 박달재 역을 맡고, 후배 조항용이 연출을 맡아 자취방에서 라면 끓여 먹으며 연습을 했다. 청계천 다니면서 철물을 구입해 무대장치를 만들고, 여기저기서 옷 빌려 의상으로 대신하고, 인쇄비와 대관료는 외상으로 때웠다.

　그렇게 몇 달 동안 연습한 끝에 〈아리랑〉의 막이 올라갔다. 김명곤

216

작, 조항용 연출, 박제홍·김명곤 출연, 음악 이성재, 민중화가 김봉준이 무료로 배경막을 그려주고, 지금 중견 배우로 연극과 영화에서 맹활약하는 박용수가 무대감독을 맡고, 영화계의 중견 PD로 활약하는 이관학이 조명을 하고, 영화계의 맏형 격 제작자인 유인택이 홍보를 하고, 내 동생 김상곤이 진행을 하고, 나중에 나의 아내가 되었지만 당시에는 배화여고 출신 대학생 제자 정선옥이 의상을 하고, 안타깝게 타계한 굿 사진의 전문가이며 우리보다 광대 기운이 충만한 사진작가 김수남 형이 무료로 사진을 찍어주었으니 100만 원 제작비치고는 '초호화 진용'이었다.

창단 스태프 중 숨은 공신이 나의 장모님이다. 극중에 내가 일본 여가수로 변신해서 노래 부르는 장면이 있는데, 기모노를 사자니 돈이 없고 빌리려 해도 대여료가 엄두가 나지 않아 고민할 때 의상 담당이던 아내가 '바느질의 대가'인 엄마에게 부탁했다. 동대문 포목점에서 천을 끊어 기모노 사진 몇 장과 함께 전해주었더니, 과연 얼마 뒤에 진홍색의 아름다운 기모노가 우리 손에 들어왔다. 얼굴도 모르는 예비 사위를 위해 난생처음 만들어보는 기모노를 밤새워 바느질했을 장모님의 노고를 지금껏 갚아드리지 못했다.

1986년 7월 11일 인천 문예회관에서 첫 막을 연 뒤 서울 미리내소극장에서 막을 올렸는데, 뜻밖에 반응이 좋아 전국에서 초청이 들어오고 대학가의 인기 초청작이 되었다. 그 뒤 신촌의 신선극장에서 장기 공연하면서 서울대 연극반 후배이며 뛰어난 논객이던 문병옥이 기획자로 극단에 합류했고, 연습실도 얻고, 김진희·김필국·김준태·정구연·송영탁 등 연구 단원도 모집하며 극단의 틀을 갖추기 시작했다.

"빨간 우산은 안 돼!"

〈아리랑〉을 한창 공연하던 어느 날, KBS에서 그 작품이 화제가 되고 있으니 자신들이 만드는 프로그램에 소개하고 싶다는 요청이 왔다. 나는 TV의 막강한 대중적 힘을 무시할 수 없는 대표 겸 제작자인지라, 박제홍과 함께 소도구와 장치를 들고 부슬부슬 내리는 비를 맞아가며 방송국으로 갔다.

PD는 오락 프로그램임을 강조하며 재미있는 대목만 뽑아서 10분 정도로 짜달라고 요구했다. 우리는 연출자와 스태프 몇 명 앞에서 연극의 장면을 토막토막 보여주었다. 그들은 비판적인 대사는 삭제하고 더 재미있는 장면을 연출해달라고 요구했고, 우리는 그들의 요구에 맞춰서 대본을 수정해가며 노래와 춤과 재담이 들어간 장면 위주로 두 시간쯤 재미있게 '짜깁기' 한 다음 녹화에 들어갔다. 그런데 우리가 무대를 설치하자마자 갑자기 어디선가 고함이 들리더니 조정실에 있던 PD가 뛰어왔다. 배경막의 그림이 '민중미술'이라는 것이었다.

그러자 여기저기서 방송국 사람들과 출연자들이 몰려들더니, 김봉준 화백이 정성껏 그려준 배경막 그림을 손가락질하며 "저 사람은 왜 누더기를 입었느냐, 저 표정은 너무 반항적이다, 저 손은 너무 거칠다" 어쩌고 하면서 한마디씩 내뱉었다. PD는 배경 그림을 없애자 하고, 우리는 그럴 수 없다고 하여 한참 실랑이가 벌어졌다. 결국 흰 천으로 그림을 가리고, 치미는 분을 삭이며 연기했다.

한참 연기를 하는데 다시 고함이 들리더니 PD가 뛰어왔다. 이번엔 내가 들고 있는 우산이 '빨간색'이기 때문이었다. 아마도 빨간색이 좌익을 연상한다고 겁먹었던 모양이다. 무대에서 색감 대비 때문에 빨간 우산을 선택한 나로서는 생각지 못한 호들갑에 어처구니가 없어서 화가 나기보다는 오히려 가련하고 우스꽝스러워 웃음이 나올 지경이었다. 당장 때려치우고 싶은 마음이 굴뚝같았으나 그 방송을 보고 찾아올 관객이 눈앞에 어른거려 '바다와 같이 넓은 마음'으로 이해하고, 그들이 소품실에서 구해온 노란 우산으로 연기하며 촬영을 마쳤다.

PD는 우리에게 식사를 대접하며 방송국의 정책 때문에 그럴 수밖에 없는 자신의 어려운 처지를 장황하게 늘어놓았다. 하지만 나는 여러 오락 프로그램 중의 하나로, 그것도 작품의 주제와 전혀 상관없이 우스개 장면만 나오는 TV용 〈아리랑〉이 자꾸만 눈앞에 어른거려 밥알이 넘어가지 않을 지경이었다. 나는 소도구를 챙겨들고 비를 맞으며 돌아오는 길에 녹화를 거부하지 못한 것을 후회했다. 그 후회는 분노로 변하고, 자책으로 변하기도 하며 며칠 동안 나를 괴롭혔다.

방송이 나오기로 정해진 날, 착잡한 마음으로 TV 앞에 앉았다. 그런데 다행히(?) 그 오락 프로그램이 다 끝나도록 문제의 〈아리랑〉은 방영되지 않았다.

〈인동초〉 모델 김남주 시인, 석방돼 공연 관람

나는 창단 작품 〈아리랑〉을 올린 뒤 전에 공연한 〈장사의 꿈〉을 임진택 연출, 김명곤·조항용 출연으로 재공연한 뒤 동학혁명을 다룬 〈갑오세 가보세〉를 쓰고 연출했다. 특정 인물의 영웅적 무용담이 아닌 혁명에 참가한 평범한 민중의 이야기와 함께 혁명을 이끌어간 지도자들의 갈

등, 외세와 결탁한 조정의 무능함, 청일전쟁을 일으키는 청나라와 일본의 움직임 등 동학혁명의 전 과정을 우리 고유의 연희 양식에 중국과 일본의 연희 양식을 적절하게 활용한 작품이다.

그다음에는 판소리 〈수궁가〉를 우리 시대에 맞는 가사로 바꾼 〈금수궁가〉를 공연했다. 금수궁가는 '오늘의 수궁가' 혹은 '금지된 수궁가'라는 뜻이다. 주색잡기에 빠진 용왕과 폭압적인 산중왕 호랑이를 권력자로, 입신양명을 꿈꾸는 자라를 출세주의자로, 온갖 기지와 대담하고 익살스러운 재담으로 난세를 극복해가는 토끼를 슬기로운 민초의 모습으로 대비했다. 내가 가사를 쓰고 작창과 소리를 한 이 작품을 통해 글자 하나, 음 하나만 틀려도 얼굴을 찡그리고 수십 번 반복하게 하며 소리를 전수한 박초월 스승께 반란(?)을 도모한 셈이다.

1988년에는 민주화 투쟁으로 체포된 양심수의 문제를 재판극으로 다룬 〈인동초〉를 쓰고 연출했다. 이 작품은 김남주 시인의 실화를 바탕으로 1970년과 1980년 초에 정치적 비밀결사에 깊숙이 관여한 지식인의 이야기를 다뤘다. 김남주 시인은 1980년 남민전 사건에 연루되어 징역 15년 형을 언도받고 수감 중 〈진혼가〉 〈나의 칼 나의 피〉 〈조국은 하나다〉 등 저항적인 시를 써서, 당시 젊은이들의 피를 끓게 만든 저항 시인이자 투사다.

〈인동초〉는 극중의 피고 한민수를 사이에 두고 벌어지는 검사 측과 변호사 측의 공방을 서사적 기법으로 풀었다. 해설자를 등장시켜 관객과 함께 연극을 시작하고, 공연마다 피고의 유무죄에 대한 관객 판결문을 통해 관객과 함께 결론지으며 연극을 마무리했다. 공연 막바지에 작품의 모델인 김남주 시인이 가석방되어 공연을 관람한 게 화제가 되기도 했다.

이어 철책선에서 근무하는 사병들의 갈등을 통해 분단 문제를 다룬 〈불감증〉을 연출하고, 5월 광주에서 죽어간 총각과 한국전쟁 때 폭격으로 죽은 북한 처녀를 결혼시켜 그들의 한을 풀어주는 '망자 혼례 굿'을 소재로 〈점아 점아 콩점아〉를 쓰고 연출했다. 그 무렵 나는 배우로, 작가로, 연출가로, 극단의 대표 겸 제작자로 하루도 쉬지 않고 연습실과 공연장을 다니며 바쁘게 지냈다. 고단하고 가난했지만 창조의 열정에 불탄, 행복한 시절이었다.

　창단 멤버, 창단 단원들과 함께 오랫동안 극단 아리랑을 함께해온 이규호·김대웅 등 적극적인 후원자들과 김기천·방은미·고동업·권태원·권호웅·김영순·김태호·이은숙·오연실·윤혜영·송태성·이경주·김수진 등 수많은 단원들의 열정에 힘입어 '아리랑호'는 지금까지 연극의 바다를 항해하고 있다.

아시아·태평양의 예술가들이 뭉쳤다

유럽을 순회하며 〈아시아의 외침〉을 외치다

아시아·태평양 지역의 전통 예술은 외세 침략으로 파괴

결혼한 지 2년 반쯤 지난 1989년 5월, 〈아시아의 외침Cry of Asia〉이란 작품의 유럽 순회공연을 위해 필리핀으로 떠났다. 한국, 필리핀, 일본, 태국, 말레이시아, 인도네시아, 스리랑카, 파키스탄, 뉴질랜드, 인도 등 아시아·태평양 11개 나라의 음악인과 무용수와 배우 15명이 모여서 6개월간 프랑스, 영국, 독일, 오스트리아, 네덜란드, 홍콩, 한국, 필리핀을 순회하는 프로젝트였다. 필리핀의 아시아민중문화연합Asian Council for People's Culture과 한국민족예술인총연합(민예총)이 처음으로 교류하는 이 공연에 나는 재미 교포 극단 '비나리'의 단원 정승진과 함께 한국 측 대표로 참가했다.

무덥고 후덥지근한 필리핀 국립극장 연습실에서 만난 예술가들은 나를 무척 긴장시켰다. 모두 자기 나라를 대표해서 왔다는 의식 때문인지 치열한 경쟁의 분위기가 조성되었다. 아침 9시부터 밤 10시까지 휴식도 거의 없는 상태에서 연습했는데, 다양한 사람들이 모였기 때문에 우선 공통점을 찾기 위한 과정이 필요했다. 오전 시간은 몸풀기와 발성, 각 나라의 춤과 동작, 음악과 악기 등에 대한 소개와 강습 위주로 진행되었고, 점심을 먹고 30분쯤 쉬었다가 장면 구성에 대해 토론하고 즉흥극을 시연했다.

우리는 상대방에 대해 아는 것이 거의 없었고, 각 나라의 역사나 문화에 대한 상식 역시 거의 없었다. 게다가 나를 포함한 몇몇 사람들은 영어가 서툴러 의사소통에 장애가 있다 보니 정신적으로 더 많이 시달렸다. 다행히 혹독한 연습 과정을 거치면서 차츰 우리의 공통점에 눈을 뜨기 시작했다. 한 예로 아시아·태평양 지역의 거의 모든 나라는 고유한 언어와 전통 예술이 있었으나, 외세의 침략으로 대부분 파괴되었다는 것을 알았다. 제국주의의 침략과 그에 대한 저항, 독재, 빈부 격차, 전통의 파괴, 세대 간의 단절, 서구 문화의 숭배, 언어의 혼란, 봉건 잔재, 여성의 억압 등은 필리핀에 모인 11개 나라의 공통된 사회적 과제였다.

〈아시아의 외침〉은 이런 배경이 있는 아시아·태평양 지역의 예술가들이 어떻게 모여서 작품을 구성하며, 공동의 목표를 향해 일을 추진해나갈 수 있는가 하는 문제에 대한 시험대였다. 작품의 내용은 동남아시아의 신화를 소재로 하여 제국주의의 침략과 그에 대항하여 싸우는 아시아 민중의 삶과 투쟁을 주제로 삼았다. 우리는 몇 개 부서로 나누어 대본 구성과 음악, 춤과 동작에 대한 워크숍을 하고 그 내용을 장면으로 만들었다. 전반적인 기초 구성을 하여 한 달 동안 연습을 거친 우리는 필리핀의 연극인을 대상으로 시연회를 한 뒤, 유럽 순회공연의 첫 기착지인 프랑스로 출발했다.

프랑스 남부의 아름다운 산간 마을인 오테루스의 마을 회관에서 다시 한 달간 연습했다. 아침 8시에 일어나 밤 10시까지 연습과 토론, 각 나라의 개별 공연 연습 등 강훈련이 계속되었다.

관객 속의 허름한 점퍼 사나이, 프랑스 문화부 장관!

우리는 고된 연습을 마무리하고 '아비뇽연극제'에 참가하기 위해 프랑스 남부의 인구 10만 명쯤 되는 도시 아비뇽으로 떠났다. 아비뇽연극제는 1947년 배우 겸 연출가 장 빌라르에 의해 처음으로 개최되었는데, 지금은 전 세계 예술가들이 참가를 열망하는 세계적인 연극제로 자리 잡았다.

축제 사무국의 공식 초청작 〈아시아의 외침〉은 성 마르시알 성당 소극장, 리스 미스트랄 학교 야외무대, 축제 본부 사무실이 있는 메종 드 업 극장 등에서 다섯 차례 공연되었다. 성과는 기대 이상이었다. 관객은 공연마다 환호와 기립 박수로 응답했다. 한번은 공연을 마치고 관객과 토론하는데, 제삼세계의 정치 상황과 문화 운동에 대해 질문하고 자기 의견을 얘기하는 중년 남자가 있었다. 토론이 끝나고 출연자들과 악수하고 인사를 나누는데, 그 사람이 프랑스 문화부 장관 자크 랑이라는 얘기를 듣고 깜짝 놀랐다. 허름한 점퍼 차림으로 연극을 보고 관객 틈에 끼어 진지하게 토론하는 장관의 모습에서 문화국가 프랑스의 면모를 느낄 수 있었다.

그곳에서 반가운 사람도 만났다. 극단 산울림의 임영웅 연출가가 제작한 〈고도를 기다리며〉가 자유 참가작으로 공연하고 있었던 것이다.

각국에서 모인 배우들이 자기 나라 악기를 연주하는 모습. 나는 장구를 치고, 한국 쪽 참가자 정승진이 꽹과리를 쳤다.

주연배우인 전무송·주호성 등 좋아하는 선배들과 맥주도 한잔 나누고, 이국의 거리에서 함께 홍보 이벤트도 했다. 우리는 의상과 분장을 갖추고 악기를 두드리며 매일 거리 홍보 이벤트를 했는데, 낯선 아시아 배우들과 징도 치고 북도 치는 선배들과 어울리며 잠시 향수를 달랠 수 있었다.

7개월의 고단한 여정, 보람과 성취

아비뇽 공연을 마친 뒤, 정승진과 나는 파리에서 〈통일굿 아리랑〉과 〈금수궁가〉를 공연했다. 당시 파리에서 철학 공부를 하던 후배 부부 이명환과 정경미가 기획한 공연이다. 프랑스를 떠난 우리는 영국으로 건너가 런던, 레스터, 글래스고 등지를 돌며 한 달간 공연했다. 영국에서도 시험 삼아 판소리 공연을 했는데, 뜻밖에 반응이 좋아서 깜짝 놀랐다. 그들에게는 판소리의 양식적 특성과 표현 방법이 대단히 새롭게 보인 모양이었다.

그런 반응은 독일에서도 마찬가지였다. 함부르크, 빌레펠트, 하노버, 베를린 등 여러 도시를 유랑하며 본 공연 〈아시아의 외침〉과 개별 공연, 강습회 등으로 쉴 새 없이 보냈는데, 특히 한국의 개별 공연 〈통일굿 아리랑〉과 〈금수궁가〉에 대한 교포 학생과 교민의 열광은 그들이 문화의 향수를 얼마나 절실하게 그리워하고 있었는지 온몸으로 느끼게 해주었다.

다음 공연지인 오스트리아로 날아간 우리는 잘츠부르크, 티롤, 인스브루크, 빈을 떠돌았다. 산과 강과 집과 거리의 풍경이 고풍스러우면서도 그림같이 아름다웠다. 그러나 우리는 숙소와 공연장을 오락가락하며 긴장 속에서 보내느라 경치를 즐길 여유가 없었다. 이 도시에서 저 도시로 이동하는 버스 안에서 아름다운 경치를 멍하니 바라보다가 스르르 잠들곤 했다. 게다가 영국에서 단원 한 사람에게 찾아든 수두가 다른 단원에게 옮아가더니 오스트리아에서 또 다른 단원에게 전염되는 바람에 모두 신경과민이 되었고, 과로에 따른 갖가지 질병과 향수병과 신경쇠약 등에 시달려 지치고 생기를 잃어갔다.

유럽 순회공연의 마지막 나라는 네덜란드였다. 그곳에서는 음식이 전혀 입에 맞지 않는데다 식사 시간도 들쑥날쑥해, 모두 설사와 원치 않는 다이어트를 하며 이를 악물고 공연했다. 나 역시 어느 날 공연 도중 하혈을 하는 통에, 공연이 끝난 뒤 하얀 바지에 피가 묻은 것을 보고 깜짝 놀랐다. 우리는 악조건 속에서도 무사히 유럽 순회공연 일정을 마치고 아시아로 향하는 비행기를 탔다. 홍콩 비행장에 첫발을 내디디며 모든 단원들이 내뱉은 첫마디는 "야, 아시아다!"였다.

처음 유럽으로 가는 비행기에서 "와, 유럽이다!"라고 외친 아시아의 예술가들은 반년 동안 계속된 여행 끝에 유럽에 대한 환상이 얼마나 철부지 같은 것이었는지, 자신이 아시아인이란 사실이 무엇을 의미하는지 확실히 깨닫고 아시아에 대한 애정 속에서 환성을 올린 것이다. 그 애정은 서울과 광주에서 펼쳐진 한국 공연 때 절정에 이르렀다. 서울 공연, 연극인들과 만남, 풍성한 술판, 노래, 어깨동무, 광주의 망월동 묘지 참배, 광주 공연에서 관객의 노래, 박수, 환성, 거방진 풍물 뒤풀이, 함박눈 내리는 밤의 상경 등은 엄청난 감동을 안겨주었다. 김포공항을 떠날 때 그들은 모두 눈물을 흘리며 한국 공연이 가장 성공적이었고, 한국 문화를 직접 보고 듣고 겪은 것이 전체 여행에서 가장 큰 수확이었다고 이구동성으로 이야기했다.

마지막 공연지는 필리핀의 마닐라였다. 우리는 반정부 투쟁으로 총격전이 벌어지는 마닐라 시내의 야외무대에서 무사히 공연을 마쳤다. 12월 10일 공연을 끝으로 장장 7개월 동안 함께해온 아시아·태평양의 예술가들은 각자 고국으로 뿔뿔이 흩어졌다. 때로는 싸우고 시기하고 질투하고 의심하고, 때로는 화해하고 의지하고 사랑하며 미운 정 고운 정이 들어 공항은 눈물바다가 되었다. 길고 험난한 여정을 통해 나는 문화·예술의 국제 교류가 무엇인지, 그 과정이 얼마나 힘들고, 그 성취는 얼마나 보람 있는지 철저하고 혹독하게 체험했다.

가난한 예술가들의 연수 대회

〈아시아의 외침〉 공연의 성과는 이듬해 6월 아시아민중문화연합과 민예총이 공동 주최한 '아시아·태평양 문화·예술 지도자 연수 대회'로 이어졌다. 필리핀, 네팔, 태국, 홍콩, 호주, 인도네시아, 대만, 재일 교포 등 10개국에서 온 작가와 연출가, 배우 17명이 15일간 합숙하며 경험과 지식을 교환하는 연수회였다.

나는 연수회의 책임을 맡았는데, 진행비가 턱없이 부족해서 경비를 마련하느라 동분서주했다. 비행기 티켓은 참가자들이 알아서 마련했지만, 보름 동안 먹고 자는 데 드는 비용이 문제였다. 나는 골머리를 앓아가며 가장 싼 숙박 장소를 물색하다가 청주에 있는 '매포수련원'으로 정했다. 기독교 수련원으로 쓰는 곳인데, 유난히 숙박료가 싸서 우리가 가진 예산으로 해결할 수 있었기 때문이다.

참가자들이 공항에 도착하자 나는 일행을 데리고 수련원으로 출발했다. 매포수련원은 금강이 흐르는 강가의 숲 속에 아담하게 자리 잡고 있었다. 그러나 건물이 낡고 편의 시설이 거의 없는데다, 방은 침대도 없는 나무 바닥이었다. 종교 수련을 하는 사람들에게는 문제가 없겠지만, 문화·예술인의 연수회를 치르기에는 너무 초라하고 불편한 곳이었다.

아니나 다를까. '부자 나라' 한국에서 하는 국제 행사인 만큼 근사한 호텔에서 뜨거운 물로 샤워할 수 있으리란 기대를 하고 온 참가자들은 졸지에 마룻바닥에서 담요 한 장 깔고 자야 하는 신세가 된 것을 알고 골이 나서 말도 없이 담요를 뒤집어쓰고 잠을 청했다. 게다가 산속이라 그런지 여름인데도 밤공기가 차가워서 등이 시릴 지경이고, 아침에 식당에서 나오는 군대식 짬밥에는 모두 기가 질려 억지로 먹는 기색이 역력했다. 난감하기 짝이 없었다. 금세 고쳐진다던 샤워장의 모터는 돌아가지 않고, 재래식 화장실에서 풍기는 냄새 때문에 여자들은 화장실에 가려면 얼굴부터 찡그리는 통에 나는 미안해서 바늘방석에 앉은 기분이었다.

'정'이야말로 세계인의 보편적 정서

생각다 못해 한국의 예술가들은 이런 환경에서도 참고 견디며 창조적으로 지내는 것을 훈련의 한 과정으로 삼는다고 엄포를 놨더니, 모두 고개를 끄덕이며 당장 조를 나누어 청소, 진행, 간식 나르기 등 일을 분담하며 진행을 도와주었다. 그 뒤로는 샤워기도 작동되고, 화장실 냄새에도 익숙해지고, 날씨가 더워져서 밤에 춥지도 않아 지내기 훨씬 수월했다.

그러나 무더위에 아침부터 밤까지 계속되는 연수 일정과 입에 맞지 않는 음식 때문에 분위기는 다시 침체되었다. 매운 음식을 먹지 못하는 네팔이나 방글라데시 참가자는 우리 반찬에는 손도 대지 않고, 밥에 우유를 붓고 설탕을 타서 꾸역꾸역 먹어대니 식당의 할머니들은 울상이 되고 말았다.

보다 못해 한국 쪽 스태프로 진행을 도와주던 양문규 시인이 우리가 워크숍을 하는 동안 강에 가서 그물로 물고기를 잡아왔다. 외국에서 온 손님들이 입맛을 잃고 고생하는 게 딱하고 미안해서, 물고기 튀김이라도 먹으려고 동네에서 그물을 빌려 하루 종일 고기잡이를 한 것이다. 그런데 뜻밖에 물고기가 많이 잡혀 한국 스태프 세 명이 새벽 2시까지 물고기를 손질해야 할 지경이었다.

충청도 산골 출신으로 인정이 많고 털털한 성격인 양 시인의 작전은 주효했다. 모두 물고기를 손질하는 수돗가에 한번씩 와서 보고는 자신들을 위해 밤늦도록 고생하는 모습에 감격해서 어쩔 줄 몰라했다. 식사 때 제일 까다롭게 굴던 방글라데시 친구는 "정말 우리나라에 온 것 같다. 우리나라도 시골에 가면 이렇게 정이 많고 인정이 있다"며 눈물을 글썽였다.

물고기 튀김과 소주를 먹은 다음 날부터 모든 일정이 순조롭게 진행되었다. 작품 창작과 달리 문화에 대한 소개와 토론이 위주인 딱딱한 프로그램이지만, 웃음이 끊이지 않았다. 모두 무슨 음식이나 감사히 먹고, 어떤 상황에서도 불평하지 않고 우리를 이해하려고 애썼다. 낮에는 숨이 막히고 몸이 늘어지도록 덥고, 밤에는 쉴 새 없이 날아드는 모기에 물려 온몸을 긁어대는 통에 딱지가 앉을 지경이었지만, 참가자들은 춤과 노래, 연극, 미술, 문학 등 예술적 표현 능력을 최대한 활용해서 재미있고 창조적인 프로그램을 진행해나갔다.

궁여지책이지만 '물고기 작전'의 놀라운 효과는 많은 것을 생각하게 해주었다. 숲이나 강, 아침 이슬 같은 자연환경은 인간이 고립된 개체가 아니라 자연의 한 부분이라는 원초적 정서를 일깨운다. 게다가 그 물을 메고 강에 나가 물고기를 잡는 행위는 동화와도 같고, 어릴 적 추억과도 같은 훈훈하고 인간적인 모습으로 다가온다. 삶은 물고기에 밀가루를 입히고 기름에 튀겨 술을 나눠 먹으면서 원시공동체 사회의 일원이 된 듯한 착각과 기쁨을 느낀 것은 나만의 감상이 아니었으리라. 비록 짧은 시간이지만 '정'을 통해 공유하는 공동체 의식은 모든 사람을 친밀하게 결속시키고, 언어나 풍습이나 인종의 벽마저 무너뜨리는 힘이 있다는 사실을 다시 한 번 확인했다.

표현의 자유를 위한 투쟁

〈파업전야〉와 〈격정만리〉 사건

구청과 경찰의 비겁한 탄압

〈아시아의 외침〉 공연을 끝내고 돌아온 1989년 겨울, 나는 유인택·박인배 등 연극 동료들과 함께 주도하여 각계의 후원으로 설립한 소극장 '예술극장 한마당'의 극장장을 맡았다. 그런데 얼마 뒤 〈파업전야〉 상영 건으로 엄청난 파문이 일었다.

독립 영화 제작소 '장산곶매'가 노동자들의 파업 투쟁을 그린 〈파업전야〉를 상영하기 위해 대관 신청을 했는데, 상영을 며칠 앞두고 종로구청에서 상영하지 말라는 경고장이 날아왔다. 나는 대관 계약이 끝났으니 이유 없이 계약을 해지할 수 없다고 판단해서 상영을 강행했다. 그랬더니 상영 둘째 날 오전에 전투경찰이 들이닥쳐 영사기와 필름과 모든 자료를 압수했다.

사건은 그것으로 끝나지 않고 계속 파문을 몰고 왔다. 며칠 뒤 내가 대표로 있는 극단 아리랑의 등록이 취소된 것이다. 취소 사유는 등록된 주소와 현재 주소가 다른데, 신고하지 않았다는 것이었다. 주소 변

232

경 신고를 하지 않았다고 극단 등록을 취소한 사례는 전무후무할 뿐만 아니라, 그것은 분명 〈파업전야〉 상영과 관련된 의도적 탄압이라는 점을 들어 행정 무효 소송을 제기했다.

그 뒤 예술극장 한마당과 동숭동 다섯 개 극장의 건물주에게 건축법을 위반했다는 이유로 과태료가 부과되었다. 그 처분 역시 공연법과 상치되는 건축법으로 무고한 건물주에게 과태료를 부과한 일과, 다른 지역은 그대로 두고 유독 예술극장 한마당이 있는 동숭동의 소극장에 행정처분을 내린 점 등을 들어 강력하게 이의를 제기했더니 슬그머니 시행을 보류했다.

얼마 뒤 영화를 제작한 장산곶매의 대표와 나를 영화법 위반으로 고소했다. 법정에 가니 검사 측에서 제작사 등록을 하지 않고 영화를 제작한 장산곶매와 상영한 극장의 대표가 공모(?)하여 영화법을 위반했다고 주장했다. 변호사는 상업 영화가 아닌 16밀리미터 영화에는 제작사 등록 규정이 없는 점과, 예술극장 한마당은 계약에 따라 장소만 빌려준 사실, 많은 소극장에서 관례적으로 소형 영화나 실험 영화를 상영해온 점 등을 들어 검사의 기소가 부당함을 공박했다.

극단 등록 취소, 과태료 부과, 영화법 위반 등 1991년까지 공세가 이어지면서 문화·예술계에 다각도로 탄압이 가해졌다. 진보적 미술인들이 주도한 〈반 아파르트헤이트(인종격리정책)전〉이 예술의전당에서 열렸는데, 그 전시회를 유치한 책임을 물어 예술의전당 미술관장이 사임했다. 노래 운동 차원에서 만들어진 테이프 제작이 불법이라는 이유로 서울노동자문화예술단체협의회(서노문협)의 대표가 구속되었다. 〈어머니, 당신의 아들〉〈오! 꿈의 나라〉를 비롯한 독립 영화들의 소극장 상영을 저지하기 위해 문화관광부가 영화소극장들을 '풍속영업규제법'으로 묶는 시행령을 통과시키려고 시도했고, 그 반대 운동과 관련해 영화계에서 논란이 거세게 일어났다.

나는 극단 대표를 이성재 씨로 바꾸고, 극단 이름을 순서만 바꿔서 '아리랑 극단'으로 등록 신청을 했다. 법적으로 하자가 없는 신청 서류를 냈더니, 울며 겨자 먹기로 등록 허가가 나왔다. 그 사건은 기나긴 법정투쟁 끝에 대법원에서 영화법의 규제 조항이 위헌이라는 판결이 남으로써, 예술계에서 표현의 자유 물꼬를 텄다.

안타까운 이념의 벽

1991년 9월 무렵, 극단 아리랑에서는 김명곤 작, 조항용 연출, 이성재 음악의 〈격정만리〉를 연습하고 있었다. 〈격정만리〉는 일제강점기부터 한국전쟁까지 격동하는 시대에 살다 간 연극배우들의 이야기를 담은 작품이다. 1920년대 '왜색 신파'에서 '한국적 신파극'을 모색하는 시기의 이야기, 1930년대 '신극' 운동과 '카프' 연극 운동, 그들과 신파극의 갈등, 1940년대 '친일 연극'의 실상과 만주에서 활약하던 조선의용군의 '항일 연극', 해방 이후 좌우익 연극의 대립, 1950년 한국전쟁과 극좌·극우 '선전극'의 대립 등 식민 지배와 분단에 따른 역사의 비극이 주인공 연극배우의 삶을 중심으로 그려진다.

또 한국 연극사의 중요한 작품들이 극중극으로 펼쳐진다. 일본 대중소설 《곤지키야샤金色夜叉》를 번안한 신파극 〈장한몽〉, 땅을 잃고 고국을 떠나는 농민의 수난을 그린 박승희의 〈아리랑 고개〉, 송영의 카프 연극

늙어서 돌아온 주인공 홍종민(필자)이 아내와 함께 좌익 연극인이 된 친구 부부를 만나는 장면.

〈호신술〉, 〈홍도야 우지 마라〉라는 제목으로 영화와 악극으로 만들어진 임선규의 〈사랑에 속고 돈에 울고〉, 북한의 혁명 가극 〈피바다〉의 원전으로 알려진 〈혈해지창血海之唱〉, 신고송의 좌익 선동극 〈서울 갔던 아버지〉, 고골리의 〈검찰관〉, 유치진의 친일 연극 〈대추나무〉 등이 주인공의 연습 장면이나 공연 장면으로 잠깐씩 소개된다.

　이 작품은 한국연극협회가 주최하는 '서울연극제'의 자유 참가작으로 선정되어, 모든 홍보와 공연 계획도 거기에 맞춰 진행되고 있었다. 극단 아리랑의 배우들과 기성 연극배우들도 여럿 참여한 야심적인 기획이었다. 지금은 국회의원으로 활약하는 중견 연극배우 최종원, 영화 감독으로 활약하는 미모의 신인 여배우 방은진 등이 흔쾌히 참여하여 열심히 연습하고 있었다. 그런데 이 작품의 내용에 비판적 견해를 보인 서울연극제 집행위원들이 연습을 참관한 뒤, 우리와 상의 한 마디 없이 서울연극제 참가 취소 결정을 내렸다.

극단 아리랑 앞으로 보낸 취소 공문에 따르면 이 작품이 "우리 신극사의 원류를 신파극에서 시작하여 1930년대 좌익 연극 운동인 카프로 이어져서 북한 김일성 체제의 사회주의 연극을 거쳐, 오늘날 남한의 민중극 혹은 민족극으로 계승되는 것으로 해석했다"는 것이 이유였다. 연극사의 흐름을 파악하는 데 신파극, 신극, 좌익 연극 어느 쪽에 얼마나 비중을 두느냐 하는 것은 각자의 예술관과 연극사를 보는 관점에 따라 다를 수 있다. 그동안 남한의 연극계는 토월회를 기점으로 한 신극 운동의 흐름에 정통성을 부여해왔고, 북한의 연극계는 김일성이 주도한 항일 혁명 연극에 그 정통성을 부여해왔다.

그러나 나는 양쪽 모두 분단 역사관의 틀에서 자신이 주장하는 연극 행위는 지나치게 확대하거나 미화하고, 상대의 연극 행위는 지나치게 축소하거나 매도하는 잘못을 저질러왔다고 생각했다. 실제로 연극사의 여러 자료를 섭렵해보니 신파극이나 좌익 연극이나 신극 모두 긍정적인 면과 부정적인 면이 있었다. 이런 생각으로 작품을 썼기 때문에 내가 한국 연극의 흐름을 신파극에서 카프로, 김일성의 사회주의 연극으로 파악했다는 말은 받아들일 수 없었다. 그리고 극중 인물 몇 사람이 친일적이고 친미적인 인물로 그려진 것에 대해, "한국연극협회에 소속된 연극인을 친일·친미의 반동적 연극 세력으로 묘사하고 있다"는 취소 공문의 글은 지나친 자격지심을 드러낸 것이라고 반박했다.

나는 극중 인물을 통해 굴절과 타협, 오욕의 역사에서 예술가들이 어떻게 대처했는가 하는 문제를 다루려고 했을 뿐, 그들을 통해 오늘날의 남한 연극인을 매도하려는 의도는 추호도 없었다.

　나는 한국연극협회에 공개 토론회를 제안했다. 공연을 직접 본 뒤, 나와 연극제 관계자와 평론가들이 관객 앞에서 토론했다. 그 자리에서 많은 사람들이 표현의 자유 침해, 집행위원회의 권리 남용에 대한 우려를 진지하고도 심각하게 제기했다. 몇몇 집행위원과 심사위원, 연습을 참관한 위원 몇 분은 솔직하고 양심적인 발언으로 집행부의 처사가 잘못되었음을 지적했다. 또 주변의 예술가와 예술 단체들이 표현의 자유를 억압한 집행부를 비판하는 성명서를 발표하고, 참가 취소 요구 서명 운동에 연극계 선후배들이 300명 가까이 서명해주었다. 그리고 1차 공연과 2차 공연 내내 극장을 뜨겁게 달군 관객의 유례없는 반응으로 많은 격려와 성원이 있었다. 그 해의 연극계를 뒤흔든 〈격정만리〉 사건은 연말이 되면서 잠잠해졌다.

　이 작품을 구상할 때 '연극하는 사람이 연극배우들의 이야기를 연극으로 만들면 무척 재미있을 것'이라고 쉽게 생각했다. 그런데 소재를 깊이 파고들수록 재미있을 수만 없는 여러 문제들이 나를 괴롭히기 시작했다. 일제강점기와 해방 이후 분단 시대는 예술가에게 괴로운 선택을 강요했다. 나는 이 작품을 쓰면서 선택의 옳고 그름을 분별하기보다 그런 선택이 몰고 온 비극에 초점을 맞췄다. 내가 연극을 하면서 괴로워하던 문제의 근원이 거기에 있었고, 그 문제를 붙들고 고민하던 동료, 선후배들의 비극이 거기에 있었기 때문이다. 그 비극은 21세기를 훌쩍 넘어 지금까지 끝나지 않고 있다.

남사당패 '삐리'에서
무용 인간문화재가 된 노예술가의
기구한 이야기

아직도 못다 푼 남사당의 생명력 〈유랑의 노래〉

연극으로 분주한 나날을 보내다

나는 〈격정만리〉 이후 어린이를 대상으로 한 음악극 〈마법의 동물원〉을 쓰고 연출했다. 성인극만 해오던 극단 아리랑으로서는 첫 아동극 작업이었기 때문에 전래 창작 동화와 아동극 대본, 동시, 동요, 민요를 연구하고 아동극 전문가와 인형 제작자, 아동심리학자들에게 이론과 실기를 익혔다. 이 작품은 국제아동청소년연극협회가 주관한 '제1회 서울어린이연극제'에서 최우수작품상과 연출상, 연기상을 수상하여 창작극이 절대적으로 부족한 한국 아동극에 새로운 지평을 열었다는 평가를 받았다.

그 뒤 돌아가신 허규 전 국립극장장이 북촌창우극장 개관 기념으로 연출한 이만희 작 2인극 〈돼지와 오토바이〉에 방은진과 함께 출연하고, 이청준 작가의 소설 〈조만득 씨〉를 각색한 〈배꼽춤을 추는 허수아비〉의 각색과 연출을 맡았다. 〈배꼽춤을 추는 허수아비〉는 과대망상성 정신분열증에 걸려 정신병원에 입원한 이발사 조만득이 노모와 남동생을 살해한 이야기다. 1970년대의 원작 배경을 1995년 사회 상황으로 바꾸고, 원작의 무거운 주제를 극적으로 재구성하기 위해 랩, 재즈, 댄스, 컴퓨터 음악 등을 총동원했다. 이 작품은 연일 매진을 기록하며 흥행에도 성공했고, 제19회 서울연극제 공식 초청작으로 참가하여 제1회 현대연극상에서 작품상, 연출상, 연기상 등을 휩쓸었다.

그 뒤로도 서울대 연극반 50주년 기념 공연으로 이상우가 연출한 〈난장이가 쏘아올린 작은 공〉 출연, 내가 직접 쓰고 연출하고 출연한 〈유랑의 노래〉 공연 등으로 분주한 나날을 보냈다.

연극 〈난장이가 쏘아올린 작은 공〉

철거민촌에 사는 난쟁이 역할을 하느라 연습과 공연 내내 무릎걸음으로 걸어 다녀야 했다. 덕분에 다리 근력이 엄청 강해졌다.

남사당패 출신 인간문화재의 성적 요구

남사당의 이야기를 소재로 만든 〈유랑의 노래〉는 작품에 들인 공과 포부에 비해 아쉬움이 많아 지금도 미련이 남는다. 그 작품을 구상한 것은 남사당 출신 무용 명인과 나의 인연 때문이다. 그 인연은 대학 시절로 거슬러 올라간다. 판소리에 빠져 지내던 대학 졸업반 무렵, 친구와 함께 유명한 여성 무용수의 공연을 보러 장충동 국립극장에 갔다. 무용 자체에 대한 흥미도 있었지만, 포스터에 찍힌 무용수의 모습이 무척 아름다워 춤추는 모습이라도 보려고 무작정 찾아간 것이다.

나는 친구와 함께 공연장 잔디밭 근처에 앉아 있었다. 그 무렵 우리는 돈을 내고 티켓을 살 형편이 되지 않았지만, 보고 싶은 공연이 있으면 무작정 극장에 가서 무슨 수를 써서라도 보고 왔다. 아는 사람을 만나서 함께 들어가기도 하고, 약속한 사람이 오지 않아 티켓이 남은 손님에게 다가가 티켓을 구걸하기도 하고, 안내원을 구워삶아서 무료입장하기도 했다.

그날도 무슨 수가 나겠지 하는 당당한(?) 계획으로 잔디밭에서 정황을 살피고 있었다. 그때 어깨에 자그마한 가방을 멘 그분이 "아이, 덥다!" 하며 우리 곁에 앉았다. 유명한 무용인이자 인간문화재인 그분은 우리가 판소리에 빠진 대학생이고, 무용 공연을 보러 왔는데 티켓이 없어서 들어가지 못하고 있다는 얘기를 듣고, 오늘 공연하는 무용수가 자기 제자라며 따라오라고 했다. 친구와 나는 그분을 따라 무대 뒤로 들어가서 리허설 하는 모습을 구경할 수 있었다. 그분은 마무리 안무를 지도하며, 우리에게 공연이 끝나고 함께 술 한잔하자고 청했다.

우리는 판소리 명창에게 소개해주겠다는 그분의 말과, 처음 보는 무용인들과 만남에 잔뜩 흥미가 생겨 장충동의 족발 집에서 벌어진 무용인의 공연 뒤풀이에 끼었다. 질펀하고 재미있는 술자리는 새벽녘까지 계속되었고, 만취한 그분과 그분의 젊은 제자, 친구와 나 네 사람은 장충동 근처의 여관에 방 두 개를 잡았다. 그분이 굳이 나와 함께 자겠다고 고집을 부려서 친구는 그분의 제자와 방을 쓰고, 난 그분과 한방에 들었다.

그런데 뜻밖에도 그분이 나에게 성적인 요구를 했다. 나는 깜짝 놀라 거절했으나, 만취한 그분은 밤새도록 나를 괴롭혔다. 내가 끝까지 거절하자 그분은 토라져 있다가 날이 밝은 뒤 술이 깬 목소리로 자신의 등을 꼬집어달라고 했다. 내가 등을 꼬집어주자 그분은 금세 기분을 풀고 좋아하면서, 옛날 남사당패에 '삐리'(나이 어린 단원)로 들어갔을 때 늙은 남사당 스승들이 등을 꼬집어달라고 해서 아무것도 모르고 꼬집어드렸는데 나이가 드니 당신도 남이 등을 꼬집어주는 게 좋다고 했다. 그리고 판소리와 전통 예술에 관심이 많은 나에게 칭찬을 하며, 내가 묻는 대로 자신의 살아온 이야기를 솔직하게 들려주었다.

어린 나이에 남사당패에 들어가 삐리로 생활하면서 겪은 기구한 이야기, 무용가가 되기로 결심하고 피나는 수련을 통해 승무와 살풀이의 대가 반열에 이르기까지 그분이 겪은 이야기를 듣는 동안 나는 노예술가의 삶에 깊이 공감했고, 그분의 진한 외로움을 함께 느꼈으며, 그분의 성적인 취향도 이해하게 되었다.

좌절과 환멸의 남사당패, 그 끈질긴 생명력

남사당패가 언제 어떤 과정을 거쳐 형성되었는지는 확실하지 않다. 몇 몇 문헌에 기록되었듯이 신라 이전에 유랑 예인 집단이 있었음을 추측 할 수 있을 뿐이다. 남사당패는 1900년대 초까지 떠돌이 예인의 대명사 였다. 우두머리인 '꼭두쇠'를 중심으로 하여 독신 남자들로 구성된 남색 사회로, 몇 해 전 1000만 관객을 동원한 영화 〈왕의 남자〉에 소개된 광 대를 기억하는 분들은 남사당패의 생활이 쉽게 이해될 것이다.

그들은 마을의 큰 마당에서 밤새워 서민을 위한 놀이판을 벌이고, 며칠 뒤면 짐을 싸들고 다른 마을을 향해 길을 떠나는 떠돌이 생활을 했다. 또 남자들로 구성되었으니 여자의 역할도 소화해야 하는 환경에 서 풍물과 버나돌리기, 꼭두각시놀이, 탈춤, 땅재주, 줄타기 같은 기예 를 혹독한 훈련 과정을 거쳐 익혀야 했다.

그들은 천민으로 취급받으며 세속적이고 사회적인 삶에서 거세되고 추방되었으며, 남색과 도박, 아편, 술, 싸움질 등 사회의 어두운 이면 과 함께하면서도 광대의 삶을 버리지 않았다. 좌절과 환멸로 점철된 그들의 삶을 지켜준 힘은 무엇일까? 천민의 신분으로 겪어야 하는 멸 시와 굴욕을 이겨내며 유랑의 길을 떠난, 굶주림과 방랑 속에서도 끊 임없이 기예를 이어온 그들의 생명력은 무엇에서 나온 것일까?

나는 지금까지 30여 년 전, 장충동의 허름한 여관방에서 남사당 출 신 명인과 하룻밤을 보내며 품었던 질문의 해답을 찾아 헤매고 있다. 나는 연극과 좀더 다른 스토리로 살을 붙여서 그들의 이야기를 뮤지컬 과 영화로 꾸며보겠다는 꿈을 키워오고 있다.

서편제

불감증

배꼽춤을 추는 허수아비

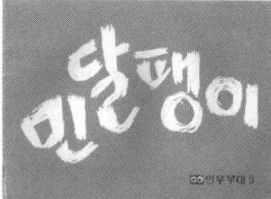
민달팽이

난장이가 쏘아올린 작은 공

연우무대 11
제6회 대한민국 연극제 참가작
멈춰선 저 들에는
생동도 없다더냐

연우무대 13회 정기공연

소놀음이 마당굿
나의 살던
고향은…

82. 9. 9 (목) ~ 9.14 (화)   문예회관 대극장

강쟁이
다리쟁이

1984년 9월 20일(목) ~ 23일(일)   4:30 / 7:30
문예회관 소극장

극단 아리랑 제1회 정기공연

동학농민혁명! 뿌수농민전쟁의 대서사시!
갑오세 가보세

고장
Die Panne

춤패 신

첫번째 창작춤
나눔굿

구수한 재담, 날카로운 풍자
김명곤 창작 판소리
곰수궁가(歌)

소리 : 김명곤
고수 : 이규호

극단 아리랑 특별기획공연

8.24(水) ~ 28(日)
평일 하오 7:30, 토·일 4:30/7:30
극단 아리랑   363-7353

꿈과 현실 사이에서
줄타기를 하다

해도, 달도, 별도 국립극장에 있다

48세에 국립극장장이 되다

남산의 소나무들에게 박수를 받아라

나는 〈서편제〉 이후 〈태백산맥〉의 빨치산 대장 염상진 역의 배우로, 〈춘향뎐〉의 시나리오작가로 임권택 감독과 한동안 호흡을 맞췄다. 한편 정조의 개혁과 보수파의 암투를 다룬 박종원 감독의 〈영원한 제국〉, 〈바보선언〉의 후속편인 이장호 감독의 〈천재선언〉, 2인조 사기꾼의 얘기를 다룬 박태우 감독의 〈미끼〉, 화투 도박사 얘기를 그린 원성진 감독의 〈48+1〉, 여인의 한스러운 일대기를 다룬 배창호 감독의 〈정〉 등에 출연했다. 틈틈이 연극 무대에 서고, 작가나 연출가로 바쁜 나날을 보냈다.

그러다 국립극장과 인연이 맺어져 또다시 새로운 인생의 회전목마를 타게 되었다. 이상하게도 나는 전부터 국립극장과 여러 인연으로 얽혀 있었다. 연극 지망생 시절에는 명동국립극장의 관객으로, 박초월 명창이 창극단에 있을 때는 단원의 제자로, 그 뒤로 한동안 연극이나 창극의 관객으로 인연을 맺었다. 그러다가 임진택이 연출한 〈완판 창극 춘향전〉에서는 대본작가로, 창작 창극 〈백범 김구〉에서는 연출가로, 〈완판 창극 심청가〉에서는 대본과 연출가로 인연을 이어갔다.

연출가로 작업할 때 겪어보니 국립극장의 모든 과정이 동맥경화증에 걸린 듯 느리고 힘겨웠다. 처음에 그 시스템을 이해하지 못한 나는 연습하면서 엄청나게 화를 내고 소리를 질러댔다. 리허설 때 마이크에 대고 얼마나 소리를 질렀는지, 무대 뒤의 출연자와 연주자들이 "저 사람은 목도 안 쉬나? 왜 저렇게 소리를 지르고 난리냐"고 투덜댔다는 얘기를 나중에 들었다. 몇 년간 띄엄띄엄 국립극장에서 작품을 하며 화내고 소리 지르는 동안 나도 모르게 정이 든 모양이다. 1999년 10월, 신문에서 극장장 공모 광고를 보는 순간 응모를 결심했으니 말이다.

그 무렵 국립극장장은 마흔여덟 살 풋내기(?) 연극인이 감히 도전할 만한 자리가 아니었다. 예술계의 쟁쟁한 원로 선배들이 지망한 가운데 심사위원들의 투표에서 1위로 선임되자, 나도 놀라고 예술계도 놀랐다. 50년간 이어온 국립극장장의 명맥이 한순간에 진보적인 민족극 계열의 배우 혹은 〈서편제〉의 소리 광대에게 넘어갔기 때문이다. 내가 좋아하는 도종환 시인이 2000년 1월 초, 취임 축하시를 보내왔다. 나는 그 시를 극장장으로 재직하는 6년 동안 마음에 품고 지냈다.

남산의 새바람 소리

텅 빈 곳으로 달려가 가득가득 꽃을 피우며
꽃다지나 냉이꽃이 봄 들판을 사랑하듯이
우린 그대를 사랑한다

먼 바다로 나가는 등 푸른 연어의 뒷모습을
강물이 끝까지 지켜보며 사랑하듯이
우리는 그대를 사랑한다

그대 외로운 한 마리 짐승 같던 광대였기에
그대 그늘이 무엇인지를 아는 소리꾼이었기에
어떤 길을 걸어야 득음을 하는지
아는 사람이었기에

저녁 하늘이 가파른 산맥을 넘어온 새를
제일 먼저 가슴에 품어 안듯이
우리도 그처럼 그대를 사랑한다

그대 길 없는 곳에 길을 내기 위해
모든 걸 버릴 줄 아는 이였기에
그대 새로운 길 열어가기 위해
전 생애를 걸 줄 아는 이였기에
어느 곳 어느 자리에 있어도
외로운 광대임을 잊지 않으리라 믿는다

서늘하면서도 빛나는 눈으로
가장 우리다운 것을
가장 세계 속에 자랑할 만한 것으로 만들고

곧고도 부드러운 마음으로

벽을 허물고 가슴과 가슴을 열어

따뜻하면서도 편안한 웃음으로

한 발짝 낮은 곳으로 내려가

사람들과 더 가까워져서

남산의 소나무들이 오래오래

그대에게 박수를 보내고

이곳을 찾는 수많은 발길들이

무대에서나 화사한 산벚꽃나무에서나

똑같은 아름다움과 향기 느끼게 되길 기원한다

신선한 새바람 소리 듣게 되길 기원한다

남산에 엄청난 변화의 폭풍이 불다

국립극장은 1950년 4월에 정부 주도 아래 설립되었다. 그때 사용한 공간이 '부민관'이라고 지금 서울시의회 회관으로 쓰는 곳이다. 한국전쟁이 터지자 부산으로 피란했다가 휴전 뒤 올라와 한동안 그곳에서 활동하다가, 1960년대부터는 '명동예술극장'에서 공연 활동을 했다.

그러다가 1973년 장충동 국립극장이 지어졌다. 당시 우리나라에서 가장 좋은 현대식 대형 극장이었다. 그러나 10년 뒤 세종문화회관이 지어지고, 다시 10년 뒤 예술의전당이 지어지면서 국립극장의 명성은

퇴색하기 시작했다. 게다가 문화관광부의 국장급 관료가 퇴임 전에 마지막 보직으로 전출되어 극장장으로 일하는 게 오랜 관례였기에 그전까지 국립극장은 '경영'이라는 개념보다 '관리·운영'하는 수준에서 크게 벗어나지 못했다.

국립극장에서 펴낸《국립극장 50년사》에는 일반 행정기관으로 운영되던 시절의 활동이 충실하게 기록되었다. 그중 몇 가지 자료를 소개하면 1991년 2월 28일 〈국민일보〉는 〈국립극장 이대로는 안 되겠다〉는 기사에서 "국립극장의 위상 정립론이 문화·예술인 사이에서 다시 비등하고 있다. 민족 예술의 확고한 토대를 구축한다는 본래의 기능을 국립극장이 수행하려면 일반 행정 체계 중심인 현행 체제를 예술인들이 책임 의식을 갖도록 대폭 개선해야 한다는 여론이다"라고 비판했다. 1992년 9월 8일자 〈경향신문〉은 〈국립극장 무사안일 중병〉이라는 기사에서 "우리나라 공연 예술의 총본산인 국립극장이 당초 계획과는 달리 재공연을 일삼는 등 폐쇄적이고 무사안일한 파행 운영으로 일관, 예술계의 지탄을 받고 있다"고 전제한 뒤 "예술계 일각에서는 극장의 직제를 하루빨리 관 주도 운영의 경직성에서 탈피해 행정, 공연, 경영 등의 직제로 삼원화하고, 특히 취약 부분인 매표 관리에 전문 인력을 보강해야 할 것이라고 말하고 있다"고 지적했다.

여론과 달리 국립극장은 한동안 일반 행정기관 형태로 운영되었다. 그러다가 정부 조직 개혁의 한 방안으로 책임 운영 기관 제도가 도입되자 국립극장이 선정된 것이다. 책임 운영 기관이란 한마디로 행정가들이 책임져온 극장의 운영을 민간 전문가에게 맡겨 자율적으로 운영하게 하고, 그 결과에 대한 책임도 묻는 제도다. 문화관광부 산하 여러

눈 쌓인 남산이 뒤로 보이는 국립극장
에서. 뒤에 보이는 붉은 건물이 극장장
실이 있는 곳이다.

국립극장장 시절

기관 중에서 유일하게 국립극장이 선정된 이유는 그동안 지속적으로
예술계의 혹독한 비판을 받으며 변화가 요구되었기 때문이다. 권위주
의, 관료성, 경직성, 폐쇄성, 무사안일주의 같은 문제부터 재정 자립도
와 예술 작품의 질이 떨어지고, 관객과 대중에게서 멀어진 점 등이 비
판의 핵심이었다.

　나는 3년 계약으로 극장장이 되었기 때문에 사업 계획서에 '3년 동
안 이러저러한 방향으로 극장을 경영하겠다'는 목표를 제시했다. 일반
적인 극장의 3대 목표인 '예술성, 공익성, 효율성'의 목표를 만들어놓
고, 그것을 달성하기 위한 세부 목표를 세웠다.

　'예술성'을 높이기 위해 전속 단체의 활성화, 전속 단원의 기량 향
상, 단원 교육 프로그램의 활성화, 실험 무대 개관을 통한 실험적이고

새로운 공연의 유치, 테마 공연과 기획 공연의 활성화, 아동이나 청소년 공연 등 다양한 계층을 대상으로 한 프로그램 제작, 해외 교류 활성화 등 세부 목표를 세웠다. '공익성'을 높이기 위해 여러 가지 축제 개발, 해설이 있는 무대, 각종 시설, 환경, 서비스, 안내 제도의 개선과 신설 등 세부 목표를 세웠다. '효율성'을 높이기 위해 수익과 비용 구조 개선, 공연 마케팅 전략 도입, 유료 관객 증대, 시설 관리의 합리화, 공연 데이터베이스 구축, 대관·대여 관리 프로그램을 비롯한 행정 업무 전산화 등 세부 목표를 세웠다.

창의적으로 일하고 관객과 소통하라, 책임은 내가 진다

나는 2000년 이전의 국립극장 내부 문제에 대해 별로 아는 바가 없는 상태에서 일을 시작했는데, 제일 먼저 부딪힌 문제는 구조조정으로 생긴 직원과 단원들의 불안감이었다. 내가 부임하기 전에 소속 단체 7개 중 발레단과 합창단, 오페라단이 법인화해서 예술의전당으로 떠났고, 직원 145명 중 70명이 감축되었다. 그에 따른 불안감은 책임 운영 기관에 대한 불신과 저항, 나아가서는 적대감으로 발전한 상태였다.

나는 기관장으로서 어떻게든 그 상처를 어루만져야 하는 부담을 안고 직원들과 호흡을 맞춰가며, 극장을 활성화하기 위해 혼신의 힘을 다했다. 처음에는 직원과 단원 수백 명을 통솔하는 일이 벅찬 과제로 다가왔다. 행정의 흐름, 예산, 공무원 조직에 대한 이해, 예술 단체와 관계 설정도 만만치 않은 과제였다. 건물은 낡고 모든 시설은 하루빨리 수리해달라고 아우성치고 있었다. 교통은 불편하고 편의 시설은 절대적으로 부족했다.

나는 기획, 홍보, 마케팅 등 공연 전문가를 특채나 공채를 통해 보완했다. 정희섭·이희진·김필국·류상록·김태균·김광현·김은영·김연수·한정희·오진이·이송·이주연 등 능력 있는 인재들과 함께 대대적인 개혁 작업에 착수했다. 나는 황무지 같은 연극 현장에서 오랫동안 밑바닥 생활을 해왔기 때문에 국립극장의 경영은 오히려 수월한 편이었다. 극단 아리랑과 소극장을 경영할 때는 돈이 없었다. 또 단원들이 모든 일을 하다 보니 뒤를 받쳐줄 전문적 조직이 없었다.

그런데 국립극장은 나라에서 예산을 대주고, 말만 하면 일해주는 온갖 전문가들이 모여 있었다. 이처럼 좋은 조건을 갖춘 국립극장이 그동안 왜 부실하게 운영되었는가? 해답은 좋은 조건에 있었다. 스스로 애쓰지 않아도 생존하는 데 아무런 장애가 없는 조건. 작품이 부실해도, 관객이 없어도, 예산 관리가 엉성해도 어느 한 사람 심각하게 책임지지 않아도 되는 구조. 바로 그 조건과 구조가 국립극장 부실 경영의 원흉이었다. 나는 그 조건과 구조에 대대적인 칼질을 했다.

제일 먼저 시작한 게 극장 이름 바꾸기다. '대극장' '소극장'처럼 딱딱한 이름을 고치려고 했더니 50년 동안 내려온 이름을 바꾼다고 여기저기서 반대했다. 그러나 반대를 무릅쓰고 인터넷 공모를 해서 '해오름극장' '달오름극장'이란 이름을 지었다. 뜻밖에도 언론이나 관객이 이름이 아주 신선하고 친근하다며 좋은 반응을 보여주었다. 새로 만든 실험 무대는 저절로 '별오름극장'이 되고, 그다음에 만든 야외무대는

'하늘극장'이 되었다. 오솔길로 올라오는 길은 '무지개 길', 놀 수 있는 쉼터는 '은하수 쉼터'라는 아름답고 친근한 이름이 자연스럽게 만들어져서 이름을 통한 이미지가 확 달라졌다.

홍보 면에서도 대대적인 수술이 필요했다. 기자들이 국립극장 보도 자료가 제일 부실하니 극장장이 되거든 제발 보도 자료 좀 고치라고 충고했을 정도다. 가서 보니 과연 신명조 12포인트에 공문서 서식이었다. 참신한 양식적 틀과 내용의 충실성을 갖춘 보도 자료를 만들기 위해 홍보부 직원들이 밤을 새워가며 고생한 끝에 기자 만족도 상위권에 진입할 수 있었다.

'원스톱 시스템'을 만드는 문제도 어려운 숙제 중의 하나였다. 대관이나 장비 대여 절차가 복잡하고 불편하기 짝이 없었다. 그래서 고객 지원 센터를 만들어 한곳에서 해결하게 했다. 그런 변화 하나하나가 고객 조사를 통한 아이디어 모집으로 도출되었다. 또 공연을 본 관객에게 설문지를 받아 공연에 대한 만족도를 분석함으로써 작품의 내용뿐만 아니라 안내 서비스와 주차, 기타 진행에 이르기까지 모든 문제점을 점검하고 적극적으로 개선하려는 노력을 아끼지 않았다.

나는 직원, 단원들과 힘을 합쳐 상명 하달 식의 관료 조직이 아니라 예술적 전문성이 존중되고 상호 소통되는 조직으로 바꿔가기 시작했다. 개방성과 자율성과 창의성이 존중되고, 모든 참여자가 책임 의식을 갖추는 개혁을 통해 국립극장을 한국의 공연 예술을 이끌어가는 대표적 극장으로, 신명 나는 예술의 장으로, 대중에게 사랑받는 문화 공간으로 재탄생시키고자 동분서주했다.

극장은 예술 작품을 만들어내고 공연하는 곳이다. 예술 작품은 예술가의 창조력과 기획자의 경영 능력과 행정력의 결합으로 완성된다. 예술가는 이상을 추구하는 사람이고, 행정가는 현실을 다루며, 기획자는 이상과 현실을 조화시키면서 공연을 성사하는 사람이다. 극장을 움직이는 세 가지 기능이 조화를 이루어 튼튼히 받쳐줄 때 극장은 살아날 수 있다.

또 하나 극장을 움직이는 중요한 힘이 있으니 관객이다. 극장이란 무엇보다 관객의 사랑과 환호 속에서 빛을 발하는 존재다. 관객이 없는 극장은 물고기가 살지 않는 썩은 연못과 같다. 나는 극장이 살길은 물고기와 같은 관객이 극장을 찾아오게 하는 것뿐이라는 신념으로 연못과 같이 고여 있는 극장에 물길을 트고 강처럼 흐르게 만들려고 애썼다. 그 결과 극장의 이미지와 관객의 반응은 놀라울 정도로 빠른 시간에 호전되었다. 그 일을 하기 위해 직원과 단원들은 전보다 많은 업무와 공연 활동으로 바쁘게 움직였다.

예술 작품을 무대에 올리는 일은 전쟁과 같다. 극장은 언제나 긴장이 감돌고, 성공의 환호와 실패의 고통이 교차하는 곳이다. 그곳에서는 최전선에 선 병사의 치열함과 승부욕이 있어야 견딜 수 있다. 일상적인 안락함과 편안함을 추구하는 사람은 견딜 수 없는 곳이다. 그런 사람은 오히려 문제를 일으키거나, 사고를 일으키거나, 극장의 발전에 해를 끼친다. 극장은 이런 긴장과 치열함과 열정과 승부욕이 있는 직원과 단원의 힘에 의해 살아남아야 한다.

이처럼 국립극장이 변해야 할 방향을 설정하고 전략을 세우는 것이 나의 가장 중요한 역할이었다. 새로운 방향이 설정되고 끊임없이 새로운 목표가 있어야 조직이 움직인다. 전략이 구체적으로 잘 실행되는지 끊임없이 체크하는 것도 나의 일이었다. 나머지 많은 일들은 전문가에게 맡겼다. 권한을 과감하게 위임하고, 마지막에 내가 하는 역할은 책임을 지는 것이었다.

책임지지 않는 경영자는 실패한다. 목표만 세울 줄 알고 전략을 만들어내지 못하는 경영자도 실패한다. 조직원은 구체적인 전략이 있을 때 움직이기 시작한다. 전략을 세우면 직원들이 실행안을 가지고 온다. 그러면 실행안이 잘됐는지 잘못됐는지, 고쳐야 할 곳은 없는지 세심하게 검토한다. 구체적인 일은 담당자에게 맡기고, 결과는 경영자가 책임지는 것이다. 경영자가 확실히 책임질 때 조직원이 신뢰하고 조직이 굴러간다.

극장을 움직이는 중요한 힘이 있으니 관객이다. 극장이란 무엇보다 관객의 사랑과 환호 속에서 빛을 발하는 존재다. 관객이 없는 극장은 물고기가 살지 않는 썩은 연못과 같다.

6년간 극장장 노릇을 하면서 실수도 많았다. 때로는 방향이 잘못 설정되기도 하고, 엉터리 전략이 설정되기도 했다. 실행안을 제대로 체크하지 못해서 실패한 경우도 있고, 책임 소재를 두고 의견이 대립되는 경우도 있고, 내가 제시한 방향에 대한 저항과 오해도 만만치 않았다.

한 예로 '예술감독제' 시행 과정에서 어려움을 겪었다. 나는 극장장으로 취임할 때 역점 추진 과제 중의 하나로 50년 동안 '단장제'로 운영된 국립 예술 단체에 단장과 예술감독을 분리하겠다고 천명했다. 예술감독제가 정착된 외국 단체와 연결성을 고려하고, 단체의 예술성 향상을 도모하기 위해서였다.

처음에는 이를 반대하는 문화관광부 예술국장과 의견이 대립되었다. 그러나 강력한 의지로 의견을 조율한 끝에 비상임 예술감독을 두기로 규정을 고쳐, 국립창극단과 국립무용단에 비상임 예술감독제를 시범적으로 도입했다. 2년 뒤 비상임이라는 한계 때문에 예술감독이 단체 활동에 전념하지 못하는 문제점을 개선하기 위해 단체의 특성에 따라 예술감독을 상임 혹은 비상임으로 할 수 있도록 규정 개정을 건의했을 때, 또다시 반대에 부딪혔다. 그러나 단호한 의지로 주장한 끝에 국립극단이라도 상임 예술감독을 둘 수 있도록 규정을 개정하여 2002년 1월부터 1년 동안 시범적으로 시행했다.

그 과정에서 단장과 예술감독의 권한과 책임 한계를 둘러싸고 단체 내부에서 의견 충돌이 끊이지 않았다. 그러나 이는 단장제를 예술감독제로 전환하는 과정에서 어느 정도 감수해야 할 혼란으로 생각하고, 단장들의 임기가 끝나는 시점이 되면 예술감독제로 전면 전환하려던 차였다. 그 문제가 내연하더니 결국 1차 임기 말인 2002년에 문화관광부 자체 감사에서 터지고 말았다. 감사의 내용은 단장의 권한을 강화하고 예술감독의 지위를 단장을 보좌하는 역할로 규정하라는 것이었다. 이는 나의 극장 운영 철학과 정면으로 배치되는 지적이라 '감사 이의신청'을 냈다.

국립극장을 개혁하기 위해서는 무엇보다 예술적 전문성이 존중되고 권위를 갖도록 많은 제도와 관행이 바뀌어야 한다는 게 평소 신념이었다. 그러나 여전히 수많은 통제와 관리를 위한 관료적 제도가 작용하고, 권위적이고 봉건적인 관행이 거미줄처럼 얽혀 있었다. 이를 개선하는 방안의 하나로 시행 중인 예술감독제를 오히려 권위적이고 봉건적인 단장제를 강화하는 방향으로 바꾸라는 감사 통보 사항은 문제가 있음을 지적한 것이다. 결국 나의 강력한 주장이 받아들여져서 2003년부터 국립극단과 국립창극단, 국립무용단, 국립국악관현악단의 단장제를 폐지하고 예술감독제를 전면 실시하게 되었다.

한 차례 태풍과 같은 갈등을 겪은 끝에 나의 경영 철학에 대한 지지와 동의를 얻어냈고, 그 결과 연임도 할 수 있었다. 2차 임기에 들어서자 모든 조직이 안정적으로 굴러가기 시작했다. 몇 년 동안 호흡을 맞춘 직원과 단원들이 음으로 양으로 나를 지지하며 열심히 일했고 조직도 정비되었다. 그 뒤 해마다 평가도 점점 더 좋아졌다. 언론의 호의적 반응과 주변 예술계나 관객의 성원도 큰 격려가 됐다.

〈우루왕〉으로 세계를 누비다

극장장으로 재임한 6년 동안 나는 국립극장에서 두 작품을 연출했다. 국립창극단의 〈완판 창극 수궁가〉와 네 단체 연합 국악 뮤지컬 〈우루왕〉이 그것이다. 특히 〈우루왕〉은 여러 가지 사건으로 나에게는 잊을 수 없는 작품이 되었다.

2000년 4월경, 문화관광부에서 특별한 요청이 왔다. 그해 10월에 열리는 경주세계문화엑스포의 개막 공연을 극장장이 제작·연출해달라는 것이었다. 특별 예산 지원도 약속된지라 나는 요청을 수락하고 작품 준비에 들어갔다. 원작 셰익스피어의 〈리어왕〉, 대본과 총감독 김명곤, 음악 원일, 안무 배정혜, 조안무 윤상진, 지휘 한상일, 무대 디자인 박동우, 무대감독 김영봉, 의상 최보경, 기획 김연수, 출연 장민호·안숙선·김성기·왕기석·박애리·이선희 등이 참가해 연습이 시작되었다.

2000년 10월 13~15일 경주 반월성터에 특별 제작된 야외무대에서 3000명이 넘는 관객에게 첫선을 보인 뒤, 같은 해 12월과 이듬해 7월 국립극장 해오름극장에서 공연한 〈우루왕〉은 2002년 3월 15~19일 남미 최대의 연극제인 '이베로아메리카연극제' 개막작으로 공식 초청되어 콜숩시디오 극장에서 5일간 5회 공연하는 동안 객석 1000석은 물론 보조석까지 동나는 성원을 받았다. 또 세계 연극계의 거장 피터 브룩의 〈옷〉, 리투아니아의 국민적 연극 〈맥베스〉와 함께 '주목할 만한 3개 작품'에 선정되어 현지 언론의 집중 조명을 받았다.

콜롬비아에 이어 5월 26~27일에는 키로프발레단, 라 스칼라 등 세계적인 예술가와 단체들이 참가해온 유서 깊은 공연 예술 축제 '이스라엘페스티벌'의 개막 작품으로 예루살렘의 세로버 홀 무대에 올랐다. 이스라엘에서 돌아와 제대로 쉬지도 못한 채 6월 21~22일 '한일 국민 교류의 해 및 한일 월드컵 공동 개최 기념 공연'으로 오사카 국제교류회관 무대에 올랐다. 오사카 시가 초청한 이 공연은 일본 현지의 순수 관객 대상 공연이라 더욱 의의가 있었고, 박수에 인색한 일본인이 기립 박수 쳤을 만큼 반응이 뜨거웠다.

2003년 5월 23~25일에는 '하멜의 해' 기념행사의 일환으로 초청되어 헤이그의 '루센트 단스 시어터'에서 공연했다. 그 극장은 세계적으로 유명한 무용단 '네덜란드 댄스 시어터NDT'의 본거지로 1000석 규모다. 공연 기간 동안 날마다 비가 왔는데 매회 만석으로 뜨거운 호응을 받았다. 네덜란드에서 돌아오자마자 터키 국립극장 초청으로 지중해 연안 안탈리아 지방의 로마 시대 원형극장 '아스펜도스 원형극장'에서 6월 7일 막을 올렸다. 매년 6월 중순 국제적 규모의 '아스펜도스 발레·오페라 페스티벌'이 열려 수만 명이 찾는 이곳에서 〈우루왕〉이 공연되어 터키 문화·예술계 인사들이 대거 관람했으며, 관객 8000여 명이 관람해 성공적인 무대로 기록되었다.

2004년 7월 15일에는 튀니지로 날아가 고대 로마의 분위기가 물씬 풍기는 카르타고 원형극장에서 막을 올렸다. 원형극장을 가득 메운 관객 수천 명이 기립 박수와 환호, 꽃다발 세례로 공연을 마무리해주었다.

국악 뮤지컬 《우루왕》

터키 아스펜도스 야외극장의 공연 사진. 8000여 석을 갖춘 고대 로마 시대의 원형극장에 들어찬 관객은 공연이 끝나자 기립 박수로 화답해주었다.

260

나는 오래전부터 셰익스피어의 〈리어왕〉을 아득한 상고시대로 옮겨 '바리데기 설화'와 접목한 작품을 구상하고 있었다. 리어왕에게 버림받은 뒤 부왕을 위해 전쟁하다 광야에서 죽어간 셋째 딸 코델리아 공주와 자신을 버린 부왕의 병을 고치기 위해 저승 여행을 한 뒤 무당이 된 바리공주가 원형적 동질성이 있다고 보았기 때문이다. 나는 광야를 헤매며 노호하는 우루왕의 광기를 통해 남성적 세계 질서의 고통을 표현하고, 생명수를 구하러 가는 바리의 행로를 통해 여성적 생명력의 강인함을 보여주려 했다. 또 원작에서는 코델리아가 죽음을 맞이하지만 〈우루왕〉에서는 바리를 살려 그녀의 생명굿을 통해 죽은 자와 산자, 모든 고통 받는 원혼을 진무하고 그들의 영혼을 저승으로 인도하는 무속의 원초적 기능을 재현해보고자 했다.

고전 작품을 번안하는 일은 원작의 예술적 무게 때문에 창작만큼이나 고되고 벅차다. 〈리어왕〉 역시 수많은 연출가와 작가들이 개작해왔는데, 그 많은 변형과 재창조의 예술적 성과물에서 얼마나 창의적으로 한국적 변형을 이룰 수 있을까? 이 질문은 공연 기간 내내 나를 숨죽이고 가슴 졸이게 했다. 그 모든 어려움은 오랫동안 열성적으로 연습에 몰두한 출연진과 스태프의 예술적 열정과 창의력 덕분에 이겨낼 수 있었다. 4년 동안 이어진 해외 공연을 통해 〈우루왕〉은 국립극장 역사상 가장 성공적인 해외 공연 성과를 얻은 작품으로 평가되었다.

"하루 5분 창밖을 바라봐라"

외발자전거로 외줄 타는 극장 경영

자기 시간을 가져라

극장장으로 부임했을 때 공직 생활의 경험이 풍부한 김대곤 선배가 멋진 충고를 했다.

"극장장실에서 하루에 5분만 창밖을 멍하니 바라보는 시간을 가져라!"

처음에는 무슨 말인지 몰라 무심코 흘려들었다. 그런데 극장장 생활을 해보니 그 말이 실감 났다. 결재해야지, 회의해야지, 사람 만나야지, 전화해야지, 온갖 보고 받아야지, 혼자 한두 시간 여유가 있을 때도 '왜 전화가 안 오지? 누구한테 전화할까? 왜 보고가 안 들어오지? 이 사람한테 무엇을 물어봐야지?' 생각하느라 머리가 쉴 틈이 없었다. 저녁이 되면 회식하고, 공연 보고, 녹초가 되어 집에 들어오면 쓰러져 자고, 아침 6시면 벌떡 일어나 극장에 나가고, 회의하고, 하루 종일 바쁘게 움직이다가 밤이면 다시 쓰러져 잤다.

이런 생활이 몇 달 계속되다 보니 영혼이 고갈되는 느낌을 받았다.

그러면서 5분간 자기 시간을 갖는다는 것이 얼마나 어렵고 중요한지 실감했다. 오랫동안 공직 생활을 한 선배가 그것이 얼마나 중요한지 알려준 것이다. 그때부터 나는 갖은 수를 써서 혼자만의 시간을 갖기 위해 노력했다.

영혼이 풍부하고 창조적인 능력을 갖추지 않으면 새로운 것을 창조하거나 변화를 추구할 수 없다. 매일같이 주어진 일과에 따라 다람쥐 쳇바퀴 돌듯 살면서 어떻게 창조적인 사고를 하겠는가? '5분'이란 꼭 5분을 얘기하는 것이 아니다. 창밖을 바라보라는 것도 무작정 창밖을 본다고 되는 것이 아니다. '요가를 하든, 명상을 하든, 책을 읽든, 사람을 만나서 아이디어를 얻든 나름대로 자신의 영혼을 살찌우는 창조적인 시간을 가져라.' 나는 선배의 충고를 이렇게 해석했다.

연극 바닥에서 나는 악명 높은 연습 벌레였다. 나 자신뿐만 아니라 동료나 후배들도 지독하게 연습을 시켰다. 연습하거나 촬영할 때면 일에 몰두한 나머지 밥을 먹고 잠을 자는 시간마저 다른 것을 생각할 여유가 없이 지내는 날이 며칠이고 몇 달이고 계속되었다. 지금 생각해보면 그것은 순수한 집중이 아니라 과도한 긴장 상태라고 부를 수 있는 면이 많지 않았나 싶다. 그렇게 오랫동안 몰두한 작품이 실패하는 경우도 있는 걸 보면 과도한 집중 상태가 오히려 창조를 방해하지 않았나 되짚어본다.

'집중'은 가장 중요한 창조의 원천이지만, 집중을 방해하는 요소가 너무 많고 집중을 유지하는 일 또한 결코 쉽지 않다. 그래서 '이완'의 중요성이 강조된다. 집중과 이완은 창조적인 일에 종사하는 이들에게 공통적으로 요구되는 창조력의 원천이다. 창조적인 일을 한다는 것은 집중과 이완을 방해하는 수많은 주변 환경과 싸움이다. 땅도 몇 년에 한 번씩 쉬게 해주어야 작물을 기르는 힘을 얻듯이, 인간 역시 언제 어떻게 쉬느냐에 따라 새로운 일을 할 수 있는 힘을 얻는다.

조직도 창조적인 휴식이 필요하다. 극장장으로 부임한 뒤 아침부터 밤까지 쉴 새 없이 일했더니 3년 뒤 핵심 간부인 정희섭, 이희진 두 사람이 병에 걸렸다. 진단을 받으면 병명이 나오지 않는데, 갈수록 머리가 무겁고 온몸이 찌뿌드드하고 아침에 일어나려고 하면 몸이 말을 듣지 않아 사직했다. 그때 크게 반성했다. '사람이나 조직이나 쉴 새 없이 일만 한다고 되는 것이 아니구나. 쉴 줄 알아야 하는구나. 조직도 놀 줄 알아야 활기와 창조력을 찾는구나.'

그래서 3년 만에 전 직원들과 1박 2일 연찬회를 떠났다. 전에는 반나절 혹은 한나절 체육대회나 야유회가 고작이던 국립극장으로서는 역사적인 '1박 2일' 계획을 세운 것이다. '국립극장 발전 방안'에 대해 조별로 세미나를 하고, 저녁에는 노래방 기계를 갖다놓고 새벽까지 마음껏 술 마시고 노래하고 춤추며 놀았다. 그랬더니 한동안 분위기가 좋아지며 업무가 잘 돌아갔다.

이듬해에는 직원들 스스로 1박 2일 계획을 세웠다. 준비하는 총무과 직원들이 신나서 프로그램을 짜고, 세미나 주제도 직원들이 만들었는데 그 제목을 듣고 깜짝 놀랐다. '국립극장이 망하는 법'. 첫해의 국립극장 발전 방안 세미나에서는 건의 사항과 불만 사항, 요구 사항이 주를 이루더니, 다음 해 세미나에서는 자기반성이 많았다. '이것을 고치자, 조직을 개편하자, 조직의 벽을 무너뜨리자, 순환해서 업무를 해보자' 등 건설적이고 좋은 방안이 마구 나왔다. 그때도 새벽까지 노래하고 춤추며 놀았는데, 노는 것도 질서가 잡혀 무척 즐거웠다. 조직에 활력을 주고 사람들을 화합시키는 데 창조적 휴식이 얼마나 놀라운 효과를 주는지 실감한 사건이었다.

올가미에 걸리지 마라

국립극장에서 놀란 일이 하나 더 있다. 수천만 원짜리 공사만 해도 온갖 투서가 날아다니고, 오디션에서 단원을 뽑아놓으면 홈페이지 게시판에 욕설과 비방이 난무했다. 왜 그런지 살펴봤더니 직원과 단원 주변을 수십 년 묵은 올가미들이 포위하고 있기 때문이었다.

극장장이 되니 나에게도 주변의 올가미들이 포위하기 시작했다. 나부터 과감하게 올가미를 끊자고 결심했다. 누가 청탁을 하면 "예, 알았습니다, 검토해보겠습니다" 대답만 공손하게 하고, 쪽지를 주면 받아서 공손하게 집어넣고, 그다음 단계로 전화하거나 쪽지를 전하거나 언질을 주지 않았다.

"뜻은 고맙고 감사한데 우리 밥 사주실 돈을 공사에 써주십시오"라고 전했다. 그 뒤로 공사가 끝날 때까지 업체 사장을 만난 적이 없다.

내가 끊어야 한다고 생각한 올가미의 특징은 '음성적'인 끈이었다. 음성적인 끈이 많으면 조직이 부패하고 망하는 법이다. 그래서 나의 음성적인 끈부터 끊었다. 다음에 택한 방법은 음성적인 끈을 '양성화'

하는 것이었다. 청탁이 들어오면 정당하고 공개적으로 얘기하도록 했다. 자격과 능력이 있고 가격도 적정한 업체라면 공개적인 경쟁을 통해 선정하도록 요구했다. 그러면서 점점 공개 입찰제로 바꾸기 시작했다. 공개 입찰제로 완전히 바꾸는 데 3년이 걸렸다. 그렇게 되니까 잡음이 사라지고 투서도 없어졌다.

2004년부터 2005년에 걸쳐 1년 반 동안 170억 예산으로 리모델링 공사를 했는데, 6개월이 지났을 무렵 공사 업체 사장이 약속도 없이 찾아와서 하소연했다.

"공사 담당 직원들이 수고를 많이 하고 애써서 순수한 마음으로 식사 한번 대접한다고 했는데, 이 사람들이 밥을 죽어도 안 먹는다고 합니다. 극장장님이 같이 자리를 해서 공개적으로 먹으면 괜찮지 않습니까?"

나는 감사하다고 대답하고 담당 팀장을 불러서 물었더니 먹지 않겠다고 했다. 그래서 "뜻은 고맙고 감사한데 우리 밥 사주실 돈을 공사에 써주십시오"라고 전했다. 그 뒤로 공사가 끝날 때까지 업체 사장을 만난 적이 없다.

뜻밖의 사건이지만 나는 직원들이 무척 고맙고 자랑스러웠다. 그것은 직원들이 스스로 올가미를 투명하게 관리하기 시작했다는 증거였기 때문이다. 직원들이 공사 업자들하고 밥을 먹는지, 촌지를 받는지, 룸살롱에 가는지 감시자를 붙이고 보고받는 상황이라면 나 역시 괴로웠을 것이다. 직원들도 의욕을 가지고 일해야 하는데 극장장이 사사건건 감시하고 의심하면 일할 맛이 나지 않았을 것이다.

장르별 전용 극장이 필요하다

2005년은 국립극장장 2차 임기가 끝나는 해였다. 나는 창작 현장에 돌아가고 싶은 생각이 굴뚝같았기 때문에 일찍부터 세 번째 연임은 하지 않겠다는 입장을 공개적으로 표명했다. 그 대신 국립극장이 10년이나 20년 뒤 명실 공히 한국을 대표하고 세계 속의 극장으로 우뚝 설 수 있도록 장기 발전 계획을 수립하는 것으로 임기를 마무리하는 데 전념했다. 공연기획팀의 선재규 팀장, 무대과의 김영봉 무대감독을 비롯해 나의 비전을 깊이 이해하는 직원들과 밤을 새워가며 마련한 '국립극장 장기 발전 계획'은 국립극장 건너편에 있는 자유센터를 매입하여 그곳에 장르별 전용 극장과 공연박물관, 공연예술아카데미 등을 설립하자는 구상이었다.

극장이 바로 서려면 공연 작품과 대관 공연 등이 일관성과 일정한 품격을 갖춰야 한다. 프랑스나 이탈리아, 러시아, 영국처럼 단체마다 특성에 맞는 전용 극장을 갖추고 창의적인 기획과 창조력으로 1년 내내 쉴 새 없이 공연하여 예술성을 높여갈 때 비로소 국립 단체다운 전문성과 예술적 품격이 보장된다는 게 나의 기본 생각이다. 여기에는 장르 전용관의 문제가 있다. 한 극장에 장르가 다른 여러 전속 단체가 모여 공연한다는 것은 무리다. 한 극장에는 한 장르에 맞는 전속 단체가 있어야 한다.

예를 들어 러시아의 볼쇼이극장은 발레, 영국의 국립극장은 연극, 프랑스 국립극장은 프랑스 고전극처럼 전용 극장으로 만드는 게 바람직하다. 특히 우리나라의 고유한 공연 양식인 창극이나 국악, 판소리 전용 극장은 반드시 개발해서 만들어야 한다고 생각한다. 일본에 가부

키歌舞伎나 노能 전용 극장이 있고, 중국에 경극 전문 공연장이 있듯이 우리 소리와 몸짓 등 모든 것이 최대한 효과를 발휘해서 살려낼 수 있는 전용 극장이 필요하다.

극장은 예술가의 오랜 꿈이 결집된 '꿈의 궁전' 같은 곳이다. 그런데 우리나라의 대형 극장은 예술가의 꿈보다 통치자나 권력자의 의지가 없었다면 탄생하지 않았을 극장이 대부분이다. 그러니 탄생 과정에서 예술가의 꿈이 충분히 반영되었는지 의문이다. 물론 극장을 건립하는 과정에 예술가들이 자문하고 참여도 했겠지만, 책임질 수 있는 위치에서 전체 극장의 설립에 간여하지는 못했다. 지방의 문예회관이나 국공립 문화 공간도 마찬가지다.

그러다 보니 겉모습은 화려하고 그럴싸하지만 속으로 들어가면 여기저기서 심각한 문제가 발견된다. 무대와 분장실이 미로같이 연결되어 불편하거나, 객석의 배치와 음향 조건이 열악하거나, 무대 양측 날개(포켓)와 무대 뒤편이 좁거나 얕아서 장치를 반입하고 등퇴장하는 데 문제가 있거나, 조명과 음향 설비가 현대적 극장에 어울리지 않을 만큼 조악하거나, 회전무대와 승강무대가 제대로 작동하지 않는 등 문제가 한두 가지가 아니다.

이는 모조리 설계 단계에서 파생되는데, 우리나라 건축설계가 중에 극장 건축 전문가가 부족하다는 게 문제다. 극장은 일반 건축과 다른 특수한 기능을 요구하며, 예술적 방향이 전제되어야 한다. 극장에서 주로 공연되는 공연물에 대한 전문적인 연구와 극장을 주로 찾는 관객과 창작자에 대한 깊이 있는 분석이 기본인데, 여기부터 문제가 발생하는 경우가 대부분이다. 외국의 공연장을 참고하여 설계하기 때문에 연극이나 무용 등 창작품이 공연되는 공간의 설계에 대해서는 성공적인 모델도 없고, 전문성도 축적되지 않은 게 현실이다. 이런 현실은 우리나라 공연 예술의 발전에도 악영향을 끼친다.

일본이나 중국의 전통 공연은 고유한 무대 구조에 맞춰 수백 년 동안 공연되다 보니 오늘날의 독특한 공연 형태를 갖추었다. 그런데 우리는 서구식 무대 구조에 모든 공연을 마구잡이로 넣어 예술적 양식을 발전시킬 토대가 마련되지 못한 것이다. 특히 전통 공연은 서구식 무대에 들어갈수록 부조화 속에서 예술적 손실을 감수할 수밖에 없다. 이제부터라도 한국적 무대 양식을 담아내고, 현대적 감각이 조화를 이룰 수 있는 새로운 무대에 대한 꿈을 꿔야 한다.

극장 경영은 외발자전거로 외줄 타기

뮤지컬 〈캐츠〉와 〈미스 사이공〉을 세계적으로 성공시켜 젊은 나이에 명성을 떨친 트레버 넌이란 연출가가 있다. 그가 영국 국립극장장으로 선임되어 혁신을 일으키며 성공적으로 임기를 마친 뒤, 예술가가 극장장으로서 경영을 해보니 어떻더냐고 묻는 기자에게 재미있는 대답을 했다.

"극장 경영은 높은 절벽의 양쪽 끝에 놓인 외줄을 외발자전거로 타고 가면서 한 손으로는 접시 세 개를 돌리는 것과 같더군요."

나 역시 예술가에서 경영자의 입장으로 바뀌다 보니 그 말이 가슴에 와 닿아 종종 인용했다. 그 말을 나름대로 해석해보면 절벽은 '예술'과

'경영' 혹은 '이상'과 '현실'의 절벽이다. 외발자전거를 타기 위해서는 엄청난 훈련이 필요하고, 시련과 역경을 극복해야 한다. 줄을 타고 가려면 무엇보다 균형 감각이 필요하다. 그리고 극장 경영이란 고객을 만족시켜야 하는 절대적 과제가 있으니 접시 세 개를 한 손으로 돌릴 만큼 뛰어난 예술성이 요구된다. 이 비유 중에 극장을 경영하는 책임자로서 내가 가장 어렵다고 생각한 부분이 예술과 경영 두 마리 토끼를 잡기 위한 균형 감각이다. 이것은 극장뿐만 아니라 거의 모든 경영자들이 겪는 리더십의 딜레마다.

사람들은 지도자가 앞장서서 카리스마 있게 조직을 이끌어가기 바란다. 그러면서 명령 계통의 모든 층에서는 각자 권한을 위임 받아 리더십을 발휘할 수 있기 바란다. 지도자가 너무 설치면 아랫사람들의 숨통을 막고, 그들이 리더십을 제대로 발휘할 수 없다. 주인 의식과 책임감 있는 업무 처리를 위해 상사가 부하에게 권한을 위임하니 소신껏 일을 추진하라고 이른다고 하자. 이 말을 곧이듣고 다른 부서와 충분한 상의 없이 독불장군 식으로 일을 추진하면, 상사는 관련 부서들과 충분히 상의하면서 팀플레이에 신경 쓰라고 할 것이다.

경영자는 5년 내지 10년 앞의 일에 대하여 얘기한다. 그러나 실무 책임자들이 관심 있는 것은 눈앞에 다가오는 분기의 실적과 업무일 수 있으며, 그것 또한 소홀히 해서는 안 된다. 경영자는 항상 장기 계획과 단기 계획의 딜레마 속에 산다. 또 경영자는 틀에 구애받지 말고 자유롭고 창의적으로 업무를 구상하라고 요구한다. 그러나 아무리 좋은 계획이라도 한정된 예산에서 집행할 수 있고, 조직의 정책과 일치하는 것이어야 한다.

신뢰와 변화도 균형 감각을 깨뜨리는 주원인이다. 내가 새로 부임해서 펼치는 정책이나 방향이나 인사 기준에 고참 간부들은 당연히 회의와 불안을 느꼈을 것이며, 때로는 나의 정책을 불신하기도 했을 것이다. 조직의 발전을 위해서는 변화가 필요하지만, 신뢰 없이는 변화가 불가능하다. 이런 양자택일의 딜레마 속에서 균형 감각을 유지하며 리더십을 발휘하기란 쉽지 않은 일이다.

내가 극장장으로서 경험한 지도자에게 필요한 능력은 아랫사람들을 한마음으로 만들고 조직을 관리하는 묘를 살리며, 항상 만전의 준비를 하고 과감하게 행동하며, 목표를 세우면 어떤 장애도 극복하고 민첩하게 대응하며, 상황 변화에 민감하게 대응하고, 어떤 조짐에도 방심하지 않고 신중하게 처리하며, 형식적인 규율을 폐지하고 지휘명령 계통을 간소화하는 것이다. 그와 함께 무엇보다 중요한 덕목은 예술과 관련해서 나름대로 열정과 신념, 애정이 충만해야 하고, 높은 꿈이 있어야 한다는 것이다.

극장은 오락을 제공하는 곳이지만, 문화적 가치를 창조하는 핵심적인 공간이기도 하다. 옛날에는 극장이 제단이자, 모든 민족이 함께 제사를 지내고 민족 통합을 도모하기 위한 공간이었다. 그런 문화적 비전과 높은 예술적 비전을 먼저 세우고, 극장 경영에 대한 비전도 확실해야 한다. 예술과 문화에 대한 높은 비전, 그 꿈이 예술가를 끌어당기고, 투자자를 끌어당기고, 관객을 끌어당기며, 무엇보다 조직원을 끌어당긴다.

예술과 경영, 이상과 현실의 외줄 타기…… 오늘날 수많은 예술가와 비즈니스맨과 경영자에게 주어진 중요한 숙제가 아닐까?

'광대'가 '문화관광부 장관'으로

예술이냐, 벼슬이냐?

뜻밖의 제안

2005년 12월 31일에 국립극장을 떠난 뒤, 2006년 1월 신정 연휴가 끝나자마자 극단 아리랑 20주년 기념 공연 〈격정만리〉 연출을 맡아 연극 연습에 몰두했다. 한창 연습 중이던 2월 초, 청와대 인사수석에게서 만나자는 연락이 왔다. 뜻밖에 문화관광부 장관 제안을 받았다. 국립극장에 재직할 때 장관 후보로 신문에 이름이 거론된 적은 있지만 직접 제안을 받은 적이 없고, 당시 권력을 장악한 인물들과 거의 인연이 없었기 때문에 장관직은 나하고 거리가 먼 얘기로 생각하고 있었다.

제안을 받고 며칠 동안 깊이 고민했다. 자유로운 '광대'의 길을 가겠다고 공언한 지 몇 달도 되지 않아 장관 벼슬을 맡기 위해 예술을 중단해야 할까, 예술에 대한 개인적 욕망을 잠시 미루고 국가를 위한 문화적 과업이라는 대의를 따를까? 마음을 터놓고 지내는 몇몇 사람들과 비밀스럽게 상의했더니 이구동성으로 수락하기를 권했다. 개인적 창작은 언제든지 할 수 있지만, 국가를 위해 일할 수 있는 기회는 아무

때나 오지 않는다는 게 중론이었다. 아내 역시 정치권의 어지러운 현실에 휩쓸리지 않을까 걱정하면서도 조심스럽게 수락하기를 권했다.

나 자신에게 수없이 질문을 던져보았다. 진정 그 일을 하고 싶은가? 하고 싶다면 왜 하고 싶은가? 혹시 일신의 영달과 명예를 좇는 개인적이고 세속적인 욕망에 굴복하는 것 아닌가? 진정 국가의 문화적 과제에 헌신하겠다는 순수함으로 무장되었는가?

며칠간 숙고한 끝에 마지막 질문에 긍정적 답변을 할 수 있게 된 나는 인사수석에게 전화를 걸어 장관직을 수락했다. 공식 발표가 나기 전에는 가족을 제외한 모든 사람들에게 비밀로 해야 했지만, 연습하던 단원들에게는 미리 알릴 수밖에 없었다. 나는 상황을 설명하고, 작가이자 연출가로서 연습을 계속하지 못해 공연에 지장을 준 것에 사과와 함께 양해를 구했다.

모두 한편으로 놀라고, 한편으로 함께 공연하지 못하는 데 슬퍼하고, 한편으로 보다 중요한 문화적 도전을 할 수 있게 된 것에 기뻐했다. 그리고 조연출 김수진과 더 열심히 연습해서 공연을 올릴 테니 걱정하지 말라고 오히려 나를 위로해주었다. 참으로 미안하고 고마웠다.

뜻밖의 흠집 내기 청문회

드디어 장관 내정 발표가 되고, 국회 문화관광위원회가 주관한 청문회의 마이크 앞에 앉은 나는 생각지도 않은 문제로 시달렸다. 전라북도 무주에 '호화 별장'이 있다는 것이었다. 그 집은 국립극장장을 하기 전인 1998년경, 이장호 감독과 문화·예술인 몇 사람이 무주군 안성면 무수리 야산에 가구당 660제곱미터(200평)씩 땅을 사서 친환경적으로 집을 짓는다는 조건 아래 조성한 '예술인 마을'의 한 집이다. 예술가와 학자 열댓 명이 모여 마을을 조성했는데 나도 7~8년에 걸쳐 슬레이트 기와지붕에 토담으로 66제곱미터(20평)짜리 집을 지어 책과 잡동사니를 가져다놓고 가끔 서재로 이용했다.

그곳이 당시 한나라당 모 의원의 입을 통해 호화 별장으로 둔갑하고, 내가 부동산 투기꾼처럼 포장되어 청문회장에서 논란이 된 것이다. 그 의원은 내가 서울 사대 연극반에서 연출한 〈토끼와 자라〉에 자라 역으로 출연하기도 했고, 국립극장장 시절에는 문화관광위 위원들과 함께한 술자리에서 나에게 배웠다며 민요 '농부가'를 부른 후배다. 그가 뜻밖에 '장관 김명곤' 흠집 내기의 선두주자가 되어 나를 공격하기 시작한 것이다.

그러나 그 공격은 별로 효과를 거두지 못했다. 그가 청문회에서 나를 공격한 내용을 본 사람들은 모두 실소를 금치 못했다. 나중에 들으

아마 보수 언론의 기자도 찍어 갔을 눈 쌓인 '호화 별장'. 고즈넉한 이곳의 정적이 좋아 가끔씩 들러 책을 읽는다.

무주 작은집

274

니 보수 일간지의 기자가 '호화 별장'을 취재하려고 무주 산속까지 갔다가, '호화 별장의 초라한 실상'을 보고 기사 쓰기를 포기했다고 한다. 그 '부동산 투기'를 통해 내가 벌어들인 수입이 별로 없어 시빗거리가 되지 않는다는 것을 안 네티즌이 어처구니없는 흠집 내기 정치 공세를 비웃는 글을 올리기도 했다.

그 경험을 통해 내 인생을 반대 입장에서 돌아볼 수 있었다. 살다 보면 허물도 생기고 작은 실수도 하는데 그것이 때로는 커다란 문제로 비화될 수도 있다는 것, 나의 허물을 공격하기 위해 사실을 왜곡하거나 침소봉대하는 행위를 서슴지 않는 사람들이 얼마든지 있을 수 있다는 것, 정치적 입장에 따라 개인적 친분과 의리는 헌신짝처럼 버려질 수 있다는 비정한 정치 현실도 경험했다.

청문회를 무사히(?) 마친 나는 2006년 3월 27일, 8대 문화관광부 장관으로 취임했다. 만만치 않은 장관의 업무가 시작되었다. 나는 살얼음을 밟듯 위태로운 정국에서 정책과 조직을 점검하고, 업무의 새 방향을 세우고, 국정 전반의 흐름을 파악하고, 국회의 국정감사와 예산 문제에 관한 전략을 세우기 위해 문화관광부 직원들과 함께 새벽부터 밤까지 꽉 짜인 일정을 소화해야 했다.

스크린쿼터와 바다이야기

그러던 중 내가 부임하기 몇 달 전에 전임 장관이 내린 '스크린쿼터 축소' 결정에 따른 영화계와 정부의 갈등 해결이 과제로 던져졌다. 스크린쿼터는 할리우드 영화가 우리 극장을 무섭게 잠식하자, 이에 대응하기 위해 모든 극장이 한국 영화를 146일 동안 의무적으로 상영하도록 강제한 제도다. 그런데 우리나라와 FTA 협상을 추진하던 미국 정부가 자유무역 정신에 위배되는 제도라며 폐지하거나 의무 상영 일수를 줄여달라고 끈질기게 요구했다.

그동안 정부는 스크린쿼터의 정당성 여부를 놓고 한동안 애매한 입장을 취하다가 마침내 73일로 축소하는 결정을 내린 것이다. 경제나 외교 관련 부처는 스크린쿼터 폐지를 주장했지만, 문화관광부의 반대로 어쩔 수 없이 축소에 동의한 상황이었다. 폐지를 주장하는 측의 의견을 요약하면 다음과 같다.

> 지금 한국 영화는 최대의 전성기를 구가하고 있다. 국산 영화의 시장점유율이 50퍼센트가 넘는다. 할리우드 영화가 뭐가 무섭다고 보호해야 하는가. 모든 부분을 개방하고 자유경쟁 체제로 바꾸고 있는데, 왜 유독 영화만 국가가 보호해야 하는가. 한류 붐을 봐라. 우리 문화는 보호해야 할 대상이 아니다. 우리 문화도 세계시장에 진출하고, 그와 같은 보조로 보호 정책도 없애야 한다.

나는 그 주장에 동의하지 않고 스크린쿼터는 유지해야 한다고 생각했기 때문에 이런 의견으로 글을 쓰고, 강연도 했다. 그런데 이제 정부 당국자가 되어 스크린쿼터 축소 결정에 대해 영화인을 설득할 임무를 맡은 것이다. 다행히 폐지가 아니라 축소였기에 장관직을 그만두는 극단적인 선택은 하지 않기로 했다.

그동안 영화 활동을 하면서 알았거나 친하게 지내던 몇몇 영화인과 참으로 어색하고 난처한 대면을 하게 됐다. 그들은 영화인의 입장을 대변해야 했고, 나는 정부의 입장을 대변해야 했다. 나는 폐지가 아니라 축소 결정을 하기까지 그 제도를 살려내기 위해 정부가 얼마나 어렵게 미국과 싸웠는지 속사정을 설명했다. 또 스크린쿼터 축소에 따른 영화계의 피해를 최소화하고 영화 산업의 발전을 위한 장기 계획과 예산 확보에 매진하는 게 나의 역할이라는 점에 대해 이해를 구했다.

첫 만남 이후 나는 다양한 경로를 통해 여러 계층의 영화인과 만남을 이어갔다. 그중에는 "당신도 영화인이니 축소 결정을 취소하고, FTA 협상에서 영화인의 요구가 반영되도록 해달라"는 주문도 있었고, 오히려 나의 입장을 이해하고 어려운 상황에서 영화계를 위해 합리적인 노력을 기울여달라며 격려해준 분도 있었다. 스크린쿼터 축소에 분노한 몇몇 영화인에게 공개적 혹은 비공개적으로 모욕도 받았다. 그들의 분노를 충분히 이해하고 있었기 때문에 모욕을 마음에 담아두지 않았다. 나는 '영화 산업 진흥 중·장기 계획'과 '영화 발전 기금'을 확보하기 위해 토론회, 세미나, 만남을 지속하며 영화인과 소통을 넓혀갔다.

그러던 와중에 '바다이야기' 사건이 터졌다. 몇 년 전부터 도박성 게임으로 인한 사회문제가 심심찮게 제기되었는데, 그에 대한 정책적 처방이 신뢰를 잃으면서 급속하게 번져나간 바다이야기와 상품권 판매 등에 따른 피해가 전국적으로 폭발된 것이다. 한동안 온 나라가 바다이야기로 들썩거렸다. 언론, 국회, 당정 협의 등 연일 계속되는 대책 회의로 문화관광부 업무는 마비될 지경이었다. 게임 관련 부서 직원들은 비리의 원흉이라도 되는 듯 여론의 몰매를 맞았고, 검찰과 감사원에서도 쉴 새 없이 각종 조사와 자료 제출 요구를 하는 통에 모두 파김

치가 되었다.

나는 전임자들의 정책 결정이 얽히고설켜서 책임 소재를 따지기 매우 어려운 이 문제에 전적으로 책임을 지겠다고 대내외적으로 선언하고 대책 마련에 부심했다. 도박성 게임의 문제를 꼬인 실타래 풀듯 하나하나 풀어야 했고, 한편으로 땅에 떨어진 문화관광부 직원들의 사기를 높여줘야 했다. 문제가 불거진 몇 사람을 제외하고 나머지 직원들은 자기 부처의 위상 추락과 이미지 실추에 무척 좌절하고 있었다. 밤낮없이 맡은 직분에 충실하던 직원들의 업무에 대한 긍지와 신명이 위축될 수밖에 없는 상황이었다.

그러나 나를 비롯한 문화관광부 구성원은 한마음으로 똘똘 뭉쳐, 이 위기를 '불법 사행성 게임을 근절하는 기회'로 반전시키고자 각오를 단단히 했다. 훨씬 강력하고 종합적인 대책을 마련해 도박과 불법 사행성 게임을 뿌리 뽑도록 노력했다. 또 문화관광부의 모든 업무를 국민의 입장에서 다시 한 번 엄중하게 점검하여 추호라도 잘못된 일이 없도록 바로잡았다. 다행히 바다이야기 사태는 연말이 가까워지며 잠잠해지고, 모든 업무가 정상을 찾아갔다.

눈 내린 들판을 걸을 때는 발걸음을 어지럽히지 마라

그런 업무의 소용돌이 속에서도 나는 문화관광부 전체의 정책 방향을 점검하고 수정·보완하며, 대한민국 문화 정책의 흐름과 향후 과제를 해결하기 위해 동분서주했다. 취임 초부터 창조, 소통, 나눔을 문화 행정의 3대 가치로 제시하고, '광대 정신'과 '현장 중심'의 문화 행정을 강조했다. 그리고 전통 예술과 기초 예술 진흥 정책, 국악예고의 국립화, 민족문화 원형 복원 사업, 영화 산업 육성을 위한 예산 확보, 한국 영화 산업 진흥 중·장기 발전 계획 등 30개 역점 추진 과제를 위해 동분서주했다. 또 한류의 지속적인 확산을 위해 6H(한복, 한옥, 한글, 한식, 한지, 한국음악) 브랜드 개발을 독려하고, '한 스타일 육성 종합 계획'을 발표했다. 방송·통신 융합 시대를 맞아 문화 콘텐츠가 문화 한국의 미래라는 일념으로 주변을 설득하고 비전을 제시한 일은 잊을 수 없는 기억이다.

수많은 계획과 정책을 펼치며 업무를 진행하던 2007년 5월, 장관직을 떠나게 되었다. 나로서는 후회도, 여한도 없이 최선을 다했기 때문에 홀가분했다. 2007년 5월 7일, 퇴임사에 소회를 담아 직원과 주변 인사에게 편지를 보냈다.

장관 집무실에서. '답설야중'의 화두를 품에 안고 눈보라치는 공직자의 길을 걸어가던 시절이다.

장관 시절

……취임 초에 예술 현장 출신 장관이 임명됐다고 반기면서 뜨거운 관심을 보여주신 분들의 기대에 제대로 부응할 만한 성과를 거두었는지, 새삼 자신을 돌아보게 됩니다. 그동안 빽빽하게 짜인 일정 속에서 상상력과 창의력을 잃지 않으려고 열심히 노력했으나, 얼마나 잘했는지는 역사가 평가해주리라 생각합니다.

지나온 일들을 돌이켜보니 장관과 함께 문화관광부에서 일하는 모든 직원들이 꽃밭을 아름답게 가꾸는 정원사와 같은 존재라는 생각이 들었습니다. 그런데 그 정원은 곳곳에 지뢰가 있는 무서운 꽃밭이었습니다. 여러분은 문화의 꽃밭을 가꾸는 정원사들이며, 지뢰와 싸우는 전사들입니다.

……저는 이제 국립극장장 시절을 포함하여 7년 2개월여 공직 생활을 접고 창작의 현장으로 돌아갑니다. 야생의 창작자 생활을 하던 저에게는 소중한 경험이었고, 이제 정착민의 생활을 접고 다시 유목민의 생활로 돌아갑니다. 지금 저는 흥분과 설렘, 두려움을 함께 지닌 채 제가 사랑하는 황야로 다시 떠납니다.

그동안 부족한 저를 곁에서 격려하고, 충고하며 바다 같은 사랑을 보내주신 분들께 이 자리를 빌려 깊이 감사드립니다. 눈 내린 들판을 걸어갈 때 뒷사람의 길잡이가 돼야 한다는 소신으로 발걸음을 어지럽히지 않도록 노력하는 '답설야중踏雪野中'의 각오로 장관직을 수행했다는 점을 마지막으로 여러분께 보고드리며 저는 이제 물러갑니다.

나를 버려야 나를 얻는다

중국 여도사의 가르침, 사아공작

나를 버리는 노력

장관직을 떠난 뒤 평생 처음으로 아내와 함께 해외여행을 했다. 몇 번 함께 해외에 나간 적은 있지만 모두 공연이나 영화제, 세미나 같은 일로 초청받은 업무 여행이라 '순수한 해외여행'을 한 것은 그때가 처음이다. 대학교 휴학 시절 지리산 상선암에서 만나 평생의 벗이 된 홍형의 초청으로 옌볜延邊에 간 것이다. 홍형은 오래전에 '무술계'를 떠나 중국과 한국을 오가며 이런저런 사업을 벌이더니, 몇 년 전부터 옌볜조선족자치주의 수도 옌지延吉에서 산삼과 골동 사업을 하며 살았다. 그의 집에 묵으며 백두산과 두만강 일대를 함께 여행했다.

홍형 부부, 조선족 청년 둘과 함께 승합차 한 대에 몸을 싣고 백두산과 포장되지 않은 시골길을 구석구석 다녔다. 경치 구경도 구경이지만, 북조선과 탈북자들과 골동 사업에 대한 홍형의 기이하고 재밌고 위험천만한 체험에 대해 실컷 들을 수 있는 소중하고 뜻 깊은 여행이었다. 백두산 천지, 송선, 삼지연, 투먼圖們, 난핑南坪, 허룽和龍, 왕하이거

望海閣, 쌴허三合, 룽징龍井, 일송정, 발해국 정효공주 유적지 등 이름만 떠올려도 그리움이 솟구치는 곳들에 대한 추억이 아직도 가슴을 뛰게 한다. 그런데 여행의 추억보다 홍형의 부인을 만난 것이 인상적이었다.

홍형과 함께 사는 중국 여인 손연화는 기공도 하고, 새벽이면 동네 공원에서 태극권을 익히는 여도사다. 부인은 어려서부터 남의 운명을 예언하는 능력이 있어서 가끔 운명을 봐준다고 했다. 담배에 불을 붙여놓고 그 연기를 물끄러미 바라보며 떠오르는 말을 전해주는 방식으

홍형과 손연화 여사

백두산 등정을 함께할 때 찍은 사진. 그녀가 던져준 '사아공작'이란 화두를 안고 백두산, 두만강 일대를 누비고 다녔다.

로 예언을 한다기에, 호기심이 생긴 나는 홍형의 통역을 받으며 담배 연기 '신탁'을 들었다. 나의 과거와 미래에 관한 여러 예언을 하던 중, 이상한 단어가 부인의 입에서 튀어나왔다.

"사아공작捨我工作."

부인이 종이에 한자로 직접 써준 단어는 '나를 버리는 노력을 하라'는 뜻이었다. 부인은 자세히 설명해주지 않았지만, 나름대로 의미를 해석해가며 지금껏 가슴속에 담고 있다. 공직 생활을 하며 나도 모르는 사이에 쌓인 권위 의식, 오만, 세속적 욕망, 자만심, 분노, 배신감 등의 찌꺼기를 버리라는 말일 것이다. 그런 것을 버려야 창의력, 사랑, 겸손, 배려, 자신감, 희망, 용서와 같은 새로운 것들이 채워지리라는 말일 것이다. 성공에 대한 집착과 욕망에 시달리지 말고, 영혼을 돌보고 정화하는 세월을 보내라는 말일 것이다. 그녀를 만난 덕에 나의 중국 여행은 '사아공작'을 위한 순례 여행이 되었다.

나는 다시 광대다

유랑민의 자유로움과 창작 생활의 희열에 빠진 요즘

벼슬 껍데기는 벗어던지고

장관직을 그만두고 드라마 〈대왕세종〉에 출연할 때 모 일간지에 동정 기사가 실렸는데, 제목이 인상적이었다.

장관 껍데기 훌훌~ 다시 광대로

"장관이라는 껍데기를 훌훌 벗어버리고 이제 천직인 광대로 탈바꿈해야죠. 걱정되기도 하고 설레기도 합니다, 허허."

김명곤(55) 전 문화관광부 장관이 내년 1월 방송 예정인 KBS-2TV 사극 〈대왕세종〉(극본 윤선주, 연출 김성근)에서 배우로 복귀한다. 1999년 자신이 연출한 연극 〈유랑의 노래〉에 출연한 지 8년 만이다……

나는 광대란 넓은 광廣, 큰 대大라는 말 뜻 그대로 '넓고 큰 영혼으로 세계의 불화와 고통에 정면으로 마주 서서 인간에 대한 사랑을 온몸으로 감싸 안고 표현하는 예술가'라고 생각하며, 그런 광대가 되기 위해 오늘도 부단히 노력하고 있다. 대학 다닐 때만 해도 나는 광대가 울긋불긋한 옷을 입고 코에 빨간 공을 붙인 서양의 '피에로'를 말하는 줄 알았다. 그러던 어느 날 줄타기하는 광대를 처음 보았는데, 그가 줄에 올라서서 "이 줄타기가 옛날에는 화랑의 기예였소!"라고 해서 깜짝 놀랐다. "화랑이라면 신라 시대의 무사 집단인데 줄타기를 했다니 그게 무슨 말이야?" 하며 광대에 관한 기록을 찾아봤다.

《삼국유사》《삼국사기》《삼국지》〈위지동이전〉 등을 보면 우리 민족이 무천, 동맹, 영고 같은 고대 제천의식을 행할 때 춤추고 노래 부르며 사흘 밤낮을 지냈다는 기록이 나온다. 그렇다면 노래를 부른 사람도 있었을 테고, 악기를 연주한 사람도 있었을 테고, 춤을 춘 사람도 있었을 것이다. 즉 광대들이 존재했으리란 얘기다. 그 후 몇몇 연구서를 통해 광대가 화랑의 후예일 거라고 추측하거나 단정 짓는 학자들이 꽤 많으며, 신라 시대의 처용무나 검무나 향가가 화랑이 수련한 예능의 일부분이라는 것도 알았다.

우리나라에 그윽하고 오묘한 도가 있으니 '풍류風流'라 한다.
이 교를 창설한 내력은 《선사仙史》에 자세히 실려 있으며
유교, 불교, 도교의 3교를 포함한 것으로 민중을 교화하는 것이다.

신라 시대의 학자 고운 최치원이 쓴 글이다. 《선사》는 선교와 관련된 역사책으로 보인다. 이 글을 바탕으로 역사가 단재 신채호는 다음과 같이 썼다.

화랑의 기원이 삼한 시대의 신성한 장소였던 소도에서 제천의식을 행한 제관이며, 고구려의 조의선인 역시 이런 제관 역할을 한 사람으로 '새 날개 같은 옷을 입은 선인'이라는 뜻이다. 이런 글들을 보면 고대사회에서 예술가는 하늘에 국가적 제사를 지낼 때는 제관으로 활동했고, 왕족이나 귀족에 속하는 상류계급이었음이 분명하다. 통일신라가 멸망하고 고려 시대로 넘어오면서 화랑과 함께 예술을 담당한 사람들이 천민으로 살게 된 것이다.

'광대'라는 말은 고려 시대에 서역에서 들어와 정착한 외래어인데, 예술가를 지칭하는 단어인 광대가 화랑(화랭이), 재인, 사당 등의 용어와 뒤섞인 것도 이 무렵의 일이다. 조선 시대에 들어와서도 광대는 기생, 무당, 중, 백정 등과 함께 천민으로 살아야 했다. 이들은 사대부나 평민과 한동네에서 살지 못하고, 결혼하거나 교육도 받지 못했다. 자기들끼리 결혼하고, 자기들끼리 기예를 전수하고, 자기들의 언어를 만들고, 자기들의 독특한 사회를 꾸려 살아갈 수밖에 없었다. 다산 정약용은 광대에 대해 다음과 같은 상소문을 썼다.

조선 후기로 들어오면서 실학사상이 일어나고 몇몇 양반이 평민 가사, 탈춤, 판소리 등의 가치를 언급하면서 광대의 가치가 조금씩 인정받기 시작했다. 고종과 대원군이 권력을 쥔 무렵에는 왕족이나 고위 관리의 잔치에 초대받고, 심지어 명인, 명창, 국창 등의 이름으로 궁궐에 들어가 임금 앞에서 기예를 선보이며 많은 돈을 벌고 신분 상승의 기회도 누린다. 그러나 조선이 망하고 일제강점기에 접어들면서 광대는 또다시 천대받는다. 그 상황은 육당 최남선의 글에 잘 나타난다.

조선조의 재인, 광대는 적극적으로 특별한 권장을 입지 못하고, '무식 무기력한 예인'이 사회 최하층적 지위에서 구차히 존재하다 보니 거기 쇠잔이 있을 뿐이지 발달이 없으며 저락이 거듭될 뿐이지 향상을 볼 수 없음은 진실로 당연한 일이며, 이러한 조건 하에 있다 보니 '수천 년을 하루같이' '몸을 놀리는 기술'과 '우스개 놀이'쯤에 그치고 드디어 다른 데만 한 순희곡적 생장을 이루지 못하고 만 것도 어쩔 수 없는 일이다. ……문명 풍화에는 조금도 유익한 바가 없으니 이는 연희를 실시하는 자가 학문이 없어 '동양의 부패한 풍습'을 알 뿐이다.

이 글은 일제강점기 우리 지식인의 전통 예술에 대한 입장을 대변하는 문장이라 할 수 있다. 안창호, 이광수 등 유명하다는 지식인이 당시 조선 시대의 예술과 풍습을 봉건적이라고 비판하면서 하루빨리 개화, 곧 서구화·일본화할 것을 주장했다. 그에 따라 일본과 서구의 예술 사조가 한꺼번에 들어왔다. 서구에선 수백 년에 걸쳐 발전해온 고전주의, 낭만주의, 계몽주의, 사실주의, 사회주의 리얼리즘, 표현주의, 상징주의 등이 물밀듯이 이 땅에 들어와서 서구 문화의 전시장으로 만들었다. 수많은 젊은이가 신문물과 신문명에 심취하고 경도되니 전통 예술과 관련된 모든 활동은 점점 쇠락할 수밖에 없었다. 해방 뒤 남한에서는 미국의 대중문화가 급속도로 퍼지면서 문화적인 식민지 상태에 빠졌고, 1970년대 일어난 새마을운동으로 전통적인 가치관과 예술관은 점점 소외될 수밖에 없었다.

전통은 내 창조력의 원천

1970년대에는 서구의 히피 문화가 대학가를 휩쓸었다. 장발에 청바지와 통기타, 미니스커트가 대표적인 청년 문화였다. 나 역시 서양 예술을 동경하고, 서양 문학과 연극을 공부하고, 서양음악에 심취한 대학생이었다.

그러던 내가 판소리를 배우면서 인생관이 바뀌고, 삶의 태도도 바뀌었다. 나는 고향을 싫어했다. 어려서부터 가난으로 인한 상처가 너무 많은 그곳을 떠나 서울로 가겠다는 일념으로 공부했고, 서울에 와서도 남루한 현실에서 벗어나 독일로 유학 갈 꿈을 키웠다. 판소리에 빠지면서 거꾸로 전라도 말을 공부했다. 전라도 말이 얼마나 다양한 표현과 영롱한 문학적 향기가 있는지 다시 배웠다. 고향 땅에 대해서도 다시 알고, 고향에 대한 애정을 되찾았다. 사람들은 젊은 시절에 새로운 자기 세계를 찾고 싶어한다. 새로운 세계를 찾으려는 젊은이에게 전통은 억압적이고 벗어나고 싶고 파괴하고 싶은 대상으로 다가온다.

그 테마가 〈서편제〉에 들어 있다. 오정해가 연기한 '송화'는 어떤 의

미에서 전통의 희생자다. 판소리에 집착하는 아버지 때문에 눈까지 멀고, 모든 인생이 망가진 비극적 여인이다. 그런데 마지막 부분에 중요한 대사가 나온다.

유봉 송화야, 내가 네 눈을 멀게 했다. 알고 있었냐?
송화 알고 있었어요.
유봉 나를 용서해줄 것이냐?

이 질문에 송화는 고개를 끄덕인다. 용서한 것이다. 젊은이는 전통을 파괴하고 전통에서 벗어나려고 하지만, 더 중요한 것은 그 전통과 화해하는 것, 전통을 용서하는 것, 전통을 그리워하는 것이다. 〈서편제〉는 자기가 버린 전통에 대한 간절한 그리움으로 여행을 떠난 한 남자의 회상기다.

나 역시 전통에서 떠나려고 발버둥 치다가 전통과 화해하고 용서하고 그리워하게 되었다. 나는 '무식·무기력'한 광대에게서 예술의 많은 부분을 배웠다. '수천 년을 하루같이' '동양의 부패한 풍습'을 몸으로 전해온 그들의 예술에 매혹되고 깊이 빠져 허우적거렸다. 그들의 '몸을 놀리는 기술'에서 삶의 애환과 감동을 보았고, 그들의 '우스개 놀이'에서 예술 창조의 편린을 보았다. 그들은 나의 스승이고, 나의 애인이었다. 그래서 나도 그들 종족의 일원이 되고자 '광대'라는 말을 쓴 것이다.

전통은 멀리 떨어진 것이 아니다. 전통은 나의 아버지, 어머니, 할아버지, 할머니들이 살았던 내용과 형식, 곧 그분들의 삶의 자취이자 향기다. 그리고 누구나 살다 보면 언젠가는 전통 그 자체가 되는 법이다.

그런데 우리나라는 어느 나라보다 세대 간 문화적 단절의 골이 깊다. 가족과 함께 노래방에 가본 적이 있을 것이다. 어떤 현상이 일어날까? 아버지가 조용필이나 이미자의 노래를 부르면 아이들은 썰렁한 표정으로 앉아 있다. 아들이나 딸이 신세대 노래를 부르면 어른들은 '저게 무슨 노래야? 한마디도 알아들을 수가 없네' 하는 심정으로 침묵을 지킨다.

세대 간 문화적 장벽은 가족을 갈등 속에 몰아넣는다. 앞 세대의 문화를 부정하는 경향이 심각했기 때문에 끊임없이 세대 간 갈등이 증폭되고, 계층 간 정서의 벽이 벌어진다. 이를 극복하려면 상대의 문화를 받아들이는 개방적 자세가 필요하다. 세계적 심리학자 카를 융은 "한 나라의 집단적 무의식은 유전된다"고 말했다. 자신의 핏속에 집단적 무의식의 유전자가 있는 한, 서로 문화에 관심을 가지고 함께 익히는 노력이 절대적으로 필요하다. 그리하여 아버지의 노래를 아들이 좋아하고, 손자의 노래를 할아버지가 함께 즐길 수 있는 문화적 활동이 가장 바람직한 것이다.

전통은 고향이다. 우리의 영혼, 우리의 정서, 우리의 사고가 돌아가서 쉴 수 있는 곳이다. 쉬었다가 다시 새로운 힘을 찾아, 영감을 찾아 새로운 삶을 꾸려나갈 수 있게 해주는 곳이다. 나에게 '전통'은 핏줄을 타고 유전되어 나를 숨 쉬게 한 집단적 무의식이고, 나를 활기 있게 만들고 창조의 열정에 불타게 하는 원천이다.

나의 수호천사는 어디에?

요즘 나는 '예마藝魔'를 만나기 위해 기를 쓰고 싸운다. 예마는 국문학자 김풍기 교수가 쓴 《시마》에 나온 내용을 응용해서 만든 단어다. '저주받은 시인들의 벗'이라는 부제를 단 이 책에서 '시마詩魔'는 시인이 시를 쓰지 않고는 배길 수 없게 만드는 요소, 말하자면 시인에게 찾아오는 예술적 열정을 뜻한다. 고려 때의 문장가 이규보는 〈구시마문驅詩魔文〉(시마를 몰아내는 글—지은이)에서 시마의 다섯 가지 폐해를 든다.

첫째, 세상과 사물을 현혹해 아름다움을 꾸미거나 평지풍파를 일으킨다.
둘째, 신비를 염탐하고 천기를 누설한다. 이처럼 사물의 이치를 밝혀냄으로써 하늘의 미움을 받아 사람의 생활을 각박하게 한다.
셋째, 삼라만상을 보는 대로 형상화한다.
넷째, 시키지도 않았는데 국가나 사회의 일에 간여하여 상벌을 마음대로 한다.
다섯째, 사람의 형용을 초췌하게 하고 정신을 소모시킨다.

이 글은 시마에게 시달리는 게 괴로우니 제발 자신에게서 떠나달라고 요구했다가 오히려 설복당해서 시마를 받아들인다는 내용으로, 시마를 간절히 원하는 예술가의 내면을 우화적으로 표현했다.
시마는 시인뿐만 아니라 모든 사람에게 필요한 마귀다. 무슨 일을 하려 할 때 그 일을 하지 않으면 미칠 것 같고, 그 일을 하고 싶어서 몸살을 앓게 만드는 열정은 모든 사람에게 필요하다. 그런데 대다수 시인들은 시마는 만나지도 못하고, 시마의 친구들하고만 사귀게 된다고 한다.

시마의 친구로는 '주마酒魔' '수마垂魔' '궁귀窮鬼' '병마病魔' '색마色魔'가 있다. 나 역시 이 다섯 마귀에 시달려서 평생 동안 고생했다.

대학 2학년 때 연극반에서 주로 한 일은 소주와 막걸리를 마시는 것이었다. '주마'에 걸린 것이다. 술 마시다 보니 결핵에 걸렸다. '병마'가 찾아온 것이다. 결핵 치료한다고 요양하고 약 먹고 매일 잠만 자니까 '수마'가 찾아왔다. 또 우리 집이 가난했으니 아르바이트해서 학비를 벌어야 하는데, 아르바이트하기가 도살장에 끌려가는 것보다 싫었다. 학교 다니는 내내 거지처럼 지냈다. '궁귀'에 들린 것이다. '색마'도 어지간히 나를 괴롭혔다. 연극하다 보면 늘 여자들과 어울리니 색마에 빠지지 않을 수 없다.

나의 소망은 예마를 만나 예술가로서 성취하는 것이었다. 예마를 근사한 말로 바꾸면 하늘에서 내려오는 영감일 수도 있고, 나를 창조적으로 이끌어내는 신비한 힘일 수도 있다. 그런데 예마는 찾아오지 않고 한동안 다섯 마귀하고 사귀었다. 나는 그 마귀에게서 벗어나 진정한 예마를 만나기 위해 죽을힘을 다해 싸웠다.

오오, 예술이여!
너를 위해서라면 이 몸이 감당하지 못할 일이 무엇이겠는가!

열심히 연극을 하며 지낼 때, 어느 잡지사에서 부장으로 오면 월급을 150만 원 주겠다고 했다. 그때 내가 연극을 해서 버는 돈이 1년에 100만 원도 안 됐지만 가지 않았다. 어느 대학에서 독일 희곡 강사를 1년쯤 하면 전임 교수로 채용하겠다고 했다. 그것도 거절했다. 내가 궁귀에 굴복해서 그 제안을 받아들였다면 지금쯤 잡지사 편집장이 됐다가 직장을 잃고 전전긍긍하거나, 교수직을 수행하느라 예술을 계속할 수 없었을 것이다.

한동안 연극하는 동료들 사이에서 나는 술도 마시지 않고 술자리를 싫어하는 사람으로 소문이 났다. 몸이 병약하니 다음 날 연습이나 공연을 하려면 체력 관리를 철저히 해야 했기 때문에 웬만한 술자리는 피했다. 지방에 공연하러 가도 다른 배우들이 놀러 다닐 때 나는 하루 종일 여관방에서 이불 뒤집어쓰고 쉬었다. 그때 나의 관심은 공연과 작품을 만드는 일밖에 없었다. 조금이라도 방해가 되는 일은 하지 못했다. 오로지 일에 집중했다. 여자가 방해되면 여자에게서 도망가고, 술이 방해되면 술에게서 도망갔다. 그때는 도망가야 하는 목표가 분명했다. 막연한 목표가 아니라 당장 작품을 준비하고, 무대에 서고, 일을 해야 했다.

'저주받은 예술가들의 벗'인 마귀에게 시달리는 것은 시를 쓰고詩魔, 그림을 그리고畵魔, 노래를 부르고音魔, 춤을 추고舞魔, 연극을 하고演魔, 영화를 만드는光魔 모든 예술가들이 공통적으로 겪는 현상이다. 이는 비단 예술가에게 국한되는 말이 아니다. 인터넷이나 컴퓨터 관련 업종에 종사하는 사람은 '전마電魔'를 만나야 하고, 자동차나 철강 관련 업종에 종사하는 사람은 '철마鐵魔'를 만나야 하고, 토목이나 건설업에 종사하는 사람은 '목마木魔'를 만나야 한다.

이들 마귀와 만나는 과정은 끊임없는 좌절과 고통과 벌이는 싸움이다. 이 싸움에서 승리하는 길은 확신을 가지고 목표를 향해 정진하여 마귀를 정복하고 끝내 나의 천사로 만드는 것뿐이다. 온 생애를 꿈꾸는 일에 의탁하고, 한 편의 영화나 연극에 바칠 때 예마는 찾아올 것이다. 지금도 나는 예마를 만나기 위해 몸부림치고 있다. 오랫동안 내 머릿속을 맴도는 연극, 뮤지컬, 영화의 소재를 작품으로 만들기 위해 '아리 인터웍스'란 기획사를 설립했다. 다행히도 뜻 맞는 후원자들과 기획자들과 예술가들이 모여 작품에 관한 꿈을 나누며 희열에 찬 나날을 보내고 있다. 19세기 말 오스트리아 빈의 한구석에서 고독과 성에 대한 강박과 죽음 등을 자신의 언어로 그려내고, 스물여덟에 요절한 화가 에곤 실레의 일기 중 한 구절이 요즘 나의 심정을 잘 대변해준다.

드디어! 드디어! 드디어!
드디어 내 고통을 덜어줄 물건이!
그림을 그리거나 글을 쓸 수 있는 종이, 연필, 붓, 물감을 드디어 얻었다.
나에게 고통이란 아무런 장식도 없이 맨얼굴을 드러낸 차가운 벽으로 둘러싸인 채 한 마리의 짐승처럼 보내야 했던, 야만적이고 혼란스러우며 황량하여 제정신으로는 견딜 수 없는, 한없이 단조로운 회색 일색의 시간을 말한다.
오오, 예술이어!
너를 위해서라면 이 몸이 감당하지 못할 일이 무엇이겠는가!

꿈꾸는 광대

초판 1쇄 인쇄 2012년 1월 5일
초판 1쇄 발행 2012년 1월 10일

지은이 김명곤
펴낸이 우좌명
펴낸곳 출판회사 유리창
출판등록 제406-2011-000075호(2011.3.16)
주소 413-756 경기도 파주시 교하읍 문발리 파주출판도시 535-7
　　　세종출판타운 402호
전화 031)955-1621
팩스 0505)925-1621
이메일 yurichangpub@gmail.com

ISBN 978-89-966804-3-7 03810